DARKISS

Umwelthinweis:
Dieses Buch wurde auf chlor- und säurefreiem Papier gedruckt.

Samantha Young

Die Entscheidung des Flammenmädchens

Roman

Aus dem Amerikanischen von
Alexandra Hinrichsen

DARKISS

darkiss®
Band 65108
1. Auflage: April 2015

darkiss® BÜCHER
erscheinen in der Harlequin Enterprises GmbH,
Valentinskamp 24, 20354 Hamburg
im Vertrieb von MIRA® Taschenbuch
Geschäftsführer: Thomas Beckmann

Deutsche Erstveröffentlichung

Titel der englischen Originalausgabe:
Borrowed Ember

Konzeption / Reihengestaltung: fredebold&partner GmbH, Köln
Umschlaggestaltung: pecher und soiron, Köln
Redaktion: Mareike Müller
Titelabbildung: Thinkstock / Getty Images, München; pecher und soiron, Köln
Autorenfoto: © Mark Archibald Photography
Satz: GGP Media GmbH, Pößneck
Druck und Bindearbeiten: CPI books GmbH, Leck – Germany
Printed in Germany
Dieses Buch wurde auf FSC®-zertifiziertem Papier gedruckt.
ISBN 978-3-95649-167-2

www.mira-taschenbuch.de

PROLOG

JEDER LOSE FADEN DROHT UNS ZU ZERSTÖREN

Sie waren umgeben von Millionen glitzernder Sandkörner, die sie einhüllten wie eine Wolke aus Erdpartikeln. Gleißendes Sonnenlicht drang durch die Zwischenräume. Staunend betrachtete Ari das Schauspiel und fragte sich halbherzig, ob sie den Wüstensand ebenfalls zu einer derartigen Performance bringen könnte. Sie hatte das Gefühl, sich im Auge eines Tornados zu befinden, den ein mächtiger Zauber zum Stillstand gebracht hatte. Aber so beeindruckend der Anblick dieses eingefrorenen Sandsturms auch war, sein Zweck war für Ari noch viel überwältigender: Die glitzernde Wolke gewährte Mutter und Sohn eine undurchdringliche Privatsphäre. In ihrer Mitte konnten sie offen miteinander reden, ohne Angst davor haben zu müssen, in böser Absicht belauscht zu werden.

Wie ein Raubtier auf der Jagd schlich Ari um Lilif und ihren Sohn, den White King, herum. Sie hatte sich allmählich an ihre Visionen oder Träume oder was immer das war gewöhnt und war eifrig bemüht, Neues von ihnen zu lernen. Der White King war noch größer als seine atemberaubend schöne Mutter, die aussah, als wäre sie keinen Tag älter als er. Statt ihrer gewohnten farbenfrohen Kleidung trug sie diesmal ein schlichtes weißes Kleid, eine Art Toga. Leuchtende Edelsteine an ihren Ohren und Fingern setzten die einzigen bunten Akzente. Ihre dunklen Locken hatte sie zu einer eleganten Frisur geschlungen, an ihrer Stirn funkelte ein Band aus Diamanten. Ari war so fasziniert von Lilifs Anblick, dass sie für einen Moment den White King vergaß, ihren leiblichen Vater, der noch kein Wort gesagt hatte, obwohl Lilif ihn doch so liebevoll anschaute.

Ari hatte niemals einen Dschinn getroffen, der ihr so eiskalt vorkam wie der White King. Nur einmal hatte sie erlebt, wie er die Fassung verlor – und selbst das war der kontrollierteste Wutanfall aller Zeiten gewesen. Keiner hatte ein so unerschütterliches Pokerface wie White. Umso verblüffter war Ari, dass der jüngere White, den sie jetzt vor sich hatte, seine Mutter voller Wärme und Respekt anblickte. Sogar der Hauch eines Lächelns umspielte seine Lippen. In Lilifs Gegenwart wirkte er verletzlich … es machte ihn irgendwie menschlicher.

„Du weißt, dass ich deinen Sinn fürs Dramatische schätze, Mutter, doch ist *das* jetzt wirklich notwendig?“ Er grinste und zeigte auf den Kokon aus Sand, der sie umgab.

Lilif kniff die Augen zusammen. „Und ob! Oder haben deine Brüder dir noch nichts davon erzählt?“

White runzelte die Stirn. „Red und Glass versuchen wieder einmal, Unfrieden zu stiften. Im Auftrag von Vater, vermute ich. Aber ich kann dir versichern, dass ich ihnen keinen Glauben schenke.“

„Gut.“ Sanft berührte sie ihn am Arm. „Das ist mir eine große Erleichterung, mein Sohn. Ich würde niemals etwas tun, das einem meiner Kinder schaden könnte. Wie kommen sie nur darauf, mir so etwas Hässliches vorzuwerfen?“

„Vater“, stieß White grimmig hervor.

„Deshalb bin ich ja mit dir hier.“ Lilif trat einen Schritt zurück und rang theatralisch die Hände. Eine Geste, die Ari daran zweifeln ließ, dass sie die Wahrheit sagte. „Azazil versucht, euch alle gegen mich aufzuhetzen.“

„Wieso? Was ist geschehen?“

„Wir haben uns oft genug darüber gestritten, wie selbstsüchtig er nach Vergnügungen sucht. Unsere Lebensart und unsere Kultur scheinen ihm völlig gleichgültig zu sein. Bald wird er sich auch noch in die Aufgabenbereiche seiner Söhne einmischen, fürchte ich – und damit die feine Balance und Ordnung der Welt zerstören. Er wird euch dazu bringen, dass ihr euch in die Tage der anderen einmischt und das wahre Schicksal der Bedeutenden zu verändern. Und das nur aus lauter Überdruss und Langeweile. Ist dir bewusst, wozu seine kindische Verantwortungslosigkeit noch führen kann? Mit jedem verirrten Lebensweg dieser Menschen reißt das feine Gewebe aus Zeit, Raum, Natur und Licht, bis am Ende nichts als eine Wüste übrig bleibt. Nur die Stärksten werden das überleben. Die Unsterblichen und Mächtigen. Dann müssen wir wieder ganz von vorn anfangen. Allein in einer kleineren Welt …"

Ari verschlug es den Atem, und ihr Magen verkrampfte sich schmerzhaft. Stimmte Lilifs Prophezeiung? Waren das wirklich die Konsequenzen, falls Azazil die Kontrolle verlor? Der Red King hatte ihr erzählt, dass eine Katastrophe drohte, wenn sie das Siegel je gegen den Sultan einsetzen würde. Ob er das damit gemeint hatte? Ari schluckte und war auf einmal sehr froh, dass sie auf seinen Rat gehört hatte.

Sie sah wieder zum White King hin und erkannte, dass er offensichtlich genauso schockiert war wie sie. „Alles außer uns würde verschwinden?", hakte er fassungslos nach.

„Fast alles. Azazil selbst hat mich davor gewarnt, die Fäden unserer Existenz zu verwirren. Dabei wird am Ende er es sein, der das Desaster heraufbeschwört."

„Wissen die anderen Bescheid?"

„Wir sollten sie auf jeden Fall aufklären, so sie noch nichts davon erfahren haben", flüsterte Lilif heiser. Ihr Blick war besorgt.

Skeptisch kniff Ari die Augen zusammen. Sie hatte nicht so viel Mitgefühl mit Lilif wie ihr Sohn.

„Mutter, wir dürfen nicht zulassen, dass Vater weiter seine Spielchen spielt", drängte White jetzt. „Die Balance … die Balance der Dinge ist doch unsere Aufgabe."

Lilif nickte. „So ist es. Ich habe dich deshalb hergebeten, damit du begreifst, dass wir uns gemeinsam gegen deinen Vater auflehnen müssen. Selbst wenn wir uns den einen oder anderen deiner Brüder dadurch zum Feind machen sollten."

Der White King straffte entschlossen die Schultern. „Gleaming muss das sofort erfahren. Er steht unserem Vater ebenso misstrauisch gegenüber wie ich und findet auch die unglaublichen Behauptungen, die Red und Glass in letzter Zeit von sich geben, äußerst verdächtig."

„Was ist mit Shadow?"

„Ja, Shadow sieht das ähnlich. Bei Gilder und Lucky bin ich mir da nicht so sicher. Du weißt ja, dass sie feige sind und am liebsten neutral bleiben."

„Sei nicht so hart, was die beiden angeht, White. Ich halte es immer noch für möglich, dass wir sie auf unsere Seite ziehen können, wenn wir an ihre Intelligenz und Ehre appellieren."

„Ich werde mich jetzt zurückziehen, um mit ihnen zu reden. Wir müssen die anderen dazu bringen, sich mit uns zusammen gegen jedes Chaos zu stemmen, das die Balance bedroht."

„Beeile dich." Lilif strich ihm liebevoll über die Wange.

„Selbstverständlich. Schließlich ist es meine Pflicht." Er neigte respektvoll den Kopf und verschwand in den Flammen des *Peripatos*.

Ari konnte beobachten, wie sich Lilifs ganze Haltung, ja, sogar ihr Aussehen sofort veränderte. Aus der weißen Toga wurde ein schimmerndes Kleid, das hauteng an ihrem Körper saß. Lange Schlitze gaben den Blick auf die schönen Beine des

Ifrits frei. Wie durch Magie löste sich ihr Haar und fiel ihr lang bis über die Taille. Ein hämisches Lächeln umspielte ihre vollen Lippen. Dann sagte sie: „Du bist genau wie dein Vater, White. Auch wenn dir das nicht klar ist.“

Bevor Ari länger darüber nachdenken konnte, was Lilif mit diesen Worten wohl gemeint hatte, wirbelte der Sand auf wie ein brüllender Sturm, dessen Tosen sich mit Lilifs Schrei mischte. Sandkörner bohrten sich in Aris Haut, und sie hob verzweifelt, allerdings erfolglos die Arme, um sich zu schützen.

Panisch versuchte sie wegzulaufen, konnte kaum noch atmen und … öffnete die Augen. Verwirrt fand sie sich in einem fremden Schlafzimmer wieder. Fahles Mondlicht fiel durchs Fenster auf das schmiedeeiserne Bett, den marokkanischen Paravent und die restlichen Möbel im dazu passenden Stil. Ari holte tief Luft und ließ sich erleichtert in die Kissen sinken.

Mount Qaf.

Doch die Erleichterung verflog schnell, als ihr alles wieder einfiel.

Dalí.

Der Gleaming King.

Charlie. Die Verhandlung.

Ihre Finger krallten sich in die seidene Bettdecke. Ihr Onkel. Der Red King hatte ihr dieses Zimmer in seinem Apartment im Palast überlassen. Und obwohl er ebenfalls hier war und sie beschützte, hatte Ari Angst. Schließlich befand sie sich in Mount Qaf, dem Reich des Sultans Azazil. Nur ein paar lange Korridore trennten sie von ihm. Von ihm und Lilifs gefährlichem, rätselhaftem Zwilling Asmodeus.

Doch immerhin: Jai war im Zimmer nebenan. Sofort fühlte Ari sich besser, und ihre verkrampften Muskeln entspannten sich. Sie legte sich wieder hin, starrte an die Decke und hatte ein schlechtes Gewissen, weil allein der Gedanke an Jai eine solch beruhigende Wirkung auf sie hatte, obwohl Charlie sich morgen vor dem Dschinn-Gericht verantworten musste.

Bei dem Prozess ging es um Leben oder Tod.

Aber Ari wusste bereits, wie er enden würde, denn auf keinen Fall würde sie zulassen, dass ihr bester Freund hingerichtet wurde. Niemals!

Ganz gleich, was geschah.

1. KAPITEL

ICH BIN EIN BERG IM STURM

An Schlaf war nun nicht mehr zu denken. Es war schon erstaunlich genug, dass es ihr in dieser Nacht überhaupt gelungen war, ein Auge zuzutun. Nun lag sie da und beobachtete, wie der Mond draußen langsam verblasste und der Himmel immer heller wurde. Hinter den Bergen blinzelte die Sonne hervor und ließ auch die glitzernden Smaragde im Gestein erwachen.

Endlich, dachte Ari seufzend und sprang aus dem Bett. Sie lief hinüber ins Bad, duschte und trocknete sich anschließend die Haare. Der Föhn sah verdächtig nach dem aus, den sie in Ohio zurückgelassen hatte. Der Red King schien wirklich alles zu machen, damit sie sich hier zu Hause fühlte. Tja, dazu würde es nie kommen, dennoch war sie ihrem Onkel dankbar für seine Bemühungen. Mit klopfendem Herzen kramte Ari in ihrer kleinen Reisetasche nach einer sauberen Jeans und einem Tanktop.

Red, rief sie dann telepathisch. Sie nahm an, dass ihr Onkel auf Förmlichkeiten keinen besonderen Wert legte. **Bist du da?**

Zwei Sekunden später züngelten vor der Tür Flammen empor, und der Red King trat aus dem *Peripatos*. Sein langes, hellrotes Haar trug er zum Zopf geflochten, die Beine steckten in schwarzen Lederhosen, die an den Seiten mit Bändern zusammengehalten wurden. Sein Oberkörper war nackt. Um die muskulösen Arme wanden sich Goldreifen, die Handgelenke schmückten goldene Bänder, und an Reds Ohren funkelten Rubinstecker. Offenbar war er bereits für den Prozess gekleidet.

Red musterte sie forschend. Was erwartete er in ihrem Gesicht zu lesen? Schmerz? Kummer? Besorgnis? „Alles in Ordnung?"

Ari schüttelte den Kopf. „Ich möchte zu Charlie."

„Ich sagte dir bereits, dass das nicht möglich ist."

Unerwartet wurde Ari von dunkler, hässlicher Wut gepackt. Sie schluckte und rang um Fassung. *Ganz ruhig bleiben!* „Ich will mich lediglich davon überzeugen, dass es ihm gut geht."

Ihr Onkel hatte angefangen, sie zu umkreisen, was Ari noch immer Angst einjagte, obwohl sie ihn ja nun schon eine Weile kannte.

„Zweifelst du etwa an meinem Wort? Ich habe dir versichert, dass Charlie nicht schlecht behandelt wird. Glaubst du mir nicht?" Sein Ton hatte eine gewisse Schärfe, und es war klar, dass Red es nicht sonderlich schätzte, wenn man sein Verhalten infrage stellte. Das konnte Ari ihm allerdings nachempfinden. Die dunkle Wut von eben meldete sich zurück, Ari wirbelte herum und starrte ihren Onkel mit flammendem Blick an. Hatte er etwa schon vergessen, dass sie ihn jederzeit mit einem einzigen Befehl in die Knie zwingen konnte? Wie konnte er es wagen, ihr Vorwürfe zu machen? Ihr zu verbieten, Charlie zu sehen?

Wie konnte er es wagen …

„Ari!" Red fasste sie am Oberarm und stoppte damit ihren Zornesausbruch, bevor Schlimmeres passierte. Sobald sie wieder richtig zu sich kam, durchrieselte sie ein Schauder, und sie musste tief durchatmen.

Oh Gott!

Sie hatte sich völlig vom Siegel beherrschen lassen, obwohl sie doch allen versprochen hatte, dass so etwas nie geschehen würde. Und sie war so sicher gewesen, dieses Versprechen auch halten zu können.

„Es wird stärker.“ Red runzelte die Stirn und trat einen Schritt zurück. „Das Siegel. Es versucht dich dazu zu bringen, seine Macht einzusetzen.“

Ari nickte bedrückt. Das hatte ihr jetzt gerade noch gefehlt. „Ich passe besser auf“, flüsterte sie.

„Das kann ich dir nur dringend raten. Du musst diese Dunkelheit in dir kontrollieren, Ari. Denn genau das ist das Siegel – Dunkelheit. Vergiss das nie.“

Ari erinnerte sich an ihren Traum – an das, was Lilif über die fragile Balance im Universum gesagt hatte. Die konnte das Siegel nur allzu leicht zerstören – mit katastrophalen Folgen. Auf keinen Fall durfte sie es so weit kommen lassen. „Ich kriege das in den Griff, versprochen“, versicherte sie, und wieder blitzten ihre eigenartigen Augen auf, diesmal jedoch aus einem anderen, besseren Grund.

Red schaute sie aufmerksam an. „Okay. Also, die Verhandlung beginnt in einer Stunde. Ich hole dich vorher ab. Weck Jai und bleib bei ihm, bis ich zurückkehre.“

Nachdem der Red King fort war, ließ Ari sich auf die Matratze sinken. Das Siegel hatte ohne jede Vorankündigung die Kontrolle übernommen. Dabei hatte sie sich nicht einmal in Gefahr befunden, sie war nur sauer gewesen, weil Red nicht nachgab. Was zum Teufel war bloß mit ihr los? Stöhnend schlug Ari die Hände vors Gesicht. Das war ungefähr das Letzte, was sie in dieser Situation gebrauchen konnte. Ganz egal wie, sie musste stärker sein als das Siegel. Nach einer Weile stand sie auf und straffte entschlossen die Schultern. Irgendwie würde sie das schon schaffen.

Telepathisch teilte sie Jai mit, dass sie gleich zu ihm rüberkommen würde.

Okay, hörte sie Jais Stimme in ihrem Kopf, während sie ihre Suite verließ. Das eine Wort, der Klang seiner Stimme reichte aus, und ihr Puls schlug schneller. Gleich würde sie ihn sehen! Sein Zimmer lag auf der anderen Seite des Flurs, ihrem genau gegenüber, und war genauso eingerichtet. Nur hatte Jai zu ihrer Überraschung sein Bett noch nicht gemacht. Das Blut schoss ihr in die Wangen, als sie sich vorstellte, wie er nackt darin gelegen hatte. Oh nein, hoffentlich merkte er ihr nichts an! Vorsichtig schaute sie zu ihm hinüber. Er lehnte an der Tür und bedachte sie mit einem dieser Blicke, die ihre Knie verlässlich weich werden ließen. Wie üblich trug er ein schwarzes T-Shirt, schwarze Jeans und kurze Bikerboots. Der Mann war einfach heiß, und er musste sich dafür nicht einmal groß anstrengen. Am liebsten hätte Ari sich sofort auf ihn gestürzt. Doch dann fiel ihr wieder ein, weshalb sie überhaupt hier in Mount Qaf waren, und erneut plagten sie Schuldgefühle.

Guten Morgen. Jai lächelte, und seine grünen Augen leuchteten. Ari brachte keinen Ton heraus. Aus Jais Lächeln wurde ein breites Grinsen, und sie schnitt ihm eine Grimasse. Das quittierte er mit einem Lachen, was bei ihm sehr selten vorkam.

Morgen. Sie hatten beschlossen, dass es in Mount Qaf klüger wäre, sich telepathisch zu unterhalten, wann immer das möglich war. Jai trat einen Schritt auf sie zu, und Ari hielt erwartungsvoll den Atem an. Er zog sie an sich, und sie roch den Duft seines würzigen Aftershaves. Zärtlich legte er seine Hände auf ihre Hüften, und dann schaute er sie an, wie sie noch niemals zuvor von jemandem angesehen worden war. So, als wäre sie eine seltene Kostbarkeit, die einzigartig auf der Welt war.

Nein, so, als *wäre* sie die Welt für ihn.

Langsam ließ er seine Hände höher gleiten, und schlang die Arme um Aris Taille. Ein Prickeln lief über ihren Rücken, und sie fing unwillkürlich an zu zittern. Jais Augen glitzerten, und seine Lippen öffneten sich leicht. Während er den Kopf neigte, schoss Ari die vage Erinnerung durch den Sinn, dass sie ja aus einem bestimmten Grund hier waren, bei dem Küsse sich eigentlich von selbst verboten. Was war es doch gleich? Aber endlich berührten Jais Lippen ihren Mund, und Aris Verstand setzte kurz aus, wegen Reizüberflutung: Jais Mund, sein Begehren, das Bett, die zerwühlten Laken, der Prozess, Gefahr, Charlie …

Oh verdammt, Charlie!

Ari erstarrte. Jai hob den Kopf und schaute sie stirnrunzelnd an. **Was denn?**

Oh Mann, das würde jetzt bestimmt nicht gut ankommen, allerdings wollte Jai doch sicher, dass sie ehrlich zu ihm war. **Es … es erscheint mir falsch, wenn wir … wenn wir hier rummachen, während Charlie in diesen Schwierigkeiten steckt. Außerdem hat der Red King gemeint, dass wir unsere Beziehung besser eine Weile geheim halten sollten. Erst wollte ich das nicht, aber je länger ich darüber nachdenke … Vielleicht hat er recht. Man könnte versuchen, unsere Gefühle gegen uns auszuspielen.**

Jai trat einen Schritt zurück und ließ sie los, und Ari bereute sofort, dass sie etwas gesagt hatte. Sie wollte ihn küssen, seine Hände auf ihrem Körper spüren … ihm das T-Shirt über den Kopf ziehen, seine nackte Haut unter ihren Fingern fühlen. Vor allem jedoch wollte sie, dass ihr *potenzieller Freund* – schon beim bloßen Gedanken daran hätte sie am liebsten völlig idiotisch von einem Ohr bis zum anderen gegrinst – damit aufhörte, derart wütend dreinzuschauen. **Wir sollen also so tun, als wären wir nicht zusammen?**

Nur in der Öffentlichkeit.

Er kniff die Augen zusammen, und seine dichten Wimpern verdeckten fast die grüne Iris. **Wir sind gerade nicht in der Öffentlichkeit.**

Aber Charlie …

Ein dunkler Schatten flog über Jais Miene, dann schob er sich an ihr vorbei. Sein Zorn war deutlich spürbar. Ari zuckte zusammen. Okay, natürlich war auch ihr klar, wonach das klang, sie war ja nicht blöd. **Hier geht es nicht um mich und Charlie, falls du das denkst.**

Jais Gesichtszüge verfinsterten sich noch mehr, und er ging, ohne Ari auch nur eines Blickes zu würdigen, nach draußen auf den Balkon. Er stützte die Hände aufs Geländer und starrte abwesend auf die Berge. Sein brütendes Schweigen schien den gesamten Raum zu erfüllen, und Ari blieb die Luft weg. Na super! Ihr erster Tag, an dem sie … was auch immer sie füreinander waren … und schon hatte sie ihn verletzt!

Ich bin nicht in ihn verliebt oder habe das Gefühl, ihn zu betrügen, versuchte sie zu erklären. **Aber er könnte heute zum Tode verurteilt werden, weil er jemandem das Leben gerettet hat. Ich kann mir einfach nicht erlauben, glücklich zu sein, bis ich weiß, dass er frei ist. Und mit dir zusammen zu sein … macht mich glücklich. Trotz allem, was grade sonst noch passiert.**

Jai seufzte, drehte sich langsam um und schaute sie an. **Versprochen?**

Die Frage versetzte ihr einen Stich. Diese Seite an Jai war ihr neu. Er war sich bei ihr und Charlie tatsächlich unsicher und konnte das nicht länger verbergen. Vorsichtig schritt sie zu ihm und lächelte. **Ich habe dir gesagt, dass ich nicht mehr so für Charlie empfinde. Und ich habe ihm erklärt, was ich für dich fühle.**

Jais Augen leuchteten auf, er straffte seine Schultern und erwiderte ihren Blick. Doch der Hoffnungsfunke erstarb so schnell, wie er aufgelodert war. **Du hast Fallon erzählt, du würdest sterben, um ihn zu retten.**

Jetzt fing Ari langsam an zu verstehen, was ihm so zu schaffen machte. Sie war fast gestorben, um Jai vor *Haqeeqah* zu retten, der puren Essenz der Smaragde aus Mount Qaf, einer tödlichen Waffe. Erst da hatte er begriffen, was er ihr wirklich bedeutete. Glaubte er etwa, dass sie dasselbe für Charlie empfand, nur weil sie bereit war, auch für ihn zu sterben?

Sie schüttelte den Kopf und streichelte Jai sanft über die Wange, doch statt das Gesicht in ihre Hand zu schmiegen, erstarrte er. **Jai,** flehte sie, **kennst du mich denn so wenig? Ich würde für jeden meiner Freunde sterben, wenn ich dadurch sein Leben retten könnte. So bin ich nun mal. Ich liebe Charlie, er gehört zu meiner Familie, und ich kann es mir nicht leisten, noch mehr Familie zu verlieren.** Sie lehnte sich an ihn und strich mit der Fingerspitze über seine Lippe. **Aber ich würde tausend Tode sterben, um dich zu retten, Jai … Allein der Gedanke an ein Leben ohne dich ist – unvorstellbar!** Ihre Blicke trafen sich, und Ari wurde rot. Endlich legte Jai eine Hand auf ihren Rücken und presste sie an sich. **Jai, du hast ja keine Ahnung, wie verliebt ich in dich bin. Ich denke nicht, dass irgendjemand jemals verliebter war als ich.**

Seine Augen weiteten sich vor Erstaunen. Aber plötzlich klopfte es laut an die Tür – der Moment war vorbei, und Jai blieb keine Zeit mehr, etwas zu erwidern. Ari unterdrückte einen Fluch. Immer wurden sie unterbrochen! Bevor Jai ihn hereinbitten konnte, stieß der White King die Tür auf und stürmte ins Zimmer. Sein smaragdfarbener Umhang wirbelte herum, und die Ecke des Saums hätte Vadit, Whites monströsen Nisna, fast in sein einziges Auge getroffen. Das Ungeheuer trottete unter Einsatz seines einen Arms und einen Beins schwankend hinter seinem Meister her. Ari zuckte zusammen, da sie daran erinnert wurde, wie diese Bestie sie bei ihrem ersten Aufenthalt hier attackiert hatte.

Ihre Stimme erstarb. Mit einem lautlosen Schrei beobachtete sie, wie das Monstrum mit weit geöffnetem Maul abhob und auf sie zusprang. Ari hielt schützend die Arme vor sich und wartete darauf, dass ihr Unterbewusstsein sie endlich aus diesem Albtraum weckte. Stattdessen riss die Kreatur sie zu Boden. Ari prallte auf, ihr Kopf knallte auf das harte Glas, und Tränen traten ihr in die Augen. Dann verbissen sich die Zähne in ihren Unterarm und zerrissen ihr Fleisch.

Die Qualen waren unerträglich. Ari schrie auf, eine Welle der Übelkeit überschwemmte sie, und ihr wurde schwarz vor Augen …

Es war doch wirklich nicht zu fassen, dass White die Anweisungen seines Vaters ignorierte und hier bei ihnen auftauchte. Jetzt blieb er vor Jai stehen. „Ist das der Ginnaye?“, fragte er tonlos. Sein Gesicht zeigte keinerlei Regung.

Jai musterte ihn aufmerksam; er war dem White King noch nie begegnet und wusste daher nicht, mit wem er es zu tun hatte. Am liebsten hätte Ari ihren Freund zur Seite gezogen und sich schützend vor ihn gestellt. Stattdessen seufzte sie entnervt, als hätte sie ein lästiges Insekt vor sich und keinen unsterblichen, mächtigen Dschinnkönig. Sie hatte inzwischen so einiges von ihrem Vater gelernt. „Jai, das ist der White King.“

Jai, ganz Ginnaye, reagierte so schnell, dass Ari ihn gerade noch zurückzerren konnte. Vadit ließ ein drohendes Knurren hören.

„Aus, Vadit“, befahl der White King und hob beschwichtigend die Hand. „Ich bin nur hier, um mich ein wenig mit dir zu unterhalten“, versicherte er dann.

Jai reagierte nicht besonders entgegenkommend auf Aris Bemühungen, ihn hinter sich zu schieben. Schließlich gab sie auf und stellte sich neben ihn. Sein Zorn war deutlich zu spüren, was sie noch nervöser machte. Sie wollte nicht, dass er auch nur in die Nähe des White King kam. Seltsamerweise empfand sie vor ihrem Vater dennoch keine Angst. Vielleicht lag es daran, dass sie ihn mit Lilif gesehen hatte, für die er tatsächlich so etwas wie Liebe zeigte. Oder hatte sie einfach keine Lust mehr, vor ihm davonzulaufen? Ari beäugte ihn misstrauisch, verschränkte die Arme vor der Brust und trat einen Schritt auf ihn zu. „Und worüber möchtest du mit mir reden?"

Es flackerte kurz in seinen Augen auf; offenbar überdachte er angesichts dieser veränderten Ari die Strategie, die er sich für das Gespräch mit ihr zurechtgelegt hatte. „Ich will dir helfen, Charlie zu retten."

„Und das sollen wir glauben?", stieß Jai hervor.

Der White King ließ den Blick – eiskalt und drohend – zu Jai wandern. „Leg deinen Schutzhund an die Kette, Tochter. Seine Weigerung, sich mir unterzuordnen, könnte ihn in ernste Schwierigkeiten bringen."

Natürlich wusste Ari, dass Jai sich nicht einschüchtern lassen würde und jetzt erst recht bereit zum Angriff war. Sie schaute ihn kurz warnend an.

Ich bin kein Idiot, Ari, sondern ein ausgebildeter Ginnaye. Glaubst du, ich attackiere einfach einen unsterblichen Dschinnkönig?

Tatsächlich war sie sich da nicht so sicher. Wenn es um sie ging, konnte Jai sehr impulsiv reagieren. „Ich wäre dir sehr dankbar, wenn du mir deinen Vorschlag halbwegs zivilisiert unterbreiten könntest", meinte Ari zu White.

Zu ihrer Überraschung nickte der nur. „Falls du dich bereit erklärst, auf unbestimmte Zeit zu mir hier nach Mount Qaf zu ziehen, werde ich für Charlie im Prozess aussagen. Mit vereinten Kräften können Red und ich ihn retten."

Ari spürte wieder die Dunkelheit in sich, die das Haupt reckte wie eine wütende Kobra, bereit, sich auf ihr nächstes Opfer zu stürzen. Verzweifelt kniff sie die Augen zusammen. White wagte es, Charlies Notlage gegen sie zu verwenden? Nein, bloß nicht daran denken! Sie unterdrückte ihren Zorn, aber ihre Hände zitterten so sehr, dass sie die Fäuste ballte. Wenn sie jetzt einwilligte, war Charlie praktisch schon frei. Dafür lieferte sie sich an White aus, der sie benutzen wollte, damit er Azazil kontrollieren konnte. Lag das Gespräch mit seiner Mutter wirklich schon so lange zurück, dass er vergessen hatte, welche Konsequenzen das für die Welt haben würde? Oder legte er es inzwischen genau darauf an?

Im Stillen betete sie, dass Charlie nie erfahren würde, dass sie dieses Angebot abgelehnt hatte. Dann schüttelte sie den Kopf. „Ich kann dir nicht vertrauen. Deine diversen Intrigen, deine gespielte Geduld ... dahinter verbirgst du nur deine wahren Motive. Du wärst unser Untergang."

White schien erstaunt. Auf seine seltsame Art neigte er den Kopf zur Seite. „Die Sturheit, mit der du mich ignorierst, wird einen deiner Freunde das Leben kosten, Ari. Du überraschst mich." Unter halb gesenkten Lidern hervor musterte er Jai. „Oder habe ich mir den falschen Freund ausgesucht?" Jai funkelte ihn böse an. „Willst du etwa, dass ich ihm wehtue?"

„Es mag dumm klingen, doch ich will einfach nur meine Ruhe."

White schüttelte den Kopf. „Ich habe dich gemacht, Ari. Und zwar zu einem ganz bestimmten Zweck. Ich verschwinde jetzt nicht einfach."

„Warum?" Unbewusst schritt sie nach vorn, und Vadit knurrte. Sofort fasste Jai sie mit festem Griff am Handgelenk und zog sie zurück. „Glaubst du wirklich, dass du die Ordnung wiederherstellen kannst, indem du deinen Vater kontrollierst? Dass du auf diese Weise wieder alles ins Gleichgewicht bringst? Red hat mir verraten, dass du genau damit alle Welten zerstören wirst.“ Okay, Red hatte nichts dergleichen gesagt, aber Lilif.

Der White King erstarrte, er hatte nicht damit gerechnet, dass sie dieses Wissen besaß. Schließlich seufzte er, als würde das nun auch nichts mehr ändern. „Ich will nicht, dass du meinem Vater ständig Befehle erteilst. Ich will nur eine einzige Sache von ihm. Etwas, das er mir nur unter Zwang geben wird. Nur diese eine Sache.“

Ari schüttelte ungläubig den Kopf. „Du hast mir doch selbst erzählt, dass du dich zum Sultan krönen willst.“

„Habe ich das? Ich kann mich beim besten Willen nicht daran erinnern. Ich will die Ordnung wiederherstellen, das habe ich gesagt. Alle glauben, es ginge mir darum, Azazil vom Thron zu stoßen. Sollen sie doch! Mein Vater weiß es besser. Und er ist sich auch absolut darüber im Klaren, was ich von ihm möchte. Deshalb spielt er meine Brüder gegeneinander aus – um mich aufzuhalten. Ihm ist natürlich klar, dass du es mir beschaffen kannst, und er wird alles tun, um das zu verhindern, Ari. Überleg dir also genau, ob es klug ist, ihm zu vertrauen.“

Ari hatte keine Lust, sich manipulieren zu lassen. Erneut schüttelte sie den Kopf. „Was ist es denn? Was willst du?“

„Etwas, das die alte Welt der Dschinn zurückbringt und das Chaos davon abhält, das Ende aller Welten über uns hereinbrechen zu lassen. Ich will genau die Katastrophe verhindern, von der du eben gesprochen hast.“

Wie gebannt starrte Ari ihren Vater an, dann räusperte sich Jai, und sie kam wieder zu sich. „Tut mir leid“, erklärte sie. „Ich kann dir nicht helfen. Weil ich dir nicht vertraue. Außerdem will ich mit dieser Kraft in mir nichts zu schaffen haben.

Tatsächlich gedenke ich sie für den Rest meines Lebens zu ignorieren, falls das irgend möglich sein sollte."

White erstarrte. „Wie dumm und naiv du doch bist. Bald werden auch andere herausfinden, wer du wirklich bist. Dann wirst du den Rest deines Lebens auf der Flucht sein oder um dein Leben kämpfen. Davor kann ich dich bewahren. Falls du dich bereit erklärst, mir zu helfen."

„Red ist genau so mächtig wie du, und er beschützt mich, ohne Bedingungen zu stellen. Dafür brauche ich dich nicht."

„Mein Bruder ist eine Marionette des Sultans, Ari. Er wird dich beschützen, solange Azazil es wünscht. Aber diese bittere Wahrheit wirst du noch früh genug begreifen." Er trat einen Schritt auf sie zu. Ari unterdrückte den Drang zurückzuweichen. Ihr leiblicher Vater war so riesengroß, dass er ihr mit einer Hand die Kehle hätte zudrücken können. „Ich verlange nicht viel von meiner Tochter. Ich will nur eine einzige Sache, danach bist du frei. Ich würde sogar deine Mutter befreien."

Wie billig! Ari grinste hämisch, und die Verachtung, die sie in diesem Moment für den White King empfand, weckte erneut die Dunkelheit in ihr. Sie drängte sie zurück und machte damit ihrer echten, eigenen Wut Platz. „Ich hätte vielleicht etwas mehr Vertrauen zu dir, wenn deine Angebote nicht in fast hundert Prozent aller Fälle ausschließlich eigennützig wären. Lass meine Mutter einfach frei, verdammt, ohne etwas dafür zu verlangen. Danach können wir dann vielleicht noch mal miteinander reden."

Der White King schüttelte den Kopf, und sein Gesicht nahm wieder diesen undurchdringlichen Ausdruck an. „Ich bin Geschäftsmann, und das wäre ein schlechtes Geschäft."

Ari zuckte mit den Schultern, und tat wieder mal mutiger, als sie tatsächlich war. „Dann ist die Unterhaltung hiermit beendet."

„Der Meinung kann ich nur beipflichten“, stieß Red hervor, der nun durch die Tür kam. Sein ungeheurer Zorn ließ ihn wie ein Raubtier wirken. „Azazil hat dir befohlen, Abstand zu ihr zu halten, White.“

Ohne seinen Bruder eines Blickes zu würdigen, marschierte White mit Vadit zur Tür. Während er an Red vorbeiging, erklärte er in gelangweiltem Ton: „Als würde ich auf unseren Vater hören.“

Sobald er fort war, holte Ari erst einmal tief Luft. Ihr Onkel eilte mit großen Schritten auf sie zu. Er schien vor Wut förmlich zu vibrieren. „Ist alles in Ordnung?“

Jai legte ihr eine Hand auf die Schulter. „Sie hat sich hervorragend geschlagen!“

Dankbar schaute Ari ihn an und schmolz fast dahin, weil er so stolz auf sie war.

Oh, wow!

Der Red King räusperte sich, um die beiden, die einander nun völlig weltvergessen anhimmelten, wieder auf den Boden der Tatsachen zurückzuholen. Danach grinste er Ari wissend an, wurde allerdings gleich wieder ernst und nickte. „Erzähl mir später, was White wollte. Jetzt … beginnt Charlies Prozess.“

2. *KAPITEL*

KÖNIGE UND GERICHTE KENNEN KEIN GESETZ

Es dauerte eine Weile, bis Charlie sich an den intensiven Geruch der feuchten Erde gewöhnt hatte. Der Boden bestand nämlich nur aus festgetretener Erde. Aus den Mauern hatte man zumindest hier alle Smaragde entfernt, andernfalls wäre er vielleicht vor Verlangen danach wahnsinnig geworden. Charlie lehnte den Kopf gegen die schmutzigen Steine und betrachtete die Stäbe, die seine Zelle im Kerker von Azazils Palast umschlossen. Sie waren hier die einzige Lichtquelle, denn sie leuchteten magisch. Wer sie berührte, verbrannte sofort. Zumindest behauptete das der riesige Shaitan, der ihn hergebracht hatte.

Und gestern Nacht hatte Charlie einen markerschütternden Schrei gehört und danach den Gestank verbrannten Fleisches gerochen. Seitdem war er wirklich froh, dass er auf seinen Kerkermeister gehört und die Stangen in Ruhe gelassen hatte. Jetzt saß er so weit entfernt von den Zauberstäben, wie es in der winzigen Zelle nur irgend ging. Seit dem Todesschrei herrschte plötzlich Ruhe im Verlies; das Geplapper der zahlreichen anderen Gefangenen war erstorben. Zu seiner eigenen Überraschung war Charlie dann tatsächlich ein paarmal eingenickt, obwohl das in so einer Situation ja fast unmöglich war.

Der Red King hatte ihm am Abend zuvor einen Besuch abgestattet. Dass Red es war, der ihn zum Magier gemacht hatte, war noch immer ihr Geheimnis, was zwar kein besonders enges, aber doch irgendwie spezielles Band zwischen ihnen schuf. Charlie wusste dennoch nicht, was Red genau damit bezweckt hatte, ob er vielleicht lediglich die Befehle des Sultans befolgte. Dennoch war er bereit, ihn bis zum Beweis des Gegenteils für einen guten Kerl zu halten. Wann immer der Dschinnkönig Ari ansah, hätte Charlie schwören mögen, dass in seinem Blick echtes Gefühl mitschwang. Und außerdem musste er einfach glauben, dass wenigstens einer dieser Furcht einflößenden Riesentypen auf seiner Seite war.

Und daran, dass der Red King ihn heute nicht sterben lassen würde.

Das zumindest hatte er Charlie am Abend zuvor versprochen, ja, sogar geschworen. Red wollte alles tun, was in seiner Macht stand. Als er an dieses Gespräch dachte, drehte sich Charlie vor Angst der Magen um. Wie war er nur in diesem Schlamassel gelandet? Gut, sein Leben war auch sonst ein schlechter Witz, aber das hier war noch mal eine ganz andere Nummer: Er kauerte in einem Verlies in einer anderen Dimension und wartete auf die Entscheidung, ob man ihn für den Mord an einem psychotischen Killermagier hinrichten würde. *Vielleicht hab ich im letzten Jahr doch ein bisschen viel Dope geraucht.*

Ein plötzliches Knistern und Knacken brach die Stille, dann hörte Charlie Gemurmel und die Schritte der Wachen. Holte man bereits den ersten Gefangenen für seinen Prozess ab?

Es war unvorstellbar, dass er erst gestern neben Fallon gesessen haben sollte, die ihn wegen Jai und Ari tröstete. Die Roes hatten sich fantastisch verhalten und ihm geholfen, seine Schuldgefühle zu überwinden, weil er jemanden getötet hatte.

Er hatte einen Mann getötet.

Und was noch schlimmer war: Seine beste Freundin war nach ihrer Entführung durch ebendiesen Mann noch immer zu schwach, um ihm jetzt beizustehen. Und um dem ganzen Mist die Krone aufzusetzen, hatte Jai danach auch noch an Aris Bett gehockt, um ihr zu sagen, dass er mit ihr zusammen sein wollte.

Charlie hatte Ari verloren.

Sein einziger Trost war Fallon. Wenn er ihr zuhörte, wie sie über alles und nichts redete, vergaß er die ganzen Katastrophen. Wenigstens für eine Weile. Sie hatte ihm von ihrem ersten Auftrag als Jägerin erzählt, ihm dabei die Haare hinters Ohr gestrichen, das Tattoo an seinem Handgelenk gestreichelt, ihre kleine Hand in seine große geschoben. Er hatte sich ihr nahe gefühlt und dabei den Schmerz darüber verdrängt, dass er jemand so einzigartigen wie Ari verloren hatte. Woran einzig und allein er selbst schuld war.

Mitten in sein Unglück war dann der Red King geplatzt, um ihn vor den Dschinn zu warnen, die auf dem Weg waren, um ihn nach Mount Qaf zu bringen. Die Warnung kam zu spät. Die beiden Shaitane erschienen, kaum dass sie ausgesprochen war.

Charlie konnte sich nicht daran erinnern, wie er nach Mount Qaf gekommen war. Er versuchte es immer wieder, aber diese Zeitspanne in seinem Leben fehlte ihm einfach. Eben noch hatte er schockiert dem Red King zugehört, im nächsten zerrte man ihn bereits durch einen düsteren, nur von mittelalterlichen Wandfackeln erleuchteten Tunnel. Er war an einer Zelle nach der anderen vorbeimarschiert, bis man ihn in die steckte, die für ihn vorgesehen war.

So schrecklich seine gegenwärtige Situation auch war, die Schuld daran konnte er ebenfalls keinem anderen als sich selbst zuschreiben. Genau so etwas hatte Ari nämlich befürchtet, seit er ihr eröffnete, dass er sich in einen Magier hatte verwandeln lassen, um seinen Bruder Mike an dieser Labartu zu rächen, dem Dämon, der ihn auf dem Gewissen hatte. Man hatte ihn vorher gewarnt, dass ihm für den Mord an einem reinblütigen Dschinn in Mount Qaf die Todesstrafe drohte, und er hatte sich damit abgefunden, dass ihn, wenn er seine Mission erfüllte, dieses Schicksal erwartete. Aber nun stand er vor Gericht, weil er ein Halbblut getötet hatte, das Ari fast umgebracht hätte. Damit hatte er nun wirklich nicht gerechnet, und es machte ihn wütend.

Ari ging es da sicher genauso. Der Red King hatte berichtet, dass sie mit Jai hier war. Sie hatte ihn auch in seiner Zelle besuchen wollen, aber das war ihr nicht gestattet worden. Charlie schlug mit der Faust neben sich auf den Boden. Hoffentlich ging es ihr inzwischen besser und ihr Aufenthalt in Mount Qaf brachte sie nicht in neue Gefahr. Auf keinen Fall durfte sie etwas Dummes tun, um ihn zu befreien. Mit anderen Worten: Sie durfte sich nicht so benehmen, wie er es getan hatte.

Aber Charlie war eben auch ein Egoist, und deshalb war ein Teil von ihm froh, dass Ari seinetwegen hergekommen war. Denn das hieß doch wohl, dass er ihr immer noch viel bedeutete, trotz Superdschinn Jai. Heimlich, still und leise hoffte er sogar manchmal, dass die Angst um ihn sie vielleicht daran erinnern würde, was sie früher miteinander verbunden hatte. Daran, dass sie eine Familie waren …

„Und, wer gewinnt?“ Charlie grinste, als er mit einem Glas eiskalter Coke für Ari wieder ins Wohnzimmer kam. Es war ein heißer Sommertag, die Klimaanlage war ausgefallen und ihnen blieben nur ein paar miese Ventilatoren, die lediglich die warme Luft herumwirbelten.

Mike, der mit dem Joystick in der Hand neben Ari auf dem Flur saß, runzelte die Stirn. „Wo ist mein Glas?“

Charlie zuckte mit den Schultern. „Ich hab nur zwei Hände."

Seufzend wollte Ari Mike ihre Cola geben. Der Junge grinste nur und schüttelte den Kopf. „Danke, Ari, ich hol mir schon selbst eine." Dann schaute er seinen Bruder böse an. „Glaub bloß nicht, ich weiß nicht, warum du das gemacht hast. Du willst an den Joystick!"

Das stimmte tatsächlich. Mike hatte den nämlich schon die ganze Zeit mit Beschlag belegt. Genau wie Ari. Die zog jetzt die Nase kraus.

„Okay, ich geb Charlie meinen Joystick, dann könnt ihr beide mal spielen, obwohl wir alle wissen, wie das ausgeht, und ich bin heute nicht in Stimmung, anschließend die Blutlachen wegzuputzen."

Mike brummelte etwas und sprang auf. Sobald er aus dem Zimmer war, rutschte Charlie näher an Ari heran und lehnte sein nacktes Knie an Aris ebenfalls nacktes Bein und nahm sich den Joystick. Möglichst unauffällig musterte er ihre Shorts und das Tanktop. Danke, lieber Gott, für die Hitzewelle! Das war der Traum jedes männlichen Teenagers.

Plötzlich kicherte Ari, und ihre sonderbaren Augen blitzten auf. „Fertig?"

Charlie lachte etwas peinlich berührt, stieß sie mit dem Ellbogen an und starrte auf den Bildschirm. Dann startete er das nächste Spiel. „Kann ich was dafür, dass du Shorts anhast?"

„Du trägst doch auch Shorts, Charlie", stellte sie fest.

Er schaute an sich herunter. „Ist nicht dasselbe."

„Für mich ja vielleicht schon. Vielleicht lenkt mich das auch ab, obwohl ich dich nicht so auffällig anglotze."

Charlie schaute sie an. Ari errötete, aber sie grinste noch immer. „Hab ich echt diese Wirkung auf dich?"

„Kann sein."

Sein Blick wanderte fast gegen seinen Willen zu ihren Lippen. In letzter Zeit hatte er sehr viel über diese Lippen nachgedacht. Okay, er dachte praktisch jede Sekunde daran.

„Was? Habt ihr noch kein neues Spiel gestartet?", fragte Mike, als er wieder hereinkam, und beendete damit, was immer sich gerade angebahnt hatte.

Ari lachte und rückte ein Stück von Charlie ab. Der seufzte und hätte seinen kleinen Bruder am liebsten zum Mond geschossen. „Wir wollten grad loslegen."

„Wenn du schon am Anfang so lahm bist, wette ich zehn Dollar darauf, dass Ari dich mit Pauken und Trompeten besiegt."

Charlie zog vorwurfsvoll die Augenbrauen hoch. „Die Wette steht", erklärte er dann und schüttelte seinem Bruder die Hand. Ari räusperte sich, und die beiden Creaghs sahen sie an. „Was?"

Ari zuckte mit den Schultern. „Du hast grad zehn Dollar verloren. Mike *hat ja* vielleicht *noch eine Chance gegen mich, aber du …"*

„Willst du damit behaupten, Mike wäre bei Super Mario besser als ich?"

„Und ob ich das behaupten will."

Mike lachte glücklich. „Endlich merkt mal jemand, dass ich dir überlegen bin, Großer."

Charlie bedachte die beiden mit einem finsteren Blick, dann drehte er den Kopf entschlossen zum Bildschirm. „Okay, los geht's!"

Noch ganz in diese Erinnerung versunken, hörte Charlie plötzlich, wie sich ein Shaitan seiner Zelle näherte. Es war die Wache von letzter Nacht. Der Dschinn hob die Hand, die Stäbe hörten auf zu leuchten und verschwanden in der Mauer.

„Es ist so weit.“ Der Kerkermeister hielt ein paar schimmernde Handschellen in die Höhe.

Charlie starrte misstrauisch darauf und erhob sich. Seine Knie drohten nachzugeben. Der Shaitan lachte ihn aus, seine schwarzen Augen leuchteten rot auf. Diese Demütigung traf Charlie bis ins Mark. *Hör auf, dich wie ein Feigling aufzuführen, du schaffst das.*

Also zuckte er gespielt cool mit den Schultern und ließ sich die Handschellen anlegen. Sie brannten trotz ihrer magischen Eigenschaften nicht auf seiner Haut, waren aber sehr schwer. Von zwei Shaitanen flankiert, wurde Charlie durch dunkle Tunnel und dann eine Wendeltreppe hinaufgeführt. In den Mauern links und rechts steckten die berühmten Smaragde von Mount Qaf. Ihre Macht schien Charlie leise zu rufen. Er stöhnte auf und stolperte. Die Sehnsucht nach den grünen Steinen beherrschte ihn völlig, und wieder lachten die Shaitane ihn aus.

„Das kommt dabei raus, wenn man einem Kind ein bisschen Macht gibt, mit der es nicht umgehen kann. Dann jammert es wie ein Kätzchen nach einer Schale Milch.“

Charlie wurde rot vor Wut und bemühte sich, die Macht der Smaragde zu ignorieren. Als er den geschwungen Torbogen am Ende des Tunnels erkannte, atmete er auf. *Nur raus hier und weg von den grünen Steinen!*

Das Tor öffnete sich quietschend, und ein Hauch eiskalter Luft drang in den Tunnel. Charlie hustete einmal, dann atmete er tief durch. Die Shaitane schubsten ihn durchs Tor, und er traute seinen Augen nicht. Er kam sich vor, als wäre er mitten in *Gladiator* gelandet. Vor ihm befand sich ein riesiges Amphitheater mit Tausenden von Plätzen, und jeder einzelne war besetzt. In der Mitte erwarteten ihn mehrere Dschinn. Alles funkelte und glitzerte vor Edelsteinen: smaragdgrün, amethystviolett, saphirblau, rubinrot. Charlie war, als würde er auf eine riesige Schmuckschatulle starren.

Das Amphitheater selbst war auf den zweiten Blick dann doch weniger römisch als vielmehr im marokkanischen Stil erbaut. Die Säulen und Bögen waren mit Arabesken verziert und von bunter Seide verhüllt, die im lauen Wind wogte, als warte sie nur darauf, ihre Flügel auszubreiten und sich von der nächsten größeren Bö davonzutragen zu lassen. Ein Bestreben, das Charlie voll und ganz nachvollziehen konnte. Jemand schubste ihn vorwärts. Er schritt die Treppe hinab und versuchte, das Raunen zu ignorieren, das durch die Menge ging.

Der Boden in der Mitte der Arena bestand aus dunklem Glas, in dem sich der Himmel spiegelte. Charlie schaute nach oben auf die Ränge, und angesichts der Massen, die sich in der Arena drängten, lief ihm ein Schauder über den Rücken. Die Nachricht, dass die Dschinnkönige selbst in diesen Prozess verwickelt waren, schien sich wie ein Lauffeuer verbreitet zu haben. Selbst oben am Himmel kreisten Dschinn, die offenbar keinen Sitzplatz mehr bekommen hatten. Sie sahen aus wie exotische bunte Vögel, die neugierig auf ihn herunterstarrten. Charlie schluckte, als er einen Dschinn auf einem fliegenden Teppich entdeckte. Er wollte sich schon die Augen reiben, weil er dachte, sie würden ihm einen Streich spiclen.

Das war alles ein bisschen viel Tausendundeine Nacht für seinen Geschmack. Doch bevor er unter dem gewaltigen seelischen Druck zusammenbrechen konnte, erspähte er hinter dem Teppich die grün schimmernden Smaragdberge. Ehrfürchtig betrachtete er sie und leckte sich über die Lippen. Das Verlangen nach den Smaragden war größer als seine Angst und das Gefühl der Demütigung.

Man trieb ihn weiter in die Mitte. Charlie schaute nach links und direkt in zwei Augen, die ihre Farbe wechseln konnten – und unter denen im Moment dunkle Ringe prangten. Ari lächelte ihn besorgt an, aber ihr Kinn zitterte verdächtig. Sie saß in der ersten Reihe. Wahrscheinlich war sie schon seit Stunden wach, weil sie vor Furcht um ihn nicht hatte schlafen können. Er erwiderte ihr Lächeln – vorsichtig, aber voller Wärme – und fühlte sich einen Moment lang besser, weil sie da war. Doch sein Lächeln erstarb schnell, als er sah, wer neben Ari saß. Jai.

Er nickte ihm nur knapp zu und drehte sich dann wieder zum Mittelpunkt der Arena um. Ihm kam das alles so surreal, so falsch vor, als würde er halluzinieren.

Man hatte eine kleine Bühne für den Prozess errichtet, und einer der Shaitane führte Charlie nun darauf. Links wartete der Red King, der ihm aufmunternd zunickte. Rechts stand ein Dschinn, der fast so groß war wie Red. Sein kahler Schädel glänzte in der Wintersonne. Wie Red hatte er sich dem Anlass entsprechend gekleidet, trug schwarze Lederhosen, goldene Armreifen, goldene Manschettenknöpfe und einen Edelstein um den Hals. Hasserfüllt bohrte sich sein Blick in Charlie, der schnell den Kopf abwandte. Das musste der Gleaming King sein.

Doch dann schaute Charlie dem Herrscher über Leben und Tod ins Gesicht. Der Gleaming King verblasste neben diesem Wesen völlig. Die Macht, die von dem Dschinn ausging, fegte Charlie fast von den Füßen. Selbst sitzend war er auf seinem schwarzen Marmorthron noch ein Gigant. Trotz der leichten Brise bewegte sich keines seiner schlohweißen Haare. Der türkisfarbene seidene Umhang umfloss ihn wie ein Strom. Der Oberkörper darunter war nackt, die mächtigen Beine steckten wie bei Red und dem anderen Dschinnkönig in schwarzen Lederhosen.

Azazil, der Sultan aller Dschinn.

Das musste Charlie niemand sagen, er wusste es auch so. Der Sultan grinste ihn an, und Charlie blinzelte, weil ihm das so unwirklich vorkam. Dann hörte er hinter sich Schritte und drehte sich um. Red kam auf ihn zu.

„Charlie, wie geht es dir?"

Er zuckte scheinbar gleichmütig mit den Schultern. „Ich komm klar."

„Ich verteidige dich heute gegen meinen Bruder, den Gleaming King." Er zeigte auf den glatzköpfigen Dschinn.

Charlie nickte. „Okay."

Seufzend, als hätte er von diesem Prozess jetzt schon genug, deutete Red mit dem Kopf auf den weißhaarigen Dschinn und dessen Begleiter. „Das ist Sultan Azazil und daneben seine rechte Hand, Prinz Asmodeus."

„Ist der Sultan ... na ja, der Richter?"

„Nein", erklärte Red. „Er überwacht den Prozess. Der Richter ist dieser Marid dort drüben." Er zeigte auf einen großen schlanken Mann, der einen gelangweilten Eindruck machte. „Adeel – der Gerechte, der Weise."

„Er sieht nicht aus, als würde ihn das alles hier besonders interessieren."

„Der Prozess hat ja auch noch nicht angefangen."

„Dann hat Azazil bei der Verhandlung also nichts zu sagen?"

Red nickte bestätigend, und Charlie fühlte sich besser. Er war froh, dass er nicht dem allmächtigen und so offensichtlich wahnsinnigen Sultan ausgeliefert war. „Muss ich mich verbeugen oder so?"

Red grinste. „Wenn du freigesprochen worden bist."

„Danke für deinen Optimismus." Charlie wischte sich die feuchten Hände an der Jeans ab.

„Ohne Optimismus wird das nichts." Red nickte ihm noch einmal zu und trat dann zurück.

Charlie holte tief Luft und drückte die Knie durch, damit sie nicht zitterten. Er würde es überstehen, und sein Gefühl zumindest sagte ihm, dass dies nicht sein letzter Tag war.

Oder doch?

Ari beobachtete, wie Charlie von den Shaitanen ins Amphitheater geführt wurde, und ihr Magen zog sich vor Angst schmerzhaft zusammen. Charlie schien ihren Blick zu spüren. Er drehte den Kopf in ihre Richtung und schaute ihr in die Augen. Sie lächelte ihm aufmunternd zu, er erwiderte ihr Lächeln und nickte Jai kurz zu. Dann ging er zur Mitte der Arena.

„Mir wird richtig übel", flüsterte Ari Jai zu und drückte ihr Bein gegen seins.

Plötzlich spürte sie ein unangenehmes Prickeln, als würde man ihr winzige Nadeln in die Wangen drücken. Sie hob den Kopf, und ihr Herz setzte fast aus. Azazil grinste sie hämisch an. Auch Asmodeus musterte sie. Sie schluckte und hätte sich am liebsten an Jai festgeklammert.

Glaubst du, dass er mich gehört hat? Also Azazil. Sieh nur, wie er mich anschaut!

Wahrscheinlich, antwortete Jai ruhig. **Wir unterhalten uns am besten nur telepathisch weiter, okay?**

Ja, okay. Schnell schüttelte sie den Gedanken an Azazil und Asmodeus ab und konzentrierte sich wieder auf Charlie. Er zitterte in der kühlen Winterluft des Dschinnreiches.

Jai drückte sein Bein gegen ihres. **Hast du dir schon überlegt, was wir machen, falls Red es nicht schafft, ihn freizubekommen?**

Wir! Er hatte *wir* gesagt! Musik in Aris Ohren, die am liebsten Jais Hand genommen hätte. Aber das wäre hier äußerst unklug gewesen. **Das weiß ich wirklich noch nicht.**

Ari … Er klang ernst, ganz der überlegene Ginnaye. **Du denkst doch wohl nicht daran, deine Kräfte einzusetzen? Dann kannst du dich auch gleich umbringen!**

Ich weiß es wirklich nicht, Jai. Aber ich kann unmöglich einfach zusehen, wie man ihn umbringt. Sie spürte, wie sich jeder seiner Muskeln anspannte. **Bitte mach dir keine Sorgen. Meine Kräfte wären wirklich nur die allerletzte Option,** fügte sie schnell hinzu. **Ich versuche erst, ihn zu verteidigen, indem ich meine Version der Geschichte erzähle. Dschinn haben vielleicht komische Vorstellungen von Moral, aber sie glauben trotzdem an Ehre und Gerechtigkeit. Die Einhaltung ihrer Gesetze ist ihnen wichtig. Und niemand kann abstreiten, dass Gleamings Sohn mich angegriffen hat – mich, eine echte Dschinn. Er hatte vor, mich umzubringen. Darauf steht der Tod. Ich bin gespannt, wie Gleaming sich da herauswinden will.**

Jai entspannte sich wieder. Sein Arm streifte ihren, und sofort wurde ihr ganz unangemessen heiß. Ari errötete und war dankbar, dass der Gleaming King in diesem Moment die Verhandlung eröffnete.

„Wir haben uns heute hier versammelt, um meinem Sohn Gerechtigkeit widerfahren zu lassen." Er stellte sich vor Charlie, und seine Haltung war so bedrohlich, dass Ari schlucken musste. Wie hasserfüllt er ihren Freund anstarrte. Am liebsten hätte sie sich vor Charlie geworfen, um ihn vor Gleaming zu schützen. „Dieses Ungeheuer, dieses Halbblut, das sich zu einem Dschinn aufwirft, hat meinen Sohn kaltblütig ermordet …"

Ari hörte geduldig zu, wie Gleaming und Red hin und her argumentierten, was denn nun genau geschehen war, und wie es schließlich zu Dalís Tod kam. Anders als bei jedem normalen Prozess geschah das ohne tiefere Logik. So wurden zum Beispiel keinerlei Beweise präsentiert. Man nahm einfach an, dass das Wort eines Dschinnkönigs der Wahrheit entsprach. Red hatte dabei keinen leichten Stand, weil er Aris Rolle bei diesen hässlichen Vorfällen nach Möglichkeit herunterspielen musste.

„Hier geht es nicht darum, was mein Sohn getan hat, Red!", brüllte Gleaming, und Ari hätte fast verächtlich gegrinst. Red und auch ihr Vater White blieben stets so ruhig und ungerührt, dass sie die beiden nur bewundern konnte. Gleaming hingegen war ein Hitzkopf, der einfach nur würdelos, gehässig und kindisch wirkte. Mal ganz davon abgesehen, dass er gerade versuchte, ihren besten Freund zu kreuzigen. „Dieser Junge, den man kaum als Halbblut bezeichnen kann, hat meinen Sohn ermordet", schnaubte er jetzt und drehte sich zu den Zuschauenden um. „Hinterrücks mit einem Messer."

Ein Raunen ging durch die Menge. „Feigling", hörte Ari hier und da.

„Dalí war gerade dabei, eine Jägerin der Gilde zu erwürgen. Charlie hat ihr das Leben gerettet!", rief Red und zog damit die Aufmerksamkeit des Publikums wieder auf sich. Allerdings schienen seine Worte keine große Wirkung zu haben.

Nervös schaute Ari den Marid Adeel an, der heute den Richter gab. Zu Beginn der Verhandlung hatte er noch ausgesehen, als würde er gleich einschlafen. Jetzt aber setzte er sich auf und schaute Charlie durchdringend an. Der ballte die Fäuste, damit man nicht sah, dass seine Hände zitterten. Ari wäre fast in Tränen ausgebrochen, so leid tat er ihr.

„Wenn ich mich einmischen dürfte“, tönte plötzlich eine mächtige Stimme, die Ari leider nur allzu vertraut vorkam, und alle Köpfe wandten sich ruckartig dem Eingang der Arena zu. Entsetzt erkannte Ari den White King. Gleichmütig schlenderte ihr Vater in die Mitte des Runds. „Ich möchte zugunsten des Angeklagten aussagen“, erklärte er Adeel.

Der Marid senkte ehrerbietig den Kopf. „Es ist dem White King selbstverständlich gestattet, seine Sicht der Dinge darzulegen.“

Charlie schaute fragend zu Ari herüber. Sie schüttelte den Kopf. Nein, sie hatte den White King nicht um seine Hilfe gebeten.

„Was soll das, White?“, fragte Gleaming leise und schien unter dem Blick seines Bruders zu schrumpfen.

White antwortete ihm nicht. Er schaute durch ihn hindurch, als wäre er Luft, und wandte sich an die übrigen Anwesenden. „Dieser Prozess ist vollkommen überflüssig. Hätte Charlie Creagh Dalí nicht getötet, würde der selbst wegen Entführung, Folter und geplantem Mord hier zum Tode verurteilt werden. Sein Opfer war niemand anderes als meine Tochter Ari Johnson.“ Ari spürte, wie alle Augen sich auf sie richteten. Die Leute begannen erstaunt zu murmeln.

„Nicht zu fassen! Ist das die Tochter von Sala, dem Ifrit?“

„Ein reinblütiger Dschinn? Sie muss Salas verschwundene Tochter sein!“

Der Name ihrer Mutter hallte von allen Rängen wider. Ängstlich schaute Aris zu Red hinüber. Dessen finstere Miene sprach Bände. Jetzt wussten alle, wer sie war.

Und das sollte erst der Anfang sein.

„Was sagst du dazu, weiser Adeel?“, fuhr White fort. Ari schaute nun zu Azazil, wollte wissen, wie er auf die Enthüllung reagierte. Der Sultan musterte White und schien sich wunderbar zu amüsieren. Und Asmodeus? Zu Aris Unbehagen interessierte der sich immer noch sehr viel mehr für sie als für die Verhandlung, denn er beobachtete sie unverwandt. Schnell drehte Ari den Kopf weg.

„Soll das heißen, Dalí wurde umgebracht, weil er Eure reinblütige Tochter ermorden wollte, Hoheit?"

„Der Red King und ich mussten unseren Bruder Gleaming förmlich dazu zwingen, uns den Aufenthaltsort von Dalí mitzuteilen, nachdem wir herausgefunden hatten, dass Ari von ihm gekidnappt worden war."

Adeel runzelte die Stirn. „Soll das heißen, dass der Gleaming King wissentlich akzeptiert hat, dass eine Reinblütige von einem Halbblut gefoltert wurde?"

„Ja", bestätigten Red und White im Chor.

Gleaming knurrte wütend, und Ari ließ erleichtert die Schultern sinken. Endlich erhob sich Adeel und wandte sich an den Sultan. „Nachdem ich nun das Zeugnis von zwei Dschinnkönigen zugunsten des Angeklagten gehört habe, bleibt mir keine andere Wahl. Ich erlaube Charlie Creagh hiermit, in die Welt der Sterblichen zurückzukehren, Majestät. Die Gründe sind folgende. Erstens – er hat ein Halbblut getötet. Es gibt kein Gesetz, dass es einem Halbblut verbietet, ein anderes zu töten. Dass eines von ihnen königlicher Abstammung war, hätte das Urteil dennoch beeinflussen können. Allerdings wäre der Sohn des Gleaming King ohnehin zum Tode verurteilt worden wegen seiner Verbrechen gegen eine Reinblütige. Das gibt letzten Endes den Ausschlag. Charlie Creagh hat nicht gegen geltendes Recht verstoßen. Daher sehe ich keinen Grund, die Verhandlung fortzusetzen."

Azazil nickte, und mit lautem Wutgeheul verschwand der Gleaming King mit dem *Peripatos*.

Ari konnte nicht fassen, dass der White King ihnen nun doch geholfen hatte, ohne dass sie etwas dafür tun musste. Die ersten Zuschauer verließen nun ebenfalls das Amphitheater, viele allerdings erst, nachdem sie Ari noch einmal einer genauen Musterung unterzogen hatten. Ja, es würde eine Menge Gerüchte über sie geben. Das war klar. Doch darüber würde sie sich später Gedanken machen. Im Moment gab es Wichtigeres – Charlie. Er stand neben dem Red King und grinste erleichtert zu ihr herüber.

3. KAPITEL

MIT FREUNDLICHSTER BOSHEIT …

Zischen und Knistern erfüllte das Amphitheater, als überall die Flammen des *Peripatos* züngelten, und die Dschinn sich einer nach dem anderen davonmachten. Man war allgemein unzufrieden damit, dass der Prozess einfach abgebrochen worden war. Ari stand auf und spürte noch immer Blicke, die sich in ihren Rücken bohrten. Die Neugier der Dschinn machte ihr Angst. Das Letzte, was sie im Moment gebrauchen konnte, war der nächste Irre, der möglicherweise Jagd auf sie machte. Seufzend schüttelte sie diesen Gedanken ab, lächelte Charlie erleichtert zu und streichelte verstohlen über Jais Hand. Dann bedeutete sie ihm wortlos, ihr zu folgen. Sie schritt über den merkwürdigen Glasboden, der sie an Azazils Palast erinnerte, zu Charlie hinüber. Er umarmte sie fest und lehnte dabei seinen Kopf an ihre Schulter.

„Na, wie geht es dir jetzt?", fragte Ari, klopfte ihm betont freundschaftlich auf den Rücken und löste sich dann aus der Umarmung.

Charlie sah erschöpft aus. „Jetzt gut", sagte er und nickte Jai zu.

Jai nickte ebenfalls. „Glück gehabt."

„Stimmt."

Während die beiden sich danach ausgiebig anschwiegen, suchte Ari den Blick des Red King. Er grinste. **Ich würde dir grad am liebsten um den Hals fallen,** teilte sie ihm telepathisch mit. **Aber ich vermute, dass würde bei Azazil nicht gut ankommen.**

Ihr Onkel lächelte. **Ja, besser nicht.**

In diesem Moment spürte Ari wieder das seltsame Prickeln im Rücken, und als sie sich umdrehte, stellte sie fest, dass der White King sie so prüfend beäugte, als wäre sie ein ausgesprochen rätselhaftes Phänomen. Eines, dem er auf den Grund zu gehen gedachte. Er nickte ihr zu und verschwand dann mit dem *Peripatos*.

Stirnrunzelnd drehte Ari sich zu ihrem Onkel um. „Warum hat er das getan? Wieso hat er mir geholfen, obwohl ich mich nicht habe von ihm erpressen lassen?"

Red zuckte mit den Schultern. „Es war eine Frage der Ehre. Er hatte ohnehin immer vor, Charlie zu helfen. Schon um Gleaming eins auszuwischen. Als Gleaming Dalí erlaubte, dich zu schnappen, hat er White damit verraten. Das konnte White sich nicht gefallen lassen."

„Dann ging es ihm also um Rache."

„Und um Gerechtigkeit", bestätigte Red. „Manchmal ist das dasselbe, Ari."

Charlie lächelte Red an. „Das hab ich ihr auch schon mal erklärt."

„Und ihr habt beide unrecht", gab Ari zurück und stellte sich neben Jai. Charlie kniff die Augen zusammen und musterte die beiden. Seufzend verschränkte Ari die Arme vor der Brust. „Okay, okay. Dann gibt es also keinen Grund, meinem Vater besonders dankbar zu sein, richtig, Red?"

Ihr Onkel schnaubte geringschätzig. „Jedenfalls nicht so, dass er es mitkriegt."

„Also mir ist das völlig egal, Hauptsache, ich bin frei!" Charlie rieb sich die leicht geröteten Handgelenke.

Ari erschauderte, als sie an die Handschellen dachte und an das Verlies, in dem ihr Freund gesessen hatte. Verdammt, es musste doch einen Weg geben, um ihn von seiner Rache an der Labartu abzubringen! Hatte ihn nicht mal sein unfreiwilliger Aufenthalt hier in Mount Qaf davon kuriert? Oder ihn wenigstens ins Grübeln gebracht, ob das wirklich die beste Idee war, die er je hatte? Aber wie dem auch sein mochte – Ari wollte nur noch weg von hier. „Können wir jetzt verschwinden? Zurück in unsere Welt?"

„Eigentlich *ist* das hier deine Welt", bemerkte eine tiefe Stimme. Alle drehten sich um. Azazil stand nur ein paar Schritte von ihnen entfernt, und seine riesenhafte Gestalt warf einen dunklen Schatten auf Ari. Sie wollte sich nicht einschüchtern lassen, aber der Sultan war ihr plötzlich erschreckend nah. Sie konnte sogar den Duft nach Zitrone und Granatapfel wahrnehmen, den sein Haar stets verströmte. Seine ungeheuer mächtige Aura drohte sie auch diesmal wieder von den Füßen zu fegen. Doch sie nahm stolz die Schultern zurück und stemmte sich dagegen. Zu allem Überfluss bemerkte sie jetzt auch noch Asmodeus, der neben seinem Sultan stand. Kaum trafen sich ihre Blicke, spürte Ari ein seltsames Ziehen in der Brust, und eine unerklärliche Sehnsucht ergriff Besitz von ihr. Das konnte nur daran liegen, dass sie diese komischen Träume von ihm hatte. Schnell verdrängte sie das Gefühl.

„Gebieter!" Red senkte ehrfürchtig den Kopf, und Jai tat es ebenfalls. Ari und Charlie folgten dem Beispiel der anderen. „Habt Ihr den Prozess genossen?"

„Recht unterhaltsam. Aber was höre ich da für einen Unsinn? Ihr wollt uns gleich wieder verlassen?" Azazil grinste, und seine Zähne blitzten. Charlie zuckte zusammen. „Gönnt dem Jungen nach dem Schrecken doch eine Nacht in Mount Qaf. Ein paar unserer köstlichen Spezialitäten und danach ein bequemes luxuriöses Bett. Ich erwarte euch heute Abend. Erholt euch also jetzt ein wenig. In eure Welt könnt ihr dann am Morgen zurückkehren."

Jeder Muskel in Aris Körper verkrampfte sich, doch bevor sie etwas sagen konnte, hörte sie Reds Stimme in ihrem Kopf. **Denk nicht mal dran abzusagen, Ari.**

Sie gab sich geschlagen. **Natürlich nicht, hältst du mich für blöd?**

„Danke für Eure Einladung, Majestät", erklärte sie. „Wir nehmen sie gerne an."

Azazil lächelte zufrieden, dann drehte er sich auf dem Absatz um und marschierte mit wehendem Umhang davon. Asmodeus hingegen stand noch immer wie angewurzelt da und starrte Ari so durchdringend an, als versuche er, sich Zutritt zu ihren Gedanken zu verschaffen. Jai beobachtete das Ganze beunruhigt, und sein Blick wanderte angespannt zwischen Ari und Asmodeus hin und her. Schließlich trat Red vor und stellte sich zwischen sie und den mächtigen Marid.

„Können wir noch etwas für Sie tun, Lieutenant?", erkundigte er sich mit dieser stählernen Ruhe, die Ari so sehr an ihm bewunderte.

Asmodeus riss sich von Ari los und funkelte Red entnervt an. „Nein, ich *brauche* nichts …" Nach dieser rätselhaften Bemerkung schaute er Ari noch einmal an, bevor er bedächtigen Schritts Azazil folgte.

Red sah seine Nichte fragend an. Die hob verteidigend die Hände. „Keine Ahnung, was er damit meinte, ehrlich!"

Red wandte sich an Jai. „Vergiss nicht, was ich dir gesagt habe – sobald Asmodeus auch nur in ihre Nähe kommt, rufst du mich sofort!"

„Was will er denn von ihr?" Jais Stimme klang drohend.

„Ich weiß es nicht."

„Hey, Moment mal, hier geht doch was an mir vorbei. Was ist los?", rief Charlie. „Was zum Teufel will der unheimliche Typ von Ari? Wie der sie angesehen hat … Ist er …"

„Vergiss es einfach", schnauzte Red. „Keiner von euch ist Asmodeus gewachsen. Nicht mal eine Minute lang."

Die drei gingen auf ihre Zimmer. Das von Charlie befand sich zwei Türen von Jais entfernt. Ari wäre lieber mit den beiden Jungs zusammengeblieben, aber Red hatte gesagt, sie sollten sich fürs große Dinner umziehen.

Erst als sie ihr Zimmer betrat, wurde ihr klar, was er damit konkret gemeint hatte. Drei von Azazils weiblichen Shaitanen warteten auf sie. Als Ari sie stirnrunzelnd anstarrte, teilten sie ihr mit, dass man ihnen aufgetragen habe, sie entsprechend des Anlasses vorzubereiten.

Und davon ließen sie sich dann auch durch nichts abbringen.

Die wunderschönen dunkelhaarigen Dschinniya flatterten um sie herum wie Schmetterlinge, machten ihr die Haare und steckten sie in ein Gewand aus zartem rotem Stoff. Die Shaitane selbst trugen burgunderfarbenes Leder – eng anliegende Hosen und dazu so etwas wie ein tief ausgeschnittenes Tanktop. Zum Abschluss zogen sie Ari noch einen dicken Lidstrich. Die Augen der Frauen waren von intensivem Purpur. Außerdem sahen sie sich so ähnlich wie Drillinge.

Während der ganzen Prozedur hing Ari ihren Gedanken nach. Was sollte sie machen, wenn sie Mount Qaf verließ? Ihre Zukunft war völlig unklar. Sie wusste nicht, ob sie neben dem White King noch weitere Feinde hatte. Nachdem allerdings heute alle Welt erfahren hatte, wessen Tochter sie war, musste sie wohl leider mit ein paar neuen Gegenspielern rechnen. Was also tun? Einfach rumsitzen und warten, bis irgendein Irrer wie Dalí sie wieder schnappte? Das kam nicht infrage!

Absolut überhaupt nicht!

Die Jagd auf Dalí, das Training mit Trey und Jai, dann mit Fallon hatten ihr das Gefühl gegeben, dass sie vielleicht doch eine Chance hatte, diesen ganzen Mist zu überleben. Vielleicht irrte sie sich da auch, aber wenn sie schon ihrem eigenen Ende entgegensah, wollte sie zumindest nicht kampflos untergehen. Was war also der logische nächste Schritt auf ihrem Weg? Ari musste an Fallon und die Roe-Gilde denken. Sie nahmen ihre Aufgabe wirklich ernst, und diese Aufgabe war wichtig und ehrenhaft. Gut und sinnvoll. Und Charlie …

Charlie taten die Roes einfach gut. Klar, sie unterrichteten ihn in Magie, allerdings auch darin, wie er sie kontrollieren konnte. Wenn er bei ihnen war, trank er nicht und nahm auch keine Drogen. Vielleicht würde er irgendwann sogar seine Rachepläne aufgeben und sich einfach als Jäger der Gilde anschließen.

Plötzlich hatte Ari eine Idee. Warum machten sie das eigentlich nicht alle drei? Sie, Jai und Charlie? Ob die Roes sie aufnehmen würden? Wieso eigentlich nicht?

Ari lächelte und fühlte sich auf einmal viel besser. Ja, das war bestimmt die richtige Entscheidung. Sie würde sich zur Gildenjägerin ausbilden lassen. Endlich die Jägerin sein statt Gejagte. Und falls es ihr irgendwann selbst an den Kragen gehen sollte, war sie wenigstens vorbereitet.

Und Jai?

Mit ihm könnte es schwierig werden. Er war ein Ginnaye und kein Mitglied der Gilden. Wäre er bereit, seinen Clan für sie zu verlassen? Verlangte sie damit nicht zu früh zu viel von ihm?

„Fertig!“, verkündete die Shaitanin und riss Ari damit aus ihren Gedanken. Sie starrte ungläubig in den Ganzkörperspiegel, den man ins Zimmer gebracht hatte.

Der Mund blieb ihr offen stehen, und sie wäre am liebsten im Erdboden versunken. In diesem Kleid sah sie aus wie eine Version von Lilif, die sie einmal in einer ihrer Visionen gesehen hatte.

„Das kann ich unmöglich anziehen“, hauchte sie und wurde rot.

Die Shaitaninnen runzelten die Stirn und erwiderten im Chor: „Das musst du, der Gebieter wünscht es!“

Der Gebieter ist ein perverser Irrer! Ari stöhnte innerlich auf, als ihr einfiel, dass Azazil, der abgesehen von den weißen Haaren sehr jung aussah, ihr Großvater war. Rein technisch gesehen zumindest. Unsicher schaute sie an sich herab und überlegte, was die Jungs wohl tragen mussten. *Bestimmt nicht so was!* Das rote Kleid saß hauteng, der Ausschnitt war viel zu tief, die langen Schlitze an der Seite reichten bis zum halben Oberschenkel. Um Aris Arme wanden sich goldene Reife. Ihr Haar fiel ihr voll und ungezähmt in schweren Locken über die Schultern, das Make-up war sinnlich und verführerisch. Sie sah älter aus.

Absolut nicht wie sie selbst.

Und sie hasste es.

„Muss ich das wirklich …“

Ari kam nicht mehr dazu, den Satz zu beenden. Flammen züngelten hinter ihr auf, und Asmodeus trat aus dem *Peripatos*.

Mit einem Fingerschnippen bedeutete er den Dienerinnen, zu verschwinden – was sie eiligst taten. Ari dachte an Reds Warnung, niemals mit Asmodeus allein zu bleiben, und Panik schnürte ihr die Luft ab.

„Wirst du ihnen wirklich erlauben, Mount Qaf zu verlassen?“, fragte Red vorsichtig. Sein Vater sollte nicht den Eindruck bekommen, dass er seine Entscheidungen hinterfragte oder gar an ihnen zweifelte. In den letzten Wochen hatte er Azazil schon genug abgerungen. Der Sultan trank einen Schluck Wein, den ihm eine Shaitanin eingeschenkt hatte, die neben dem wuchtigen Sessel kniete, auf dem der Sultan Platz genommen hatte. Sie gehörte zu einer Gruppe von fünf Shaitanen, denen Azazil die Fähigkeit des Sehens und Sprechens geraubt hatte, bevor er sie zu seinen Dienern abrichtete. Bei der Erfüllung ihrer Aufgaben verließen sie sich jetzt auf andere Sinne. Und sie standen ihm in seinen Privatgemächern stets zur Verfügung, ohne je zu erfahren, worüber hier gesprochen wurde. Von allen Dienern durften allein sie sich hier aufhalten, in diesen Räumen, die sich täglich veränderten. Heute waren sie in Gold und Dunkelrot dekoriert, die Möbel allesamt im Stil des französischen Rokokos gefertigt.

Reds Vater schwieg und schloss die Augen, während er den besten Wein genoss, den man sich mittels Magie verschaffen konnte. Red machte einen Schritt auf ihn zu. „Ich dachte, das hättet Ihr gewollt, Gebieter? Dass Ari hierherkommt. Deshalb habt ihr doch verlangt, dass ich Charlies Schicksal verändere. Damit er sich rächen kann und hier zum Tode verurteilt wird. Weil Ari dann nichts mehr in der Welt der Sterblichen gehalten hätte."

Azazil seufzte und reichte sein Glas der Shaitanin zu seinen Füßen. Dann sah er Red unter gesenkten Lidern hervor an. „Das klingt ja fast vorwurfsvoll, mein Sohn."

Genau das hatte Red vermeiden wollen. „Selbstverständlich meinte ich das nicht so, Vater."

Azazil zuckte die Achseln und drehte müßig an einem Rubinring am Mittelfinger seiner rechten Hand. Ob seine Langeweile nur gespielt oder echt war, konnte Red nicht beurteilen. „Ich gebe zu, dass Ari mich fasziniert. Sie ist von großer

Reinheit. Eine seltene Eigenschaft bei unseren Kindern und sicher nichts, was ich beim Kind eines Dschinnkönigs mit einer Ifrit erwartet hätte."

„Vielleicht, weil sie bei Menschen aufgewachsen ist."

Der Sultan lachte. „Ich weiß, dass du die Menschen magst, aber glaub mir, Sohn, die Menschen sind genau wie wir – es gibt gute, schlechte und welche, die beides in sich tragen. Nur besitzen sie weder unsere Macht noch unsere Kräfte. Und Gott sei Dank auch nicht unsere Selbstbeherrschung." Er warf Red einen durchdringenden Blick zu. „Nein, Ari ist anders. Sie erinnert mich an die Ginnaye. Sie ist eine Beschützerin. Das ist ihre Natur. Damit hätte ich niemals gerechnet ... und dennoch ... ist es genau das, was ich von ihr will."

Obwohl Azazil das größte Mysterium der Welt war, glaubte Red doch, das ein oder andere über seinen Vater gelernt zu haben, ihn in gewissem Maße deuten zu können. Jedenfalls kannte er den Gesichtsausdruck, den er jetzt gerade zeigte, nur allzu gut. Azazil war besessen von einer bestimmten Idee. Red hatte keine Ahnung, welche das war oder was genau Azazil mit Ari vorhatte. Dass ihre „Reinheit" allerdings etwas damit zu tun hatte, war ganz klar. Er musste seinen Vater dringend davon abbringen.

„Ari selbst mag rein sein, aber ich habe nun schon zweimal miterlebt, wie das Siegel versucht hat, sie mit seiner Macht zu infizieren. Mit der dunklen Seite dieser Macht."

Der Sultan hob überrascht den Kopf. Bingo. Red musste ein zufriedenes Lächeln unterdrücken. Aris angebliche „Reinheit" war für seinen Vater offensichtlich von besonderer Bedeutung. Die Macht des Siegels schien dabei ein Problem darzustellen.

„Tatsächlich?", fragte Azazil. „Das ist ... wirklich ... interessant."

„Gebieter?“

Azazil lächelte und nahm wieder sein Glas Wein von der Dienerin entgegen. „Erst recht ein Grund, sie heute Abend genau zu beobachten. Asmodeus ist sich sicher, dass da etwas zwischen ihr und diesem Ginnaye läuft. Falls das stimmt, will ich mir das selbst genauer ansehen. Es könnte nützlich für uns sein.“

Bei diesen Worten spürte Red einen Anflug von Panik. Am besten ging er auf die Andeutungen wegen Aris Beziehung zu Jai gar nicht ein. Dann fiel im Charlie ein, und auch das machte ihn wütend. „Was ist mit Charlie?“ Offensichtlich war der Junge völlig umsonst aus seinem Schicksal herausgerissen worden und hatte jetzt keine weitere Bedeutung mehr in diesem Spiel. Reds Ränke hatten normalerweise immer einen Sinn. Nur so war er in der Lage, ein paar der hässlichen Dinge, die er hatte tun müssen, seit er Ari kannte, vor sich selbst zu rechtfertigen.

„Entgegen aller Erwartungen hat White ihn gerettet.“ Azazil grinste. Er schien sich wirklich darüber zu amüsieren, welche Entwicklung die Dinge genommen hatten. „Aber am Ende ist das unbedeutend. Charlie soll einen reinblütigen Dschinn töten – die Labartu. Sobald er das versucht, ist sein Schicksal besiegelt. Entweder weil die Labartu ihn erwischt oder weil wir ihn hinrichten. Wie auch immer, ich will ihn loswerden. Wir haben sein Schicksal nicht *grundlos* verändert.“ Red horchte auf. Einmal mehr wollte es scheinen, als könnte sein Vater Gedanken lesen. „Charlies eigene Dummheit wird zu seinem Tod führen. Sodass Ari uns deswegen keine Vorwürfe machen kann.“

„Dann willst du sie morgen wirklich zurück in ihre Welt lassen?“, fragte Red.

„Selbstverständlich! Es gibt keinen Grund, die Entwicklung unnatürlich zu beschleunigen. Ich kann mich nicht daran erinnern, wann wir uns in letzter Zeit besser amüsiert hätten."

„Was für ein Anblick", schnurrte Asmodeus und betrachtete Ari mit kühlem Blick.

Ihr schauderte. Sie bekam keinen Ton heraus, während er sie umkreiste und dabei einer genauen Musterung unterzog. Schließlich blieb er stehen, und ihre Blicke trafen sich. Wieder spürte Ari diese starke Sehnsucht. Sie fühlte sich zu Asmodeus hingezogen. Als ob … als ob sie ihn schon lange kennen würde.

„Du bist anders", flüsterte Ari.

„Wie bitte?

Verwirrt schüttelte Ari den Kopf. „Ich … ich weiß nicht, warum ich das gesagt habe."

„Versucht das Siegel, dich zu kontrollieren, Ari Johnson?"

Die Frage erschreckte sie. „Nur, wenn es das Gefühl hat, dass ich in Gefahr bin", antwortete sie.

Asmodeus grinste. „Glaubst du denn, dass du Grund hast, dich vor mir zu fürchten?"

„Als das, was ich bin, muss ich mich vor fast jedem Dschinn fürchten", gab sie zurück.

„Weise gesprochen." Dann verfinsterte sich seine Miene. „Vor fast jedem Dschinn? Hältst du den Ginnaye für eine Ausnahme? Von Jai Bitar geht also keine Gefahr für dich aus? Warum? Weil du ihn liebst?"

Ari wich entsetzt einen Schritt zurück. Woher wusste er das? „Ich habe keine Ahnung, wovon Sie reden."

Sein Blick wurde eisig. „Lüg mich nicht an."

Dieser Mann. Dieser Dschinn … Trotz der seltsamen Sehnsucht fürchtete Ari ihn mehr als jeden anderen Dschinn. Obwohl sie das unerklärliche Gefühl hatte, ihn zu kennen. Sie konnte ihn doch unmöglich attraktiv finden? Allein der Gedanke versetzte sie in Panik. Natürlich war er unfassbar gut aussehend, aber auch ebenso Furcht einflößend.

Als sie es wagte, Asmodeus in die Augen zu schauen, sah sie, wie wütend er war. Eine merkwürdige Melancholie ergriff von ihr Besitz. Der Zorn, mit dem er ihr begegnete, gab ihr das Gefühl, etwas verloren zu haben. Und dass *er* etwas verloren hatte.

Als wäre er nicht länger er selbst.

Ari ging einen Schritt auf Asmodeus zu, in Gedanken ganz bei den Träumen von ihm und Lilif. Darin war Asmodeus stets der Verständige gewesen, weise und … fast liebevoll. Seiner Schwester gegenüber war er immer unglaublich geduldig, außer im ersten Traum, in dem die beiden miteinander gekämpft hatten. Genau genommen hatte Lilif versucht, Asmodeus zu töten. Warum? Und was hatte Asmodeus in diesen kalten, herzlosen Marid verwandelt?

Danach hätte Ari ihn so gern gefragt. Doch dazu hätte sie ihm verraten müssen, dass sie von seiner Vergangenheit und von Lilif träumte. Sie war ganz sicher, dass es wirklich seine Vergangenheit war. Die Träume fühlten sich für sie an wie Erinnerungen. Aber wem gehörten diese Erinnerungen? Lilif oder Asmodeus?

Und warum zum Teufel kreuzten sie in Aris Kopf auf?

Bin ich jetzt so eine Art Hellseherin?

In dem Buch, das Jai ihr gegeben hatte, stand nichts darüber, dass das Siegel prophetische Kräfte oder etwas in der Art hätte. Ari fand, dass sie schon für sich allein genommen ein sehr seltsames Wesen war, noch seltsamer wollte sie wirklich nicht werden. Sie erwachte aus ihren Grübeleien und stellte fest, dass Asmodeus immer noch vor ihr stand. Und sie anstarrte. Abwehrend verschränkte sie die Arme vor der Brust. „Sie tragen das Siegel ja noch immer. Oder tun zumindest so." Sie zeigte auf den Ring, der an einem Lederband um seinen Hals hing.

Asmodeus berührte den Ring, ohne den Blick von Ari zu wenden. „Azazil wünscht es so. Er will nicht, dass man Jagd auf dich macht."

Sofort musste Ari wieder an Dalí denken. Hatte der Zauberer jemandem von ihrem Geheimnis erzählt? „Dafür ist es jetzt möglicherweise zu spät."

In Asmodeus' Augen flackerte etwas Gewalttätiges auf, und seine Stimme klang wie ein dunkles Grollen. „Und ob es das ist."

Angst erfasste Ari, und sie spürte wieder, wie die Dunkelheit sich in ihrer Brust ausbreitete. Wütende Worte kamen ihr über die Lippen, bevor sie sie stoppen konnte. „Soll das etwa eine Drohung sein?"

„Nur ein Rat." Er zuckte mit den Schultern, aber sein Blick hätte töten können.

Unglaublicher Zorn erfasste Ari, und ihr ganzer Körper schien in Flammen zu stehen. Ihre ungeheure Energie erfüllte den Raum, manifestierte sich als Windstoß, der ihre Haare aufwirbeln ließ. „Dein Rat ist weder weise noch willkommen, Asmodeus!"

Asmodeus war sichtlich schockiert, er wurde blass, und seine Augen weiteten sich. „Lilif?", flüsterte er und streckte die Hand nach Ari aus.

So schnell wie das Siegel die Kontrolle übernommen hatte, so schnell zog es sich wieder zurück, und Ari war wieder Herrin ihrer selbst. „Was?", flüsterte sie verwirrt.

„Deine Augen", erwiderte Asmodeus heiser und kam noch einen Schritt näher. „Sie haben sich verändert."

Sofort meldete die dunkle Macht sich zurück, als Abwehr gegen Asmodeus' drohende Haltung. „Verändert?"

„Sie wurden tiefbraun.“ Als er einen weiteren Schritt vortrat, dachte Ari an Reds Warnung. Doch schon packte der Marid sie am Hals und drückte sie gegen die Wand.

In Panik rief Ari telepathisch nach ihrem Onkel. **Red, ich brauche dich! Asmodeus ist in meinem Zimmer!**

Asmodeus drückte fester zu, bis Ari keine Luft mehr bekam. Dann ließ er sie plötzlich los. „Sag mir, was du weißt.“ Er versetzte ihr einen Stoß, und ihr Kopf knallte gegen die Wand. „Rede!“

Hinter ihm züngelten Flammen empor, aus denen der Red King trat. Asmodeus drehte sich um und stellte sich dem Eindringling. Ari schaute ihrem Onkel in die Augen und schob sich an Asmodeus vorbei. Dann tauchte neben Red der Sultan der Dschinn auf, der sogar seinen Sohn noch einmal deutlich überragte. Höflich lächelte Azazil Ari zu. „Wie schön du aussiehst, Ari.“ Er wandte sich an Asmodeus, seine rechte Hand. „Komm, Asmodeus. Der Anstand verbietet es, eine unschuldige junge Frau allein in ihrem Zimmer aufzusuchen. Lassen wir Ari allein, damit sie sich vor dem Essen ein wenig sammeln kann.“

Asmodeus schien sich seinem Sultan zunächst widersetzen zu wollen. Ari begriff nicht, wieso er so feindselig auf sie reagierte. Schließlich nickte er, bedachte sie mit einem letzten durchdringenden Blick und folgte Azazil hinaus. Als die Tür hinter den beiden ins Schloss fiel, lehnte Ari sich erschöpft gegen die Wand.

„Er hasst mich.“

Ihr Onkel nickte. „Ich wüsste nur gern, wieso.“

„Kannst du das rausfinden?“

„Nur, wenn mein Vater will, dass ich es herausfinde.“

Ari nickte resigniert.

Red seufzte. „Aber ich werd’s versuchen.“

In Gedanken schickte Ari ein Dankgebet dafür zum Himmel, dass es ihren Onkel gab. „Danke, Red."

Er lächelte und hielt ihr einen seiner Ellbogen hin, damit sie sich unterhaken konnte. „Du siehst übrigens wunderschön aus. Genau wie deine Mutter."

Ari hob rasch den Kopf, als er Sala erwähnte. „Kanntest du sie?", fragte sie leise und legte die Hand auf Reds Arm.

„Vor langer Zeit", sagte Red mit undurchdringlicher Miene.

4. KAPITEL

LABE DICH AN DIESEN WORTEN, BEVOR MAN DEN TELLER VOM TISCHE TRÄGT

Ari gab sich alle Mühe, Charlie und Jai nicht zu zeigen, wie erschüttert sie nach der Begegnung mit Asmodeus war. Die beiden erwarteten sie und Red am Ende des Flurs neben einem Fenster. Man konnte die angespannte Stimmung zwischen ihnen praktisch mit Händen greifen. Jai schaute hinaus, Charlie starrte auf den Fußboden.

Ich habe mich seit Twilight **nicht mehr so gut über eine Dreiecksgeschichte amüsiert.** Red grinste und warf Ari einen sarkastischen Blick zu.

Sie verdrehte die Augen und stupste ihm freundschaftlich den Ellbogen in die Seite. **Warum überrascht es mich nicht, dass du Fantasy-Storys für Teens liest?**

Ich lese alles. Besonders gut hat mir die Trilogie über dieses Mädchen gefallen, das mit den anderen Tributen der verschiedenen Distrikte kämpfen muss, wie die Gladiatoren im alten Rom. Blutrünstig, aber ausgesprochen kurzweilig.

Ari lachte und schüttelte den Kopf. „Überrascht mich auch nicht."

„Was überrascht dich nicht?", fragte Charlie, dann starrte er Ari an, die unter seinem Blick errötete. Nervös schaute sie zu Jai, der nun nicht länger gelangweilt aus dem Fenster sah. Stattdessen musterte er sie schmallippig von Kopf bis Fuß.

„Ich habe mir das Kleid nicht ausgesucht", versicherte Ari schnell. „Azazil hat darauf bestanden."

„Du siehst schön aus", sagte Jai heiser und verschränkte die Arme vor der Brust. Er selbst trug T-Shirt. Und Jeans. Genau wie Charlie.

„Wieso musstet ihr Jungs nicht auch irgendwas Lächerliches anziehen, verdammt?"

Der Red King räusperte sich. „Von ihnen wurde das nicht verlangt."

„Von mir aber schon?" Ari gefiel das überhaupt nicht. „Warum?"

„Nimm das bitte als Kompliment, Ari. Offensichtlich zählt Azazil dich zu seiner Familie, dem inneren Kreis. Er wollte dich damit nicht beleidigen. Trotzdem gebe ich zu, dass das Kleid vielleicht etwas zu gewagt ist." Er runzelte väterlich besorgt die Stirn.

„Etwas?", fragte Jai scharf.

„Sehe ich so schlimm aus?", erkundigte Ari sich beunruhigt.

Jai kniff die Augen zusammen. „Nein, eher im Gegenteil."

„Hey, sie kann tragen, was sie will", schaltete sich Charlie ein, dem es auf die Nerven ging, dass Jai Ari Vorschriften machen wollte. „Das kann sie ganz allein entscheiden."

„Dann hör auf, sie so anzustarren", erwiderte Jai drohend.

„Könnt ihr euch jetzt mal wieder einkriegen?" Ari hatte es langsam satt. „Das ist gerade nicht der richtige Moment für so eine Diskussion. Ich sehe aus, als wäre ich aus einem Cleopatra-Film gefallen, und fühle mich wirklich unwohl in meiner Haut. Lasst uns bitte dieses Essen ohne Zwischenfälle hinter uns bringen, damit wir hier morgen endlich abhauen können. Und zwar in Jeans."

„Ganz deiner Meinung", erklärte Red. „Also los!"

Red ging mit ihr voraus, Charlie folgte ihnen, und Jai bildete als Bodyguard die Nachhut. Einerseits ging es Ari gegen den Strich, dass Jai sich wie ein Idiot aufführte, andererseits wäre sie auch nicht gerade begeistert, wenn er mit freiem Oberkörper vor einer Horde von Frauen herumlaufen würde.

Ich hätte viel lieber etwas anderes an, falls dir das hilft, erklärte sie ihm per Telepathie. Währenddessen schaute sie durch die Fenster des Flurs nach draußen. In der Dunkelheit erkannte sie einen hell erleuchteten Marktplatz. Obwohl inzwischen kaum noch Kunden da waren, gingen die Händler aufmerksam zwischen ihren Ständen hin und her. Seltsam, so eine normale Szene an einem so … seltsamen Ort.

Jai seufzte. **Ich weiß. Das ist ja einer der Gründe, warum ich mich aufrege.**

Abgesehen von dem tiefen Ausschnitt und den langen Schlitzen in meinem Kleid, stimmt's?

Jai machte ein unwilliges Gesicht. **Nur weil wir nicht allein sind. Dieses Kleid … das bist einfach nicht du, aber …**

Aber?

Du siehst wirklich wunderschön aus.

Ari schmolz dahin, als sie das hörte. **Danke.**

Kurz darauf standen sie vor einer großen Flügeltür, die von vier Shaitanen bewacht wurde. Die Flügel schwangen auf und gaben den Blick auf eine große Halle frei. Ari war schon einmal hier gewesen. Seitdem hatte man blutrote Wandbehänge angebracht, überall brannten Kerzen, und in der Mitte stand ein unter der Last verschiedenster Speisen ächzender langer Tisch. Erst jetzt merkte Ari, dass ihr Magen knurrte. Sie hatte den ganzen Tag noch nichts gegessen. Am Kopf der beeindruckenden Tafel erwartete sie Azazil. Und zwar allein. Abgesehen von den Hunderten Shaitanen, die an den langen Wänden der großen Halle Wache standen.

Kein Asmodeus.

Ari atmete auf.

„Willkommen, liebe Gäste." Azazils Worte schallten durch die Halle. „Kommt, nehmt Platz. Ein Festmahl erwartet uns."

Azazil stellte viele Fragen. Nach ganz banalen und alltäglichen Dingen. Natürlich wusste er dabei ganz genau, dass seine Gäste stets nervös auf die nächste Frage warteten, die dann vielleicht schon weniger einfach zu beantworten sein würde. Ari würdigte das Essen auf ihrem Teller kaum eines Blickes und nahm erst ein paar Bissen zu sich, als Red sie mit einer Geste diskret, aber deutlich dazu aufforderte. Nur nicht unhöflich erscheinen!

Nachdem Azazil sich bei Charlie eingehend nach seinem Lieblingsbier erkundigt hatte, übernahm Ari die Gesprächsführung. „Die Gerichtsverhandlungen hier sind so anders als in unserer Welt, Majestät. Voll ungeahnter Überraschungen."

Azazil lächelte. „Ja, sehr amüsant, finde ich."

„Aber wie funktioniert das Ganze?"

Red runzelte die Stirn. „Was meinst du damit?"

„Na ja, woher wisst ihr, ob jemand ein Gesetz gebrochen hat? Du meintest, ihr wüsstet einfach, wenn es passiert, und dann sucht ihr nach dem Täter und schleppt ihn nach Mount Qaf. Ich verstehe nicht, wie das funktioniert."

„Ah, okay." Ihr Onkel nickte. „In dieser Welt gibt es Dschinn, deren Kräfte das Gesetz erschaffen. Man nennt sie Gesetzesschöpfer. Das ist eine sehr komplexe Form der Magie …" Er runzelte nachdenklich die Stirn. „Ich überlege gerade, wie ich dir das möglichst eingängig erklären kann. Stell es dir wie ein Hindernis oder eine Grenze vor. Diese Grenze wird von den Gesetzesschöpfern errichtet, und sie registriert, ob etwas richtig oder falsch war. Jedes Mal, wenn jemand ein Gesetz bricht, prallt er gegen diese Grenze und löst dabei eine Vibration aus. Die Gesetzesschöpfer können diese Vibration am Ort des Verbrechens spüren. Dann geht es nur noch darum, den Täter aufzuspüren, falls er sich nicht mehr in der Nähe aufhält. Oder aber einen Dschinn zu finden, der weiß, wo er steckt. Das machen die Gesetzesschöpfer mittels ihrer Kräfte. Es ist sehr viel schwerer, auf diese Art ein Halbblut aufzuspüren, insbesondere einen Zauberer mit einem Smaragd. Seine Magie ist schwächer und stammt von einem Edelstein, kommt also nicht aus seinem eigenen Innersten. Dschinnmagie ist wie eine Signatur. Je weniger Dschinnblut in deinen Adern fließt, desto schwächer die Signatur. Halbblute kommen dabei aber eher mit dem Gesetz in Konflikt. Entgegen aller Behauptungen werden reinblütige Dschinn nur selten vor Gericht gestellt, weil sie einen anderen Dschinn getötet haben. Das haben wir dem Gesetz zu verdanken. Wenn …"

„Wie ich höre, gab es in einem deiner Dörfer Schwierigkeiten, mein Sohn?", unterbrach Azazil ihn.

Eines seiner Dörfer? Ari schaute ihren Onkel neugierig an. Der lächelte. „Jeder Dschinnkönig hat in Mount Qaf sein eigenes Land. Ich herrsche über das Land Madani." Er wandte sich wieder an Azazil, um dessen Frage zu beantworten. „Jemand hat ohne Lizenz Smaragde geschürft. Einige Leute waren offenbar der Meinung, ich würde das nicht mitbekommen, weil ich im Moment so beschäftigt und häufig abwesend bin."

Sein Vater schnaubte. „Dummköpfe! Was hast du mit dem Dieb gemacht?"

„Ich habe seine Essenz stark vermindert und ihn aus dem Reich verbannt."

„Seine Essenz?", wiederholte Ari und fügte dann schnell hinzu: „Hoheit?" Ihr Onkel wusste natürlich, dass ihre plötzliche Ehrerbietung Theater war und musste lächeln. Aber Ari war gerade nicht besonders zum Lachen zumute. Was immer

Red mit dem Dieb gemacht hatte, klang nicht gerade nach einer milden Strafe. Bei dem Gedanken, dass er auch ein grausamer Herrscher sein konnte, wurde ihr schlecht. Sie brauchte einen Onkel, der anders war als Azazil und ihr Vater. Konnte sie Red noch trauen, wenn auch er Schattenseiten hatte?

„Seine Essenz?“, fragte sie noch einmal leise.

Red wurde ernst. „Ein sehr mächtiger Dschinn kann die Essenz eines schwächeren mindern. Damit sind seine Kräfte gemeint und das, was sie mit der Ordnung und Balance dieser Welt verbindet. Die Essenz selbst können wir dann in einer Flasche aufbewahren oder sie in einen anderen Dschinn geben.“

„Wie ist so was möglich?“ Ari warf Jai einen beunruhigten Blick zu.

Der zuckte mit den Schultern. „Keine Ahnung, bis eben wusste ich nicht einmal, dass das geht.“

„Wie ich sagte …“ Red seufzte und trank einen Schluck Wein. „Nur die ganz Mächtigen sind dazu in der Lage. Manchmal braucht es dabei sogar …“

„Ich langweile mich“, unterbrach ihn Azazil mit dröhnender Stimme. „Machen wir mit dem Dessert weiter.“ Er winkte den Dienern, die daraufhin eilig die Teller abräumten. „Nun sag schon, Charles“, murmelte Azazil, unterbrach sich aber, als man Awamet vor ihn hinstellte, und betrachtete die frittierten Teigbällchen wie ein Kind, das zum ersten Mal Süßigkeiten sieht. Ari hatte noch niemals jemanden kennengelernt, der so widersprüchlich war. Leicht lächelnd wandte Azazil sich dann wieder an Charlie. „Wie ist es, wenn einem plötzlich Blut an den Handen klebt?“

Ja, so etwas hatte Ari schon eher von ihm erwartet.

Angespannt umklammerte sie den Löffel in ihrer Hand und biss sich auf die Zunge, um den Sultan nicht lautstark zu beleidigen. Beeindruckt stellte sie fest, dass Charlie nicht mit der Wimper zuckte. Stattdessen biss er seelenruhig in eines der Teigteilchen, kaute und schluckte. „Ich vermute, es ist ein Gefühl, das Ihnen sehr vertraut ist, Sultan Azazil."

Danach herrschte einen Moment unangenehmes Schweigen. Ari erstarrte, ihr Herz schlug bis zum Hals. Wie würde Azazil jetzt reagieren?

„Du gefällst mir, Charlie Creagh." Azazil starrte Charlie berechnend an. „Ja, wirklich."

Ari versuchte, sich wieder zu beruhigen, hatte für den Rest des Abendessens aber mit ihrer wachsenden Nervosität zu kämpfen. Am liebsten hätte sie Jai und Charlie gepackt und wäre mit ihnen sofort aus Mount Qaf abgehauen.

5. KAPITEL

KÜSSE UND STERNESEHEN – DAS IST URALTE MAGIE

Charlie wusste nicht, welcher Teufel ihn vorhin beim Sultan geritten hatte, aber er bedauerte sein Verhalten jetzt. Er hockte auf dem Bett in seiner Gästesuite und wünschte inbrünstig, sie wären schon fort von hier. Dass Azazil ihn während des ganzen Essens angestarrt hatte, machte ihm Angst. Ari war natürlich wütend wegen seiner respektlosen Antwort. Das war Charlie klar. Bei der Rückkehr aus der Halle hatte sie vor ihrer Suite noch zu ihm gesagt: „Sprich in deinem Zimmer jetzt bitte nicht noch mit der Wand und erzähl dabei irgendwas Blödes, okay?“ Dann hatte sie die Tür zugeknallt. Er hatte wie ein Idiot vor Jai und Red gestanden. Der angewiderte Blick, mit dem Jai ihn bedachte, war allerdings nichts Neues und machte Charlie nicht viel aus. Betont locker war er zu seiner Suite geschlendert und hatte getan, als wäre ihm alles egal.

Das Gegenteil war der Fall.

Der ganze Abend war ein Albtraum gewesen. Die Eifersucht quälte ihn. Ari in diesem … in diesem Kleid! Und nun gehörte sie einem anderen. Allein der Gedanke verschlug ihm den Atem. Selbst als er sie damals von sich weggestoßen hatte, war sie für ihn doch immer *seine* Ari geblieben. Und sie hatte sich so danach gesehnt … *seine* Ari, *seine* Freundin zu sein. Er hatte immer fest daran geglaubt, dass sie eines Tages zusammenkommen würden. Aber jetzt war dieser Jai ihr Freund, und so wie sie ihn ansah, hatte sie Charlie nie angesehen.

Und was hatte er in seiner Wut getan? Sich mit dem mächtigsten Wesen der Welt angelegt! Sehr schlau, wirklich! Ja, er war schon so ein richtiges Genie! Charlie stöhnte und schlug die Hände vors Gesicht. Er wollte nur noch zurück zu Jack und wieder mit dem Training beginnen. Fallon fehlte ihm auch, und er hatte keine Lust mehr, ständig so zu tun, als würde er nicht noch immer Rache für seinen Bruder nehmen wollen.

„Charlie?“ Die Stimme des Red King drang durch die Tür und riss ihn aus seinen Gedanken. Bei ihrem letzten Gespräch unter vier Augen hatte Aris Onkel ihm einen Wunsch erfüllt – wovon sie bis heute nicht wusste. Charlie verdrängte das schlechte Gewissen, das er deshalb hatte. Ari vertraute dem Red King. Wenn sie Bescheid gewusst hätte, wäre es mit diesem Vertrauen vorbei gewesen. Aber sie brauchte einen mächtigen Verbündeten. Das war wichtiger für sie als die Wahrheit. Charlie öffnete die Tür und ließ den Dschinnkönig herein. Der nickte ihm zu und schloss die Tür hinter sich.

„Geht's darum, was ich vorhin zu Azazil gesagt habe? Ich weiß, wie blöd das war.“

„Und ob es das war“, stimmte Red ihm zu. „Aber ich denke nicht, dass Azazil … deshalb seine Meinung über dich geändert hat.“

Was sollte das bitte heißen? Charlie verschränkte die Arme vor der Brust. „Okay, und was willst du jetzt von mir?“

Der ganze Raum war plötzlich von magischer Energie erfüllt, dann hörte Charlie zu seinem Erstaunen Reds Stimme in seinem Kopf. **Dir das hier geben.** Er griff in die Tasche seines Umhangs und holte eine silberne Kette heraus, an der ein glitzernder Smaragd hing. Charlies Augen weiteten sich, und eine Welle des Verlangens überspülte ihn.

Den wirst du brauchen. Er wird dich beschützen … wenn ich es nicht kann.

Charlie griff zu und spürte die ungeheure Kraft des Steins durch seinen Körper strömen. Fast wäre er auf die Knie gefallen, weil er dieser Macht im ersten Moment kaum standhalten konnte. Sie war wie Lava, die aus einem lodernden Vulkan sprudelte. Es war beinahe unfassbar, dass sie sich dennoch gut anfühlte und ihn nicht versengte. Irgendwann ebbte die Energie ab. „Das war unglaublich!“ Charlie sah den Red King an.

Zeig ihn niemandem, warnte der. **Und benutze ihn nur, wenn es sich absolut nicht vermeiden lässt. Zum Beispiel, wenn dich jemand verfolgt, weil du das Gesetz gebrochen hast.**

Jetzt begriff Charlie, und er war dem Red King unendlich dankbar. Er wusste, dass Charlie seine Rache nicht einfach aufgeben konnte und wollte ihn vor dem Dschinngericht retten. Der Smaragd verlieh ihm ganz neue Kräfte. Damit konnte er seiner Strafe entfliehen. „Danke“, sagte er leise und hoffte, dass Red an seinem Gesichtsausdruck erkennen konnte, wie viel ihm das bedeutete.

Schon okay. Tu mir nur einen Gefallen und riskier dein Leben nicht so schnell wieder. Keine unverschämten Bemerkungen mehr zu unpassender Zeit. Mit einem letzten mahnenden Blick marschierte Red aus dem Zimmer und ließ Charlie mit dem Smaragd allein.

Die Versuchung, den Stein sofort zu benutzen, war fast übermächtig, aber er überwand sich und steckte ihn tief in seine Hosentasche. Diesmal würde er sich nicht wie ein Idiot benehmen. Der Smaragd würde ihn retten … wenn er sich an der Labartu gerächt hatte.

Ari drehte sich zum fünfzehnten Mal auf die andere Seite und knüllte frustriert ihr Kissen zusammen. Sie konnte nicht schlafen. Ihr Gedankenkarussell wollte einfach nicht anhalten. Charlies Benehmen beim Essen machte ihr am meisten Sorgen. Und dann war da noch das, was der White King über Azazil gesagt hatte … dass Red die Marionette seines Vaters war. Ihr war nicht entgangen, dass der Sultan Red jedes Mal unterbrochen hatte, wenn der ihnen mehr über die Welt der Dschinn erklären wollte. Als sei ihm daran gelegen, dass Ari so wenig wie möglich darüber erfuhr. Ob Red jetzt Ärger bekam, weil er zu viel verraten hatte? Trotz Whites Warnung hatte sie langsam das Gefühl, dass Red sie wirklich beschützen wollte.

Tja, und dann war da ja auch noch Jai.

Natürlich hatte sie im Moment einen Sack voller Probleme. Zum Beispiel, dass seit heute alle wussten, dass es sie überhaupt gab. Und dann noch Charlie, auf den sie aufpassen musste, bis er eines Tages seinen Verstand wiederfand. *Aber* … sie war verliebt. Und diesmal war es ein ganz anderes Gefühl … anders als ihre Teenager-Liebe für Charlie. Am liebsten wäre sie keine Sekunde ohne Jai gewesen, wollte ihn ständig berühren, fühlen, nie mehr loslassen. Oh Gott, sie vermisste ihn! Obwohl er nur durch einen Flur von ihr getrennt war, vermisste sie ihn.

Klar, es durfte niemand wissen, was sie füreinander empfanden, aber Charlie war jetzt außer Gefahr … Konnte sie da nicht mit ihrem Freund zusammen sein … heimlich, ohne dass jemand was mitbekam? Und ohne schlechtes Gewissen?

Sie warf ihre Bettdecke zur Seite und schlich sich auf Zehenspitzen aus dem Zimmer und über den Flur. **Jai, ich stehe vor deiner Tür.**

Keine Antwort. Enttäuscht wartete Ari noch einen Moment. Er musste wohl schon schlafen. Sie drehte sich um und unterdrückte ein Gähnen, als sich plötzlich ein starker Arm um sie legte und sie ins Zimmer zog. Jai grinste und drückte sie gegen die Tür, damit die ins Schloss fiel.

Was machst du denn hier? fragte er und strich Ari eine Haarsträhne hinters Ohr. Sie schmiegte die Wange in seine Hand. Als ob er nicht genau wüsste, warum sie hier war …

Ich konnte nicht schlafen. Sie legte ihm sanft die Hände auf die Brust und genoss es, ihn einfach nur zu spüren. **In so was gehst du ins Bett?** fragte sie erstaunt und starrte auf seine Jeans. Jai kam näher, und sie musste die Hände um seinen Hals legen, weil ihre Knie weich wurden.

Die habe ich eben angezogen, weil du vor der Tür standst.

Das war zwar sehr nett, aber auch enttäuschend, fand Ari. **Aha. Und worin schläfst du, wenn ich grad nicht da bin?**

Jai stützte die Hände links und rechts von ihrem Kopf gegen die Tür, Ari war dazwischen gefangen. **Ehrlich gesagt interessiert mich vielmehr, worin du schläfst …**

Ari kam nicht mehr dazu, ihm zu antworten, weil sie gleich darauf seine Lippen auf ihrem Mund fühlte. Dort verweilten sie nur kurz, bevor Jai ihr sanfte Küsse bis hinauf zum Ohr hauchte. Er knabberte an ihrem Ohrläppchen. Ari stöhnte auf und lehnte sich gegen die Wand. Er liebkoste ihren Hals … sein Mund wanderte tiefer … tiefer … dann richtete Jai sich auf. Sein Atem ging schneller, und seine Augen leuchteten wie dunkle Smaragde. Er küsste sie noch einmal auf den Mund. **Du solltest jetzt zurück in dein Zimmer gehen.**

Nein, protestierte sie und hätte sich am liebsten an ihn geklammert. **Ich muss erst noch mit dir reden.**

Jai runzelte die Stirn. **Worüber?**

Ari wollte ihm vorschlagen, nach ihrer Rückkehr in die Welt der Menschen für die Gilde zu arbeiten. Aber der Anblick seines Munds lenkte sie zu sehr ab, um überhaupt ein

Wort herauszubringen. Sie brauchte jetzt einen richtigen Kuss! Entschlossen zog sie Jai wieder an sich, presste ihre Lippen auf seine und ließ nicht von ihm ab, bevor er ihren Kuss erwiderte. Jai begann zu zittern und tat endlich genau das, was sie wollte. Verzweifelt schlang er voller Leidenschaft die Arme um sie und zog sie fest an sich.

Doch Ari war das immer noch nicht nah genug. Sie wusste nicht, wie sie zum Bett gekommen waren, aber plötzlich lag sie darauf, Jai über ihr. In diesem Moment unterbrach Jai den Kuss. Nach einem tiefen Atemzug wusste Ari nur, dass sie mehr wollte und holte sich, was sie benötigte. Langsam wurden ihre Küsse zärtlicher, aber nicht weniger verlangend. Jai ließ die Hand an ihrer Seite herabgleiten, und als sein Daumen dabei ihre Brust streifte, stöhnte Ari laut auf. Ihre heftige Reaktion ließ Jai wieder zu sich kommen. Schnell machte er sich frei und sank neben ihr auf die Matratze.

„Okay, Pause“, flüsterte er rau.

Ari seufzte. **Spielverderber.**

Lächelnd schüttelte er den Kopf. **Du wolltest doch mit mir reden.**

Sie drehte sich auf die Seite und stützte den Kopf in ihre Hand. Dann nickte sie. **Ja, es gibt ein paar Sachen, die wir besprechen müssen.**

Und die wären?

Bist du wirklich einverstanden, dass wir unsere Beziehung geheim halten?

Jai verdrehte die Augen. **Fragt sich nur, wie lange das so weitergehen soll. Die Situation, in der du gerade bist, kann prinzipiell noch ewig so bleiben.**

Okay, dann eben bis mein Vater wieder auf der Bildfläche erscheint. Und wir beide mehr Zeit miteinander verbracht haben. Du und ich. Allein. Glaub mir, ich wünsche mir

nichts mehr, als jedem zu sagen, wie sehr ich dich liebe. Aber wir müssen auch an deine Familie denken, und ich … ich glaube einfach, es wäre besser, wenn wir warten, bevor wir es jemandem sagen.

Schweigend sah Jai eine Weile nachdenklich an die Decke, und Ari wartete nervös, wie er reagieren würde. Insbesondere, da sie ihm eben zum zweiten Mal mitgeteilt hatte, dass sie ihn liebte.

Ja, das sehe ich ein, erklärte er schließlich, **wir behalten das für uns.**

Und …? fragte sie. Es ärgerte sie, dass er ihr Liebesgeständnis einfach ignorierte.

Jai runzelte die Stirn. **Und …?**

Obwohl er so tat, als würde er sie nicht verstehen, sah Ari etwas in seinen Augen aufflackern. Etwas wie Verzweiflung und Hilflosigkeit. Etwas Flehendes. Es dauerte einen Moment, aber dann begriff sie, was dieser Blick bedeutete, und Jai tat ihr unendlich leid. Was seine Familie ihm angetan hatte, war wirklich schrecklich. Sie hatten ihn emotional zerstört, und Ari war entschlossen, ihm zu helfen. Ihn zu heilen. Sanft strich sie über seine Wange. Er war völlig anders als sie. Jai war kein offenes Buch. Seine Gefühle für sie waren etwas ganz Neues für ihn, mit dem er noch nicht umgehen konnte. Sie musste ihm Zeit geben.

Und, sagte sie also, **was wollen wir tun, wenn wir zurück sind? Du hast recht. Niemand kann voraussagen, wie lange ich noch in dieser Situation sein werde. Am liebsten würde ich zur Gilde gehen. Als Jägerin.**

Jai dachte einen Moment nach und setzte sich dann auf. **Falls du das wirklich willst, sollten wir mit Red darüber sprechen. Die Gilde wird uns bestimmt für eine Weile aufnehmen.**

Uns?

Er grinste. **Willst du mich etwa nicht bei dir haben?**

Erleichtert schüttelte Ari den Kopf. **Ich war mir nicht sicher, ob du mit zu den Roes kommst. Du bist ja eigentlich ein Ginnaye.**

Was wir machen, unterscheidet sich im Grunde gar nicht so sehr von der Arbeit der Gilden. Außerdem geht es hier nicht um mich – es geht um dich. Wenn das jetzt wichtig für dich ist, machen wir es, solange du willst.

Ja, es war wichtig für sie. Sogar mehr als wichtig. Sie musste an Dalí denken, und ein kalter Schauder lief ihr über den Rücken. Es war erst ein paar Tage her, dass er sie in seine Gewalt gebracht und versucht hatte, sich durch ihr Blut die Macht des Siegels anzueignen. Ari hatte sich nie zuvor so hilflos gefühlt. Nicht einmal, als ihr Dad gestorben war. Es war grauenhaft gewesen, und sie wollte sich *nie wieder* so fühlen. Sie setzte sich ebenfalls auf und lehnte den Kopf gegen Jais Schulter. **Ich habe Angst,** gestand sie. **Nach allem, was Dalí mir angetan hat, habe ich Angst.**

Ari … Jai holte tief Luft, legte ihr den Arm um die Schultern und zog sie an sich.

Ich versuche, die Angst zu besiegen, Jai. Ich will mich nicht verstecken. Ich will Dschinn wie Dalí und Pazuzu jagen. Die Kontrolle über mein Leben wiederbekommen. Ja, genau das will ich.

Tröstend streichelte er ihr den Rücken. **Dann gehen wir zur Gilde.**

Fast hätte Ari ihm schon wieder gesagt, dass sie ihn liebte, hielt sich aber im letzten Moment zurück. **Danke.**

Ich würde gern erst meinem Vater zu Hause Bescheid geben, dass ich für eine Weile verschwinde. Und ich möchte mich von Trey verabschieden.

Trey. Ari wurde blass. Sie trennte Jai auf lange Zeit von seinem besten Freund. **Jai, ich ... vielleicht solltest du doch bei deinem Clan bleiben.**

Ari, ich kann damit leben, Trey nicht jeden Tag zu sehen. Ich kann aber nicht leben, ohne dich jeden Tag zu sehen.

Ari platzte fast das Herz. Wer brauchte bei solchen Worten noch ein Liebesgeständnis? **Langsam hast du es raus,** sagte sie breit grinsend.

Lachend umarmte Jai sie, und eine Weile saßen sie nur glücklich nebeneinander, ohne etwas zu sagen. Als Ari gerade die Augen zufallen wollten, flüsterte er: **Hattest du eigentlich wieder diese Träume?**

Sofort war Ari hellwach und dachte an den White King und Lilif. Schnell erzählte sie Jai alles, woran sie sich noch erinnern konnte.

Die Reiche kollidieren, bis am Ende nichts als eine Wüste übrig ist? Ich meine, falls die Balance gestört wird? Jai war sichtlich entsetzt.

Das hat Lilif jedenfalls zu White gesagt. Sie zuckte mit den Schultern. **Langsam denke ich daran, Red doch von meinen Träumen zu erzählen. Vielleicht sind sie wichtig. Was meinst du?**

Um ehrlich zu sein, bin ich mir nicht sicher, was deinen Onkel angeht. Aber du hast recht. Es könnte unsere einzige Chance sein, diese Träume richtig zu interpretieren und herauszufinden, warum du sie überhaupt hast.

Ari nickte und fühlte sich etwas besser, nachdem die Entscheidung nun gefallen war. **Mir bleibt wohl nichts anderes übrig, als Vertrauen zu meinem Onkel zu haben.**

Ich glaube tatsächlich, dass du ihm etwas bedeutest, Ari, falls dir das hilft. Du hast ihn ja nicht erlebt, als Anabeth

dir das *Haqeeqah* verabreicht hat oder als du entführt worden bist.

Ehrlich? fragte sie unsicher.

Jai lächelte ausgesprochen sexy. **Dir kann keiner lange widerstehen.**

Vor zwei Sekunden fandst du das aber noch nicht.

Das ließ Jai sich nicht zweimal sagen. Er drückte Ari wieder aufs Bett und küsste sie, dass es ihr den Atem verschlug. Verlangend ließ sie die Hände über seinen Rücken gleiten, drängte sich an ihn, öffnete die Lippen. Als würde er sich ins Unvermeidliche fügen, erkundete Jai sie mit seinen Fingern. Ari erbebte. Sie wollte endlich seine Haut auf ihrer spüren und versuchte, sein T-Shirt hochzuschieben. Um ihr die Sache zu erleichtern, setzte er sich auf, die Knie neben ihren Hüften, und zog sich das Shirt über den Kopf. Dann landete es auf dem Boden. Ari musste ein entzücktes Seufzen unterdrücken. Es war nicht das erste Mal, dass sie ihn mit freiem Oberkörper sah, aber sie waren sich dabei nie zuvor so nah gewesen.

Wow!

Er hatte breite Schultern, war muskulös und durchtrainiert, ohne dabei aufgepumpt zu wirken. Dieser Bizeps ... Ari seufzte, strich darüber und versuchte nicht zu zeigen, wie aufgeregt sie war. Jetzt nur nicht wie eine unerfahrene Jungfrau wirken. Noch nie hatte sie so etwas empfunden. Leidenschaft, Verlangen, Begehren – all das, wovon Rachel ihr immer erzählt hatte. Sex war eine große Sache – man musste ihn wirklich wollen. Bereit sein dafür. Mit dem richtigen Menschen.

Ari war jetzt bereit dafür. Und Jai war definitiv der richtige Mann. Ihre Küsse wurden wieder wilder, als wüssten sie beide, was nun passieren sollte. Als hätten sie Angst, dass sie wieder irgendjemand unterbrechen könnte – ein Dschinnkönig zum

Beispiel. Ari eroberte jeden Zentimeter von Jais nackter Haut, erforschte seinen Körper, eignete ihn sich an. Sie wollte ihn dort berühren, wo sie nie zuvor einen Mann berührt hatte. Und Jai wich zurück und nahm ihre Hände weg. Er schaute sie an, als könnte er es nicht fassen, dass er es überhaupt so weit hatte kommen lassen. **Lass uns einen Gang runterschalten.**

Das müssen wir nicht. Ari richtete sich auf und wollte ihn wieder umarmen.

Jai fasste sie an den Händen und schaute sie an. **Wie weit bist du denn bisher gegangen?**

Die Frage überrumpelte sie, und Ari errötete. **Nicht sehr weit**, gestand sie. **Nur Knutschen. Anfassen unterm T-Shirt, aber nicht unterm BH. Ich hatte nicht viele Freunde.** Sie zuckte mit den Schultern und wusste natürlich, dass Charlie plötzlich zwischen ihnen stand. Jai drehte den Kopf weg.

Was denn, Jai?

Ich hasse schon den Gedanken, dass irgendein Typ dich anfasst, gab er endlich zu, und man merkte, dass es ihm unangenehm war.

Ari zeigte nicht, wie gern sie das hörte. **Bist du eifersüchtig?**

Glaub schon, flüsterte er.

Grinsend rutschte Ari näher. **Ich hoffe doch sehr, dass du eine Menge Sachen mit mir anstellst, die vorher noch niemand bei mir gemacht hat.**

Jetzt lachte Jai. **Trotzdem werden wir es langsam angehen lassen. Ich will mit dir nichts überstürzen.**

Unfair, erwiderte Ari schmollend.

Herausfordernd grinsend beugte er sich über sie und küsste ihren schmollenden Mund. **Vertrau mir, du wirst den langsamen Weg zum Ziel genießen.**

Einige Zeit später lag Ari völlig kraftlos auf dem Bett und ließ das Laken los, in das sie eben noch ihre Finger gekrallt hatte. *Dort* hatte sie noch nie jemand geküsst.

„Wow", hauchte sie.

Jai lachte leise und strich ihr eine Haarsträhne aus dem Gesicht. **Oh ja.**

Ari legte sich auf ihn und spürte den festen Stoff seiner Jeans an ihren nackten Beinen. Er zog sie so eng an sich, dass seine Lippen ihren Hals berührten. **Und du?** fragte sie schließlich.

Zärtlich streichelte er ihr über die Wange. **Alles gut, Ari, wirklich.**

Es ist wirklich schön, die Sache langsam angehen zu lassen, wisperte sie, dann fielen ihr die Augen zu.

Das Letzte, was sie noch mitbekam, war, dass Jai die Decke über ihr ausbreitete. „Schlaf gut", flüsterte er.

6. KAPITEL

WER VIEL VERLIERT, SEHNT SICH DANACH, VERLOREN ZU SEIN

Ari konnte Lilifs Trauer und Zorn spüren, als wären es ihre eigenen Gefühle. Überrascht, wie jung die Dschinniya wirkte, folgte sie ihr. Lilif konnte höchstens achtzehn sein. Ihr langes schwarzes Haar wehte im Wind, ihr Gesicht war schmutzig und blutig. Lilif lief durch breite Korridore mit hellen Felswänden. Diener starrten sie mit offenem Mund an, als sie an ihnen vorbeistürmte. Ari musste sich beeilen, um Schritt zu halten. Lilif hatte eine Tür erreicht und riss sie auf. Der Raum war ebenso hell wie der Flur, spärlich, aber luxuriös möbliert. In seiner Mitte befand sich ein großes Bett, auf dem Decken aus exotischen Fellen lagen. Asmodeus hob den Kopf und schob seufzend die nackte Frau neben sich fort. „Lass uns allein."

Der weibliche Shaitan bedeckte sich mit einem knappen Stück Stoff und lief aus dem Zimmer. Dabei warf sie Lilif einen ängstlichen Blick zu.

„Dreh dich um, Schwester, damit ich mich anziehen kann."

Lilif tat, worum er sie bat, und auch Ari wandte schnell den Kopf ab. So viel wollte sie über Asmodeus beim besten Willen nicht wissen. „Ich fasse es nicht! Während ich draußen Krieg führe, stellst du dem nächsten Rock nach!"

„Es war ein sehr hübscher Rock", entgegnete Asmodeus. „Aber egal, wo warst denn um diese Zeit?"

„Afrika."

Das verwirrte Ari, die aber ansonsten mit diesen Visionen inzwischen so vertraut war, dass ihr stets bewusst war, dass sie träumte. Doch leider schienen sie sich in ihrer Abfolge an keine

Chronologie zu halten, und sie wusste nie, zu welcher Zeit der Traum spielte. Das hier war offenbar ein Zeitpunkt, der viel weiter zurücklag als alles andere, was sie bisher in ihren Visionen miterlebt hatte.

Wovon redete Lilif nur? Sie starrte die Dschinniya an, und plötzlich schien es, als würde die ihr dabei all ihre Gedanken übertragen. Lilif und Asmodeus waren Teil der Balance, nicht nur in diesem Krieg.

Durch alle Zeitalter und in allen Welten waren sie an den Kriegen der Sterblichen beteiligt und brachten die Situation ins Gleichgewicht. Manchmal verführte Lilif militärische Anführer mit ihren Sukkubus-Kräften, um sie zu schwächen, oder aber sie kämpfte gegen die Dschinn, die die gegnerische Seite unterstützten. Wie in der vorausgegangenen Nacht. Und im Monat davor, dem Monat davor, dem davor …

„Ich habe Meenah verloren“, rief Lilif aufgebracht.

Plötzlich war Asmodeus bei ihr, drehte sie zu sich um und betrachtete sie mit einem Blick, der voller Mitgefühl und Wärme war. „Das tut mir leid, Schwester. Ich weiß, wie viel sie dir bedeutet hat.“

„Wir waren Freunde.“ Lilif schüttelte den Kopf. „Seit über hundert Jahren. Ich kannte sie seit ihrer Kindheit. Sie hätte noch so ein langes Leben vor sich gehabt. Meenah war wie ein Licht, Asmodeus. Ein wunderschönes Licht!“

„Ruhig, Lilif, ruhig. Alles wird gut.“ Er nahm sie in die Arme.

Doch Lilif wehrte sich dagegen. Sie machte sich frei und schob ihn von sich. „Wie kannst du das sagen? Nichts wird gut! Und Meenah ist doch auch nicht die Erste! Seit Jahrhunderten bin ich nun Zeugin der Menschenkriege. Azazil redet von Balance und lässt Dschinn auf beiden Seiten kämpfen, damit die Welt der Sterblichen nicht im Chaos versinkt. Meenah ist von einem der Unseren getötet worden. Alle meine Freunde starben durch die Hand eines anderen Dschinn! Wir sollten uns aus den Kriegen der Menschen heraushalten. Sollen sie sich doch gegenseitig zerstören!"

Asmodeus' Gesichtsausdruck verfinsterte sich. „Du trauerst und sagst in deinem Kummer Dinge, die du nicht so meinst. Wenn Azazil dich hören könnte … Lilif, du wirst ihn in zwei Wochen heiraten. Ruiniere diese Verbindung nicht."

Lilif verzog angewidert den Mund. „Als ob ich das könnte. So, wie unser Gebieter von der Zukunft spricht, bleibt ihm gar nichts anderes übrig, als mich zu heiraten. Ich soll ihm Söhne gebären."

„Ja, ganz genau. Und sobald du das getan hast, wird sich die Balance von allein wieder einstellen."

Erschöpft ließ Lilif die Schultern sinken. Eine einsame Träne lief ihr über die Wange. „Glaubst du daran, Bruder? Meinst du, der Gebieter wird mir erlauben, ihm einige Änderungen vorzuschlagen, wenn ich Sultanin bin?"

„Vielleicht."

„Oh, Asmodeus!" Lilif schluchzte wie ein kleines Mädchen. „Ich habe von einer Welt geträumt, die so anders ist als diese, und ich komme fast um vor Sehnsucht nach ihr. Eine Ödnis, neu, unberührt, die nur darauf wartet, dass man sie mit Leben füllt. Ich träume seit einer Weile ständig davon."

„Du meinst das Später."

Lilif erstarrte. „Dann träumst du auch davon?"

„Ja, auch mich quälen diese Träume schon lange, also habe ich mich Azazil anvertraut. Es ist kein Traum, Schwester, sondern eine Warnung."

„Eine Warnung?"

„Das Später ist eine Vision der Folgen, die es haben wird, wenn das Gleichgewicht zerstört würde. Die Welten kollidie-

ren, und dabei vergeht alles, was jetzt existiert. Danach gibt es nur noch das Später – *und die Allermächtigsten, die stark genug sind, um den Zusammenbruch zu überstehen. Sie sind dann verdammt zu einem Leben in Einsamkeit.“*

„Die Allermächtigsten?“

„Azazil. Du, ich … ein paar der großen Dschinn wie Meenah.“

Lilif senkte den Blick. „Für Meenah ist es zu spät.“

Ari spürte, wie Lilifs Trauer verflog und einem neuen Gefühl Platz machte.

Hoffnung.

Ari wach auf! Jais Stimme drang in Aris Bewusstsein vor, riss sie aus ihrer Traumwelt und holte sie zurück in die Realität. Sie öffnete die Augen und fand sich zu ihrer Erleichterung in Jais Armen wieder, sein schönes Gesicht über ihrem. **Guten Morgen!** Er küsste sie sanft, und sie spürte das Kratzen seiner Bartstoppeln.

Mmmm, murmelte sie schlaftrunken und strich über seine Wange. **Du brauchst eine Rasur.**

Er lachte. **Wie nett.**

Was ist nett?

Ich wache mit meiner Freundin auf, und sie sagt mir erst mal, dass ich mich rasieren soll. Das ist so normal.

Ari lachte nun auch, küsste ihn und setzte sich hin. Aha … sie war also definitiv seine Freundin! Gut zu wissen. **Ich kann ganz schnell dafür sorgen, dass es kein normaler Morgen mehr ist, indem ich dir von meinem Traum erzähle.**

Jai runzelte die Stirn. **Ja, das will ich unbedingt hören. Doch schnell. Man sollte uns hier nicht zusammen finden.**

Nachdem Ari alles genau wiedergegeben hatte, waren sie alle beide restlos verwirrt. Es wurde wirklich Zeit, Red einzuweihen. Doch vorher musste Ari von hier verschwinden. Sie sprang auf, zog sich im Eiltempo an und rannte in Rekordzeit in ihr eigenes Zimmer. Nach einem Sprung unter die Dusche kontaktierte sie ihren Onkel via Telepathie.

„Sie haben geläutet?" Red trat grinsend aus dem *Peripatos*. Ari lächelte. Dann fragte sie: „Können wir los?" Nur für den Fall, dass man sie doch beobachtete. **Wir müssen reden,** schickte sie dann telepathisch hinterher. **Und zwar schnell. Irgendwo, wo man uns nicht hören kann.**

Red zog eine Augenbraue hoch und nickte. „Ja, wir können gleich abreisen. Ich hole Charlie." Dann schickte er ihr auf geistigem Wege eine Adresse in Los Angeles, die sie Jai geben sollte. **Ich bringe Charlie mit. Auf geht's!**

Der *Peripatos* war definitiv etwas, das Ari nicht besonders gefiel. Klar, wenn man nur von einem ins andere Zimmer wechselte, war er praktisch. Aber damit von Mount Qaf nach Los Angeles zu reisen drehte einem den Magen um wie zu viele Loopings. Ari landete auf Betonboden, gleich darauf halfen ihr starke Hände, nicht das Gleichgewicht zu verlieren.

„Alles okay?", fragte Jai sanft und zog besorgt die Augenbrauen zusammen.

Schwach lächelnd nickte sie. „Ja, super."

„Ah, ihr seid hier!" Ari drehte sich um und erkannte am anderen Ende einer leeren Lagerhalle den Red King. Zusammen mit Charlie kam er auf sie zu. Charlie wirkte ausgeschlafen und erholt. Mistkerl – sie fühlte sich, als hätte sie gerade drei Liter Blut gespendet.

„Wo genau sind wir?", fragte sie.

„Hier werden sonst Filme gedreht. Deshalb ist die Halle auch perfekt schallgedämpft. Hier dringt kein Laut nach draußen."

„Du denkst wirklich an alles."

Red musterte sie. „Immer noch nicht an den *Peripatos* gewöhnt?"

„Sieht man das an meiner Frisur?", erkundigte Ari sich sarkastisch.

Charlie prustete. „Seit du ein Dschinn bist, hast du ganz schön Biss."

„Ich versuche nur, unser luxuriöses Abendessen von gestern nicht wieder von mir zu geben, damit wir miteinander reden können."

Red schien ihr Ton nicht besonders zu gefallen. Er funkelte Ari böse an. „*Du* hast *mich* um ein Gespräch gebeten?"

„Ja, tut mir leid", sagte sie. „Hoheit", fügte sie dann vorsichtshalber noch hinzu und war froh, als er wieder grinste. „Also, ich habe da diese sonderbaren Träume ..."

Als Ari geendet hatte, war Red merkwürdig still. Es dauerte einen Moment, bis er bemerkte, dass die anderen drei ihn erwartungsvoll anstarrten, dann aber bemühte er sich sofort wieder um seinen üblichen undurchdringlichen Gesichtsausdruck.

Das kann nicht sein, dachte Ari, enthält er mir etwa wichtige Informationen vor?

„Du weißt, was das alles bedeutet, oder?", fragte sie ins Blaue.

Red seufzte und dachte einen Moment lang nach. „Ich weiß nicht, wie viel ich dir darüber erzählen darf. Oder wo ich überhaupt anfangen soll."

„Wie wäre es am Anfang? Und sag mir die Wahrheit ... Bitte, Onkel."

In Reds Augen glitzerte kurz etwas auf. Erneut seufzend drehte er sich weg, und sein langer roter Zopf schwang vor dem Lederschild an seiner Jeans hin und her. „Lilif ... meine Mutter ... hat versucht, alles zu zerstören."

„Warum?"

Er zuckte mit den Schultern und warf Ari einen verlorenen Blick zu. Plötzlich sah er aus wie ein Junge, den seine Eltern verlassen hatten. „Man hat uns im Glauben an die Balance aller Dinge erzogen. Viele Jahre lang kämpften Dschinn in allen menschlichen Kriegen mit, dann aber wurden meine Brüder und ich geboren. Mit uns entstand ein neues Gleichgewicht. Inzwischen mischen wir uns deshalb nur noch in Kriege von höchster politischer Wichtigkeit ein. Kriege, die das Schicksal der gesamten Menschheit beeinflussen." Red massierte sich die Stirn. „Mir war immer klar, dass meine Mutter nicht damit einverstanden war, wie diese Dinge geregelt sind. Ich wusste nicht weshalb, nur dass es so war. Die Jahrhunderte vergingen, und die Geburt ihrer Söhne brachte ihr nicht das gewünschte Ergebnis. Also begann sie, Pläne zu schmieden ... und die Balance zu zerstören.

Sie fing dabei mit ihren Söhnen an. Jeder von uns trägt etwas mehr von der Essenz eines unserer Elternteile in sich. White, Shadow, ich und Gilder haben mehr von Azazil. Glass, Lucky und Gleaming mehr von Lilif. Zuerst hat sie Glass angegriffen. Sie hätte ihn leichter töten können als uns andere, weil er ihr am ähnlichsten war. Sie wollte uns aus dem Weg räumen, weil wir über die Jahrhunderte mit so vielen Schicksalen verflochten waren, ja, mit der ganzen Matrix der Existenz, dass unser Tod das Ende der Welt bedeutet hätte. Und genau das wollte Lilif ja. Du musst dir diese Dimension als ein Netz aus Millionen Pfaden vorstellen, die von Milliarden Menschen auf ihrem Lebensweg geschaffen wurden. All diese Pfade vereinigen sich an bestimmten Knotenpunkten zu sieben großen Straßen – und das sind meine Brüder und ich.

Denkt euch Azazil als in sieben Brücken gespaltene Macht, die uns mit ihm und dem Reich verbindet. Wenn man diese Brücken oder Straßen eine nach der anderen zerstört, löst sich irgendwann alles auf, bricht zusammen und am Ende verschwinden auch die Millionen Pfade. Übrig bleibt nur eine Einöde. Eine neue, vollkommen leere Welt. Diese Apokalypse überleben nur die Mächtigsten, sie haben aber keinerlei Verbindung mehr zueinander. Und das war Lilifs Ziel.

Sie wollte *das Später*.

Aber ich habe Glass gerettet. Gegen uns beide zusammen hatte sie keine Chance. Ich habe Azazil gewarnt und das auch bei White versucht ... aber der wollte uns nicht glauben. Lilif hatte ihm zu viele Lügen erzählt. Deshalb dachte er, dass sie das Gleichgewicht in Wahrheit nicht zerstören, sondern beschützen will."

„Das denkt er wohl immer noch", flüsterte Ari traurig.

Red nickte gedankenverloren. „Mein Vater vertraute mir. Allerdings hatte er einige Mühe, auch Asmodeus zu überzeugen. Fortan wurden meine Brüder von unserem Vater beschützt. Also brauchte Lilif einen neuen Plan. Sie versuchte, Asmodeus umzubringen.

Und das, obwohl sie niemanden so sehr liebte wie ihren Zwillingsbruder. Lilif wollte ihm seine Essenz rauben und dadurch mächtig genug werden, um es mit Azazil aufnehmen zu können. Asmodeus und Lilif waren die beiden Hälften einer Einheit. Asmodeus war ruhig, weise und geduldig. Lilif war leidenschaftlich, dunkel, impulsiv und gnadenlos. Zusammen bildeten sie ein perfektes Gleichgewicht, deshalb waren sie auch ständig zusammen. Doch dann fing Lilif plötzlich an, sich mehr und mehr von ihrem Bruder zurückzuziehen, bis sie ihn schließlich angriff. Mein Vater rettete ihm damals das Leben, seitdem ist Asmodeus ihm vollkommen ergeben."

„Aber er ist nicht mehr derselbe", stellte Ari fest und dachte daran, wie sehr er sich von dem alten Asmodeus ihrer Visionen unterschied. „Er ist jetzt das dunkle Wesen."

„Ohne Lilif ergibt seine Existenz keinen Sinn mehr. Seit sie nicht mehr da ist, durchläuft Asmodeus helle und dunkle Phasen. Bedauerlicherweise scheint er sich momentan in einer der letzteren zu befinden. Ich würde wirklich zu gern wissen, was er von dir will, Ari." Red machte ein verwirrtes Gesicht. „Aber wie dem auch sei – mein Vater hat Lilif getötet und ihren Körper in eine Gruft gebracht, die niemals jemand zu Gesicht bekommen hat. Niemand weiß, wo sie begraben ist. Das hat White dem Sultan nie verziehen. Und deshalb braucht er dich. Um Azazil zu bestrafen. Ihn zu entmachten, ohne dabei das Gleichgewicht zu zerstören."

Ari blinzelte und versuchte, all diese Informationen zu verarbeiten. Sie schaute hinüber zu Jai, der wiederum fasziniert Red anstarrte. Irgendetwas kam Ari an der Geschichte merkwürdig vor, aber sie konnte nicht sagen, was. Gut, darüber musste sie später nachdenken, denn es gab noch eine Frage, die Red ihr dringend beantworten sollte: „Dann sind diese Träume … also eigentlich Erinnerungen?"

„Scheint fast so. Wie könntest du das sonst alles wissen?"

„Und warum träume ich überhaupt davon? Was hat das zu bedeuten?"

Der Red King hob eine Hand. „Keine Ahnung. Aber ich kümmere mich darum, Ari. Ich werde das schon herausfinden, nur muss ich dabei äußerst vorsichtig vorgehen. Erzähl auf keinen Fall irgendjemand anderem davon, okay?"

„Und was machen wir jetzt?", erkundigte sich Charlie.

Ari schaute ihren Freund an. Sie war wirklich unheimlich dankbar, dass er noch am Leben und hier bei ihnen war. „Was hältst du davon, wenn wir zu den Roes zurückgehen?"

Er lächelte. „Ja, das klingt gut."

Ari sah etwas Gefährliches in seinen Augen aufblitzen. Offenbar konnte er es gar nicht erwarten, zurück zu Jack zu kommen und sein Training fortzusetzen. Was das bedeutete, war klar. Sie musste später in einer ruhigen Minute unbedingt mit Charlie reden, denn wie es aussah, wollte er noch immer den Tod seines Bruders rächen.

„Red“, sie wandte sich wieder ihrem Onkel zu. „Würdest du mit der Gilde reden? Damit sie uns als Jäger aufnehmen, meine ich.“

„Du willst jagen?“

„Ich ertrag's nicht mehr, nur rumzusitzen und abzuwarten, was für ein Mist mich als Nächstes ereilt. Von jetzt an sollen die Bösen sich vor mir fürchten. Das wäre doch mal eine nette Abwechslung.“

Eine kurze Weile herrschte verblüfftes Schweigen, dann brachen die drei Männer in Lachen aus. Jai versuchte noch, es zu verbergen, aber es war zu spät.

„Was?“, stieß sie verärgert hervor. „Und ob die Angst vor mir haben werden! Darauf könnt ihr Gift nehmen!“

„Das wird wohl noch ein bisschen dauern“, widersprach Red grinsend. „Dein Äußeres wird dir sicher helfen. Keiner wird bei deinem Anblick vermuten, dass du über derartige Kräfte verfügst.“

Ansatzweise besänftigt, hörte Ari zu, als Jai ihre nächsten Schritte plante. Red sollte Charlie direkt zu den Roes bringen und dort mit der Gilde alles Notwendige besprechen. Währenddessen würde Ari ihn zu seinem Clan in Los Angeles begleiten, denn er musste seinem Vater ja mitteilen, dass er für eine unbestimmte Zeit zur Roe-Gilde stoßen würde. Jai hätte Ari lieber nicht dabei gehabt, aber sie ließ nicht mit sich reden. Den Besuch bei seiner Familie sollte er nicht allein durchstehen.

7. KAPITEL

MEIN FEUER TRIFFT IHR EIS, UND DER SCHNEE BEGINNT ZU FALLEN

Verdammt.

Ari und Jai waren mittels des *Peripatos* in Luca Bitars Büro gelandet, und nun mussten sie feststellen, dass hier gerade so etwas wie eine Versammlung stattfand. Vor Lucas Schreibtisch hatte man in einem Halbkreis mehrere Stühle aufgestellt, jeder davon besetzt. Die meisten der Anwesenden kannte Ari nicht. Nicki und David Bitar hingegen leider schon. Luca stand vor seinem Schreibtisch und musterte Ari und Jai, die so unvermittelt aufgetaucht waren, mit kühlem Blick.

Jai nickte seinem Vater respektvoll zu. „Ich bitte um Verzeihung. Ich hatte vergessen, dass hier gerade ein Clan-Treffen stattfindet."

Oh. Ari rückte etwas näher an ihren Freund heran. Alle starrten sie an, und sie fühlte sich mehr als nur unbehaglich. Das hier war also das Clan-Treffen der Ginnaye. Es kam ihr eher vor wie eine Schulklasse vor dem Lehrer.

„Entschuldigung akzeptiert." Luca runzelte die Stirn und schaute misstrauisch zwischen seinem Sohn und Ari hin und her. „Ist etwas passiert?"

„Kann ich dich unter vier Augen sprechen?", bat Jai.

„Natürlich." Luca wandte sich an seine Frau Nicki. „Ich bin gleich wieder zurück. Entschuldigt uns unterdessen."

Ari folgte Jai und Luca hinaus. Schade, dass Trey nicht hier ist, dachte sie. *Insbesondere, weil Jai sich ja eigentlich von ihm verabschieden wollte.* Erst als sie die große Eingangshalle erreicht hatten, fiel Ari ein, dass die beiden Männer sich vielleicht lieber ohne sie unterhalten würden. „Ich … äh … ich lasse euch dann eben allein und mache einen kleinen Spaziergang“, stotterte sie.

Jai runzelte die Stirn. „Sicher?“

„Ja, kein Problem.“ Sie winkte ihm zu, und er folgte zögernd seinem Vater. Als die beiden um die Ecke verschwunden waren, überlegte sie, was sie nun mit sich anfangen sollte. Auf keinen Fall würde sie ins Büro zurückkehren. Sie beschloss, einfach ein bisschen durchs Haus zu laufen. Oh Gott, war sie froh, dass sie nur ein paar Minuten hier bleiben würden. Der letzte Besuch war ihr nicht gerade in guter Erinnerung geblieben. Jai hatte sie ständig auf Armeslänge von sich weggehalten, Nicki hatte sich benommen wie das letzte Miststück, und Luca hatte ihr klar gesagt, dass sie sich von seinem Sohn fernhalten sollte. Zu guter Letzt hatte dann einer von Jais Brüdern versucht, sie zu vergewaltigen, und Ari hatte die Macht des Siegels gegen ihn eingesetzt, um sich zu retten. Ja, es war hier wirklich ganz toll gewesen. Der einzige Lichtblick war Trey.

Und okay, der Kuss von Jai im Club war ziemlich heiß, bis er dann deshalb die Krise kriegte. „Oh!“ Ari war so in Gedanken versunken gewesen, dass sie jetzt erst merkte, wo sie gelandet war – in dem Raum mit den Schätzen, die die Bitars im Laufe der Jahrhunderte gesammelt hatten. Unter anderem wurde hier das Stundenglas von Shakespeare aufbewahrt. Damit hatte Azazil einst die Regeln gebrochen und die Zeit zurückgedreht, um Shakespeares Schicksal wieder auf den rechten Weg zu bringen, nachdem White es vermasselt hatte.

Teruze, der Dschinn, der die Schätze bewachte, saß in einer Ecke in seiner Flasche. Ari konnte seine starke Energie fühlen, die durch den gesamten Raum pulsierte. Aber ihretwegen brauchte er sich keine Sorgen zu machen. Sie war nicht hier, um etwas zu stehlen, es hatte sie nur aus einem einzigen Grund hierhergezogen: Sie wollte sich noch einmal das Gemälde von Lilif ansehen, das sie hier bei ihrem letzten Besuch entdeckt hatte. Dadurch hatte sie überhaupt erst begriffen, dass sie von einem echten Dschinn träumte. Ob Red wirklich herausfinden würde, was hinter ihren Visionen steckte?

„Er kann nicht lieben. Ich hoffe, das ist dir klar."

Erschrocken wirbelte Ari herum. Hinter ihr stand Yasmin Lenz. Dies war nicht ihre erste Begegnung, Ari hatte die exotische Schönheit schon einmal gesehen. Genau wie Jai war sie ein Ginnaye und außerdem die Tochter von Lucas bestem Freund Hugo. Jai hatte Yasmin benutzt, um sich an ihrem Vater zu rächen, weil der eine Affäre mit Nicki hatte. Wovon Luca, jedenfalls nach Jais Einschätzung, noch immer nichts wusste. Ari war anfangs schockiert gewesen, dass er nur deshalb mit Yasmin geschlafen hatte. Doch dann erzählte er ihr, wie grausam das Mädchen ihn immer behandelt hatte, und seitdem hielt sich Aris Mitleid in Grenzen. „Wie bitte?", fragte sie jetzt vorsichtig.

Die hochgewachsene dunkelhaarige Ginnaye kam ein paar Schritte näher. Sie war unglaublich elegant und selbstbewusst. Wie eine Raubkatze. Eigenschaften, die Ari vollkommen fehlten. Sie runzelte abwehrend die Stirn. Nein, sie durfte sich Jai jetzt besser nicht mit diesem Supermodel vorstellen.

„Ich habe gesagt, Jai kann nicht lieben." Als Ari schwieg, grinste Yasmin gehässig. „Komm schon, sogar ein Blinder kann sehen, wie hingerissen du ihn anschaust."

„Du hat keine Ahnung, wovon du redest."

„Oh, das glaube ich aber schon." Yasmin nickte pseudoverständnisvoll. „Ich versteh dich ja. Er sieht verdammt gut aus, ist emotional kaputt und ein großer Dschinn. Ich war monatelang mit ihm zusammen und kenne ihn besser als sonst irgendjemand. Und trotzdem hat er mich einfach weggeworfen."

Ari spürte, wie es in ihr dunkel wurde und die Macht des Siegels erwachte. Es war wie ein finsteres Ungeheuer, das mit dem mächtigen Schwanz schlug und sich auf diese hinterhältige Schönheit stürzen wollte. Ari funkelte Yasmin wütend an und versuchte gleichzeitig, sich zu beherrschen. „Ach ja? Dir ging es doch immer nur um deinen Clan und nicht um Jai. Das wusste er ganz genau. Du warst scharf auf ihn und hast ihn lediglich benutzt. Er hasst Hugo. Eure Affäre diente ihm nur dazu, sich an deinem Vater zu rächen. Und falls du wirklich denkst, du würdest Jai kennen, irrst du dich gewaltig."

Yasmin lachte. Sie genoss sichtlich, dass sie es geschafft hatte, Ari zu verletzen. Ihre Augen funkelten böse. „Och, du Arme. Ich wäre gern dabei, wenn er dich in den Wind schießt. Du denkst vielleicht, dass du ihn retten kannst, Ari, aber ich war dabei … Ich weiß, was seine Familie mit ihm gemacht hat. Und irgendwann wird ihm auch auffallen, dass du nur ein kleines Mädchen bist. Dann wird er sich ganz schnell wieder eine richtige Frau suchen, die weiß, was sie im Bett tut." Ihr Blick war auf einmal versonnen, ihre Wangen röteten sich. „Ich fahre ja total auf dieses seufzende Keuchen ab, das er ausstößt, wenn er …"

„Halt die Klappe!", rief Ari, und das Siegel heizte ihren Zorn weiter an. Zu spät bemerkte sie, dass sie seine Macht benutzt und Yasmin damit einen magischen Befehl erteilt hatte. Yasmin berührte ihren Hals und bekam keinen Ton mehr heraus. Die Dunkelheit in Ari beobachtete sie zufrieden.

„Du hast die ganze Zeit dabei zugesehen, wie seine Familie ihn gequält hat", zischte sie drohend und ging einen Schritt auf Yasmin zu. „Ohne ihm zu helfen. Und dann wolltest du auch noch Ansprüche an ihn stellen? Du hast gar nichts von ihm bekommen, kein Gefühl, keine Zuneigung! Du wirst ihm nie wieder wehtun, keiner von euch wird ihm je wieder wehtun! Ich befehle dir, ihn in Ruhe zu lassen!"

„Ari!"

Sie blinzelte verwirrt, als sie plötzlich Jais Stimme hörte. Die Dunkelheit in ihr zog sich zurück, und Ari hatte wieder die Kontrolle über sich selbst. Ihr Herz raste. Jai starrte sie schockiert an, hinter ihm stand Luca.

„Ari, was tust du da, verdammt?", flüsterte Jai heiser.

Sie schüttelte den Kopf und überlegte verzweifelt, wie sie ihm das alles erklären sollte. Das war nicht *sie* gewesen. *Sie* hatte das nicht getan.

Sie war …

Ich drehe durch. Ich drehe total durch.

„Ari?"

Sie taumelte zurück, alles drehte sich. Nein, sie hatte überhaupt keine Kontrolle über sich. *Oh verdammt!* Yasmin machte röchelnde Geräusche, während sie weiter versuchte, etwas zu sagen, und Luca verzweifelte Blicke zuwarf.

Entsetzt rief Ari: „Ich befehle dir, wieder sprechen zu können!"

„Oh Gott … was zum Teufel …?", kreischte Yasmin panisch und starrte Ari an. „Was zum Teufel ist das für ein Wesen? Das ist nicht normal! Sie ist kein …"

„Beruhig dich", schimpfte Luca und griff Yasmin am Arm. „Befiehl ihr, das alles zu vergessen, Ari! Sofort!"

Ari machte wieder einen Schritt auf Yasmin zu. „Yasmin Lenz, ich befehle dir, niemals jemandem zu sagen, was heute zwischen uns geschehen ist. Nicht mündlich, nicht schriftlich, nicht telepathisch und auch auf keinem anderen Weg der Kommunikation."

Yasmin schaute Luca vorwurfsvoll an.

Der runzelte die Stirn. „Bist du sicher, dass du das richtig formuliert hast?"

„Ja, so bleibt ihr kein Schlupfloch. Sie kann nicht mal irgendwelche Andeutungen über mich machen, ohne zu erwähnen, was sich hier abgespielt hat. Und genau das habe ich ihr eben für immer verboten."

„Okay." Bitar wandte sich wieder an Yasmin. „Geh sofort zurück in mein Büro. Das ist allein deine Schuld. Was mischst du dich auch in Dinge ein, die dich absolut nichts angehen."

Sobald Yasmin verschwunden war, funkelte Bitar seinen Sohn verärgert an. „Yasmin Lenz? Ist das dein Ernst?"

„Hugo hatte es verdient."

Luca zog die Augenbrauen zusammen. „Dann weißt du also von ihm und Nicki?"

Jai hob den Kopf, und Ari schnappte nach Luft. Luca war im Bilde über die Affäre seiner Frau mit Hugo Lenz? „Du weißt davon?"

„Natürlich tue ich das", antwortete Luca verbittert. „Ich weiß absolut alles, was in unserem Clan vor sich geht. Und obwohl du es aus Loyalität zu mir getan hast, kann ich deine Methoden nicht gutheißen."

Jai nickte angespannt. „Die Sache war schneller vorbei, als sie angefangen hatte."

„Ja, genau wie bei … Hugo und Nicki." Luca schwieg einen Moment, dann schaute er Ari an. „Pass doch bitte freundlicherweise auf Ms Johnson auf, ohne etwas mit ihr anzufangen."

„Vater …"

„Mehr habe ich nicht dazu zu sagen. Viel Glück bei den Roes." Er nickte Ari zu. „Auf Wiedersehen, Ms Johnson."

Ari nickte ebenfalls, und Bitar zog sich zurück.

„Jai … ich … es tut mir so leid …. Ich …"

„Hör auf!" Jai hob die Hand. „Wir müssen jetzt sofort von hier verschwinden."

„Was ist mit Trey?", fragte Ari leise.

„Der ist unterwegs wegen eines Auftrags. Ich rufe ihn später an."

„Jai …", begann sie wieder und strich ihm über den Arm.

„Lass uns einfach gehen."

Nervös und beschämt holte Ari einmal tief Luft, dann gingen sie mit dem *Peripatos* in Flammen auf.

8. KAPITEL

DIE HOFFNUNG STIRBT ZULETZT

Die Energie, die er neben sich in Ari spürte, lenkte Jai ab. Ari zitterte noch immer. Er hatte sich eben wie ein Idiot benommen, als sie die Kontrolle verlor und die Macht des Siegels einsetzte. Trotzdem schmiegte sie sich jetzt Trost suchend an ihn. Er war nicht wütend auf sie. Tatsächlich machte er sich schreckliche Sorgen und konnte dabei doch nicht mehr tun, als auf sie aufzupassen. Wie nutzlos er sich vorkam! Wenn er also auf irgendjemanden wütend war, dann auf sich selbst!

Diese Wut an Ari auszulassen war nicht gerade die Lösung des Problems. Sie hatte auch so schon genug Angst. Und er wollte ihr auf keinen Fall das Gefühl geben, dass sie allein damit war. Leider hatte er genau das gerade getan. *Oh, warum nur?*

Jai nickte dem Mann zu, der ihn grüßte, ohne ihn richtig zu sehen. Ari hatte ihn völlig durcheinandergebracht. Er konnte sich nicht mehr konzentrieren, nur noch an sie denken. Und letzte Nacht … Jai schloss die Augen, senkte den Kopf und spürte wieder, wie es sich angefühlt hatte, sie in den Armen zu halten. Die samtige Haut, die sanfte Berührung ihrer Hände, der Vanilleduft in ihrem Haar, ihr Seufzen … ihr liebevolles Lächeln.

Ihr Liebesgeflüster.

Jai sehnte sich nach ihr, begehrte sie … und das war gefährlich. Gefährlich wie eine Sucht und …

Warum habe ich es nicht hinbekommen, ihr zu sagen, dass ich sie auch liebe? Aus den Augenwinkeln sah er verstohlen zu ihr hin. Sie redete gerade mit Michael Roe und wirkte jetzt etwas ruhiger. Michael war Fallons Vater und das Oberhaupt der Gilde.

Warum konnte er seine Gefühle bloß nicht offenbaren?

Das weißt du doch genau, flüsterte eine Stimme in seinem Kopf.

Nicki.

Jai ballte seine Hände zu Fäusten und versuchte vergeblich, die Erinnerungen zu verdrängen … die Erinnerungen an das, was ihn so ungeheuer verletzt hatte.

Seine Stiefmutter Nicki Bitar stand da, schaute ihn verächtlich lächelnd an und trommelte mit den kunstvoll manikürten Fingernägeln auf ihren Oberarm. Ein klares Zeichen, dass sie wütend war und zu jeder Grausamkeit bereit. Links neben ihr stand ihr jüngster Sohn Stephen, gerade zehn Jahre alt. Er machte ein misstrauisches Gesicht. Rechts neben ihr stand David, der sechs Jahre älter war als Jai. Achtzehn Jahre damals, noch kein richtiger Mann, aber auch kein Junge mehr. Er grinste Jai voller hinterhältiger Vorfreude an.

Nicki sah nun den Mann an, der ihn festhielt. Der zwanzig Jahre alte Tarik hatte ihn so fest gepackt, dass der jüngere Jai sich unmöglich befreien konnte. „Lass ihn nicht los, mein Sohn. Stephen und David dürfen ihn abwechselnd dafür bestrafen, dass er David beim Training blaue Flecken beigebracht hat."

Jai wand sich. „Aber wir haben doch trainiert!", rief er aufgebracht.

„Das stimmt, Mom", seufzte Tarik. „Wenn David sich von einem Zwölfjährigen fertigmachen lässt, hat er die blauen Flecke verdient. Wollen wir das nicht einfach vergessen?"

Der Widerspruch machte Nicki nur noch wütender. „Nein! Wenn du mich liebst, bleibst du hier und schaust dir die Bestrafung des Jungen an!"

„Schön! Bringen wir es hinter uns. Ich habe nämlich auch noch was anderes zu tun."

„Stephen." Nicki schubste ihren Jüngsten vor. „Du zuerst!"

Entsetzt starrte Stephen seinen Halbbruder an, schüttelte den Kopf und schaute über die Schulter hinweg zu Nicki. „Muss ich, Mom?"

„Ja", zischte sie. „Habe ich nicht gesagt, dass er ein böser Junge war? Er hat es verdient."

„Aber ich mag nicht."

„Herrgott ...", seufzte David, trat vor und packte seinen jüngeren Bruder am Handgelenk. Dann zerrte er ihn grob hinüber zu Jai und klatschte seine Hand mit Schwung in sein Gesicht. Jais Wange lief rot an, und er schloss die Augen. „Siehst du!" David grinste hämisch. „Und jetzt machst du's allein, aber diesmal mit der Faust. Falls nicht ... kannst du was erleben."

Als seine Mutter nichts gegen diese Drohung unternahm, drehte Stephen sich mit Tränen in den Augen wieder zu Jai um. Dann schlug er zu, touchierte aber nur leicht Jais Kinn.

„Peinliche Vorstellung", stieß David hervor. „Scher dich aus dem Weg." Er schob Stephen beiseite und holte mit der Faust aus.

Die Wucht des Schlages ließ Jai gegen Tarik taumeln. Der ließ ihn los, sodass Jai mit dem Kopf auf den schwarz-weißen Marmorfußboden prallte. Tritte und Schläge prasselten auf ihn nieder. In Gedanken flog Jai an einen anderen Ort, an ein glitzerndes Meer mit feinem Sandstrand, wo er ganz allein war und nichts von den Schmerzen spürte. Dies war seine Zuflucht, wenn die Gemeinheiten zu Hause in Gewalt umschlugen.

„Genug!", befahl Tarik.

Vorsichtig öffnete Jai ein Auge, das andere war zugeschwollen. Tarik nickte seiner Mutter zu und wischte sich das Blut von den Handknöcheln. „Wenn wir zu weit gehen, wird Vater wütend."

Jai hoffte nur, dass es jetzt vorbei war. Als er sich bewegte, erhaschte er einen Blick auf Stephen.

Der Junge erbleichte und drehte sich zu seiner Mutter um. „Tarik hat recht, Mom."

Nicki schubste Stephen zur Tür. „Raus!", schimpfte sie. „Alle raus!"

Als die Jungs weg waren, starrte sie Jai eiskalt an, verzog angewidert den Mund und kam auf ihn zu. „Glaubst du das etwa? Glaubst du wirklich, Luca interessiert sich dafür, was aus dir wird? Ob du lebst oder stirbst?" Sie beugte sich zu ihm hinunter, und Jai konnte ihren Atem auf seinem Gesicht spüren, so nah war sie ihm. „Irrtum!"

Denk an den Strand, sagte sich Jai, während ihre Worte ihm vor Schmerz die Luft raubten. Sie waren schlimmer als die physische Gewalt, obwohl Jai schon lange eine dichte Schutzmauer um sein Herz errichtet hatte.

„Ihm geht es nur um seine Ehre", fuhr Nicki fort. „Sonst wärst du gar nicht hier. Vergiss das nicht, Junge! Vergiss es nie!" Tränen der Wut glitzerten in ihren Augen, und er konnte die Qual dahinter erkennen. „Das Einzige von Wert in dieser Welt ist Hoffnung. Hoffnung rettet uns aus den tiefsten Tälern des Lebens, wenn unser Herz bricht. Vor langer Zeit einmal … war Luca meine Hoffnung. Wenn ich ihn ansah, verschwand all meine Traurigkeit, weil ich hoffen konnte – ich wusste, dass er immer für mich da sein würde. Dass immer dieses besondere Band zwischen uns bestehen würde, das es nur zwischen so wenigen Leuten gibt. Aber dann hat deine Mutter Luca zerstört. Sie hat ihn mir gestohlen. Und doch habe ich weiter gehofft."

Jetzt rollten die Tränen über ihr schönes Gesicht. „Ich hoffte, dass wir darüber hinwegkommen würden, dass wir die Wunde heilen können, die sie ihm geschlagen hat. Bis … bis du plötzlich auf unserer Türschwelle aufgetaucht bist. Die konstante Erinnerung an alles, was sie Luca und mir angetan hat. Solange du lebst, gibt es für mich keine Hoffnung mehr. So lange kann ich das, was mir geraubt wurde, nicht zurückbekommen." Sie wischte sich die Tränen fort und raunte in Jais Ohr: „Und deshalb nehme ich dir das, was du mir genommen hast. Junge. Ich werde nicht aufhören, dich daran zu erinnern, dass dir keine Hoffnung bleibt. Niemand wird dich jemals lieben. Für dich wird es keine wahre, anhaltende Liebe geben, weil ich dich emotional kaputt mache. Du wirst dich an niemanden binden können. Und niemand wird dich auf Dauer liebenswert finden." Sie schlug ihm auf den Arm, und Jai kniff beide Augen zusammen, auch das geschwollene. Die physischen Folgen der Prügel, die er gerade bezogen hatte, taten nicht halb so weh wie der seelische Schmerz, den er nun empfand. Es war wie ein scharfer Messerstich in die Brust. Tränen rollten über seine Wangen, obwohl er sonst nie weinte. „Niemand wird dich jemals lieben. Niemand. Wie auch, wenn es nicht einmal die beiden können, die deine Eltern sind."

Jai schauderte bei dieser Erinnerung und schaute Ari an. Für einen Moment hatte er vollkommen vergessen, wo sie sich gerade befanden. Sie spürte seinen Blick und musterte ihn überrascht. Was immer sie in seinem Gesicht gelesen haben mochte, ließ ihre Augen dunkel vor Traurigkeit werden.

Ich liebe dich, flüsterte sie in seinem Kopf. **Du bist wütend auf mich, aber ich liebe dich.**

Sosehr Nicki sich auch angestrengt hatte, sosehr sie ihn auch traumatisiert hatte, Ari liebte ihn dennoch! Und was noch viel besser war: Sie schien zu verstehen, was er für sie empfand, wusste, dass er mit seiner Vergangenheit rang, um eine gemeinsame Zukunft für sie beide möglich zu machen. Ari liebte ihn, ohne irgendetwas dafür zu erwarten. Und obwohl ihm das eine Heidenangst machte, weil er sie nicht verletzen wollte und auch um sein eigenes Herz fürchtete, war er entschlossen, diese Geschichte mit Ari durchzustehen. Ganz gleich, was geschah, er würde immer für sie da sein.

Ich bin nicht sauer, versicherte er ihr. **Wir kriegen das hin. Zusammen.**

Sie lächelte, erst noch verhalten, doch dann entspannte sie sich sichtlich. Jai war fast euphorisch, weil er so eine Wirkung auf sie hatte – aber die Panik verschwand nicht.

Jemand räusperte sich, und der Moment zwischen ihnen war vorbei. Michael Roe starrte sie beide aus zusammengekniffenen Augen an. Sie befanden sich im Büro seines Hauses in Burlington, New Jersey. Hier atmete alles Tradition. Das Parkett war aus edlem Walnussholz, genau wie die Türen, der massive Tisch, an dem Michael gerade lehnte, und die Bücherregale. Letztere waren vollgestopft mit ledergebundenen Bänden und teuren Sammlerobjekten. Auf dem Parkett lag ein prachtvoller Orientteppich, auf dem Schreibtisch stand ein top moderner Computer. In einer abgeschlossenen Glasvitrine waren antike Waffen ausgestellt. Jai betrachtete sie interessiert. Nach denen wollte er Michael später mal genauer fragen.

Das ganze Zimmer verriet, dass hier keine armen Leute wohnten. Jai hatte bei seinen Recherchen unter anderem herausgefunden, dass sie ihr Geld in erfolgreiche Restaurants, Bäckereien und sogar ein Kino investiert hatten. Sie bezahlten andere Leute, um ihr Vermögen zu verwalten, und mit den Gewinnen finanzierten sie die Jagd.

„Alles in Ordnung, Mr Bitar?“, fragte Michael.

Jai nickte, und seine Energie erfüllte den Raum. Er durfte keinen Zweifel daran aufkommen lassen, dass er ein mächtiger Dschinn war, mit dem man rechnen musste – als Beschützer von Ari. Er würde alles tun, damit sie glücklich war. Dies hier war Aris Zuflucht, aber keiner sollte sich einbilden, dass er diese Situation ausnutzen konnte. „Alles bestens, Michael. Ich hoffe, Ari lebt sich hier schnell ein. Und nennen Sie mich bitte Jai."

Ari war selbst überrascht, mit welchem Stolz sie Jai dabei zusah, wie er die Situation kontrollierte. Außerdem war sie erleichtert, das er alles so gut in den Griff bekam. Tja, und sie fand ihn dabei auch noch sehr sexy und begehrenswert. Dagegen konnte sie sich nicht wehren. Ganz egal, wie hoffnungslos die Lage sein mochte, in Jais Gegenwart spürte sie immer dieses gewisse Prickeln. Ari lächelte und schaute Charlie an, der schon vor ihnen bei den Roes eingetroffen war und jetzt zusammen mit Fallon neben dem Kamin in Michael Roes Arbeitszimmer stand.

Charlie nickte, Fallon zwinkerte ihr zu und war offensichtlich froh, sie wiederzuhaben.

„Wie mir der Red King mitgeteilt hat, sucht ihr Zuflucht bei der Roe-Gilde, richtig?", wandte Michael sich an Ari.

„Das stimmt, Sir."

„Obwohl seine Königliche Hoheit mir und all meinen Gildemitgliedern mit dem Tod gedroht hat, falls wir deinen Aufenthaltsort oder dein Geheimnis verraten, freue ich mich, dich bei uns begrüßen zu dürfen. Das gilt auch für Jai, der einen hervorragenden Ruf als Ginnaye besitzt. Und was dich angeht, Ari, in dir schlummert zwar eine nicht zu unterschätzende Gefahr, aber wir wären eine traurige Gilde, wenn wir nicht denen helfen würden, die in eine Notlage geraten sind.

Es ist eine Herausforderung, der wir uns bereitwillig stellen. Allerdings …“ Michael runzelte die Stirn, stieß sich vom Tisch ab und richtete sich zu seiner beträchtlichen Größe auf. Ari stellte erstaunt fest, dass er fast so groß war wie Jai. Obwohl er um die vierzig oder gar älter sein musste, wirkte er durchtrainiert, einschüchternd muskulös und verfügte noch dazu über natürliche Autorität. „Allerdings … Der Red King hat darauf bestanden, dass wir dir, Ari, erlauben, auf die Jagd zu gehen. Das ist ein Zugeständnis, das mir schwerfällt. Du lernst schließlich erst seit wenigen Monaten, mit deinen Kräften umzugehen. Du bist nicht ausgebildet. Deine Unerfahrenheit ist gefährlich.“

Die Richtung, die dieses Gespräch nahm, gefiel Ari gar nicht. Panik stieg in ihr auf. Sie musste einfach jagen! Oder sollte sie etwa den lieben langen Tag herumsitzen und darauf warten, dass die bösen Jungs sie aufspürten? Nein, sie musste sich ihnen an die Fersen heften, den Spieß umdrehen. Andernfalls würde sie wahnsinnig werden. „Ich verstehe Ihre Bedenken“, erwiderte sie so ruhig wie möglich. „Aber ich lerne sehr schnell. Und ich habe bereits mit Jai und Fallon trainiert. Die beiden können Ihnen bestätigen, dass ich in kurzer Zeit sehr große Fortschritte gemacht habe.“

Fallons Vater nickte und lächelte verhalten. „Ich weiß deinen Eifer zu schätzen, Ari. Ja, ich bewundere ihn sogar. Ganz ehrlich. Tatsächlich hat meine Tochter mir berichtet, wie beeindruckt sie von dir ist. Dennoch warst du nicht in der Lage, deine Entführung zu verhindern. Ich erwähne das nicht aus Gefühllosigkeit … nur … wie soll ich da von deinen Fähigkeiten als Jägerin überzeugt sein?“

Ari zuckte zusammen. Was konnte sie darauf erwidern?

„Ich trainiere bereits seit frühester Kindheit“, schaltete sich nun Jai ein. Seine grünen Augen funkelten. „Und selbst mich haben sie mit der Droge ausgeschaltet, die sie auch Ari verabreichten." Er warf ihr einen Blick zu: ernst, professionell. „Ich habe schon mit zahllosen Dschinn zusammengearbeitet, und ich darf Ihnen versichern, dass ich nie jemanden mit größerem Potenzial als Ari erlebt habe. Sie hat schon mehr hinter sich, als die meisten von uns sich auch nur vorstellen können, und ist nie weggelaufen. Sie stellt sich der Sache und ist bereit, zu kämpfen. Jede Gilde kann von einer solchen Jägerin nur träumen."

Nach dieser Ansprache herrschte erst einmal Schweigen. Ari schluckte unauffällig die Tränen hinunter, die ihr in den Augen brannten. Sie hätten den Effekt zerstört, den Jais Worte auf alle hatten. Sie holte tief Luft und lächelte ihn dankbar an. Dafür hatte er sich nachher einen dicken Kuss verdient!

Michael Roe musterte sie noch einmal prüfend. „Vielleicht in ein paar Jahren."

Ari runzelte die Stirn. „Mr Roe, bitte nehmen Sie es mir nicht übel, aber so lange kann ich nicht warten. Trainieren Sie mich, beobachten Sie mich, und dann schicken Sie mich los. Werfen Sie mich ins kalte Wasser." Erregt trat sie einen Schritt vor. „Ich brauche eine Aufgabe. Sie sind schon Ihr ganzes Leben lang Gildenjäger … aber waren Sie jemals der Gejagte? Und nicht einfach irgendein Gejagter, sondern der ganz große Preis? Auf den es alle abgesehen haben? Genau das bin ich nämlich. Tausende haben nur ein Ziel: mich zur Strecke zu bringen. Zumindest werden es Tausende sein, sobald herauskommt, wer ich bin. Und das kann nicht mehr lange dauern, da bin ich ganz sicher. Andernfalls hätte mein Onkel nicht den besten Ginnaye des Planeten zu meinem Schutz angeheuert. Ich verstehe, dass es Ihnen gegen den Strich geht, Befehle des Red King zu befolgen. Aber er weiß einfach, dass ich nicht länger die Rolle des Opfers spielen kann, verstehen Sie?" Sie hatte sich in Rage geredet. „Das lasse ich nicht mehr mit mir machen. Ich muss den Spieß umdrehen. Läuft da draußen nicht irgendein irrer Dschinn rum, den sie gern aus dem Weg räumen würden? Für immer? Dafür bin ich nämlich genau die Richtige. Denn ich werde mich für eine solche Tat niemals vor Gericht verantworten müssen, da können Sie meinen Onkel gern fragen."

Wieder schwiegen alle einen Moment, und Ari fragte sich, ob sie zu weit gegangen war. Doch dann lachte Michael kurz auf und sah sie an. „Okay." Er nickte. „Vielleicht werde ich das noch bereuen, aber du hast mich überzeugt. Dein Training beginnt ab sofort, während Charlie weiter mit Jack trainiert."

„Vielen Dank, Sie tun mir damit einen großen Gefallen." Ari grinste und schaute dann Jai an. Der nickte knapp, blieb aber weiter der kühle, überlegene Ginnaye. Ari machte das nichts aus. Nachher, hinter verschlossenen Türen, würde er sie wieder küssen.

„Jai und Ari bleiben bei meiner Familie", verkündete Michael und wandte sich dann an Charlie. „Und Jack würde dich gern bei sich aufnehmen, Charlie."

„Großartig!" Charlie lächelte und zwinkerte Ari zu. „Ein neuer Anfang!"

Ari lachte. „Für jemanden, dem gestern beinahe das letzte Stündlein geschlagen hätte, bist du erstaunlich guter Laune."

„Stimmt, ich bin dem Tod von der Schippe gesprungen, das lässt einen nicht kalt."

Jai schnaubte und sah Charlie misstrauisch an. „Dann können wir ja nur hoffen, dass du jetzt nicht total durchdrehst."

Charlie zeigte ihm den Mittelfinger, woraufhin Jai etwas über unreife Kinder und Todessehnsucht murmelte. Aris Magen krampfte sich zusammen. War Charlie etwa so gut gelaunt, weil er seine Rachepläne noch immer nicht aufgegeben hatte? Das war es doch wohl, was Jai gerade dachte, oder?

„Interessant", murmelte Michael und ließ seinen Blick zwischen Jai und Charlie hin und her wandern.

Jetzt mischte Fallon sich ein. „So sind die beiden dauernd, denk dir nichts dabei, Dad. Ist sogar ganz unterhaltsam."

Charlie hob verteidigend die Hand. „Hey, ich hab nichts gemacht."

„Noch nicht." Jai zog arrogant eine Augenbraue hoch.

Jai, ging Ari dazwischen. Sie wollte Charlie so gern glauben, auch wenn ihr Gefühl ihr etwas anderes sagte. **Du weißt doch, wie es ist, wenn niemand an einen glaubt. Hab ein bisschen Vertrauen zu Charlie.**

Er schüttelte den Kopf. **Am Ende wirst du nur wieder enttäuscht. Ich will nicht, dass er dir wehtut.**

Vielleicht ist er ja so begeistert von der Gilde, dass er nicht gleich wieder auf die Idee kommt, sein gerade gerettetes Leben aufs Spiel zu setzen.

Du bist wirklich das Paradebeispiel einer Optimistin, Ari, stellte Jai erstaunt fest.

Ari rümpfte die Nase. **Das klingt ja, als wäre ich ein totales Weichei. Dabei weigere ich mich doch nur, die Hoffnung aufzugeben.**

„Was machen die beiden da?", fragte Michael.

„Sie unterhalten sich telepathisch", erklärte Fallon. „Machen sie andauernd."

„Ja, richtig nervig", fügte Charlie hinzu.

Jetzt zeigte Ari *ihm* den Finger.

Michael stöhnte. „Wieso habe ich bloß das Gefühl, ich hätte gerade die zweite Fallon adoptiert? Dabei reicht eine mir wirklich."

Ari lachte und zwinkerte Fallon zu. „Das nehme ich als Kompliment."

Nachdem Ari noch Michaels Frau Caroline vorgestellt worden war und sich dann in ihrem neuen Zimmer frisch gemacht hatte, schlich sie sich leise in den ersten Stock des großen Hauses. Jai hatte das Gästezimmer neben Carolines und Michaels Suite. Unten wartete schon das Abendessen, aber Ari wollte vorher noch einmal kurz mit ihrem Freund reden. Seit das mit Yasmin passiert war, hatten sie keine Minute mehr allein miteinander verbracht.

Er öffnete die Tür, und Ari verschlug es prompt den Atem. Wie schaffte er das bloß immer noch? Schließlich sah sie ihn täglich. Und dennoch pochte ihr Herz jedes Mal, ja, wirklich jedes Mal schneller, wenn sie ihn nur anschaute. Sie lächelte. „Ich wollte dich zum Essen abholen. Übrigens kann ich Ms Maggies Anwesenheit nicht fühlen. Ich mache mir ein bisschen Sorgen."

„Dafür gibt es bestimmt keinen beunruhigenden Grund. Die taucht schon wieder auf. Vielleicht schaffst du es ja diesmal, dass sie sich zeigt."

„Ja, langsam bin ich wirklich neugierig."

„Kein Wunder."

Sein trockener Ton machte Ari nervös. „Ist alles okay zwischen uns?"

Jai schaute sich verstohlen auf dem Flur um, dann nahm er schnell ihre Hand und zog sie in sein Zimmer. Es war größer als ihres und hatte auch ein breiteres Bett. *Hmm.*

Jai legte ihr die Hände auf die Schultern. „Was war da mit Yasmin los? Okay, ich weiß natürlich, worum es ging, aber wieso hast du es nicht geschafft, das Siegel zu kontrollieren?"

Beschämt senkte Ari den Kopf. „Ich weiß nicht. In meiner Wut habe ich nicht gemerkt, wie die Dunkelheit plötzlich das

Kommando übernommen hat. Eben war ich noch ich selbst, und eine Sekunde später ..."

„Warum?"

Ari wurde rot. „Weil es um dich ging."

Er runzelte die Stirn. „Was meinst du damit?"

„Ich bin ziemlich emotional im Moment, okay? Deinetwegen. Und sie hat all diese Dinge über dich gesagt. Über uns. Ich wollte sie verletzen, weil sie und die anderen dir so schrecklich wehgetan haben. Das Siegel scheint das gegen mich verwendet zu haben. Ach, ich weiß es doch auch nicht, Jai, keine Ahnung, wie das genau funktioniert. Aber das Siegel hat fast so etwas wie ein Eigenleben, verstehst du?" Zitternd ließ sie sich in seine Arme sinken.

Er küsste sie zärtlich auf die Stirn. „Vielleicht hätte ich da eine Idee", flüsterte er. „Wir könnten versuchen, dich zu trainieren – indem wir das Siegel herausfordern und du dabei üben kannst, seine Kraft zu beherrschen."

„Meinst du, das klappt?"

„Ist einen Versuch wert, oder?"

Sie schlang die Arme um ihn und nickte. „Unbedingt. Ich möchte mich nämlich nie wieder so fühlen wie vorhin. Und ich will auch nicht, dass du dich meinetwegen je wieder so fühlst."

Sanft schob er sie ein Stück von sich weg und schaute sie ernst an. „Wie denn?"

„Du warst ... böse auf mich. Enttäuscht."

„Nein, ich habe mir Sorgen gemacht. Ich hasse es, hilflos zu sein. Und wenn ich dir nicht helfen kann, fühle ich mich total mies."

„Wirklich?" Ari sah ihn ungläubig an. „Aber dein Blick war dermaßen wütend, und dann hast du mich gar nicht mehr angeschaut."

„Das war mein hilfloser Blick."

„Hm, der sieht aber eher wütend aus."

„Tja, ich habe nur drei Blicke drauf. Gleichgültig, wütend und höflich gelangweilt."

Ari lachte. Selbstironie war neu bei ihm, und sie freute sich, dass sie jetzt eine Seite von ihm kennenlernte, die er sonst wohl nur Trey zeigte. „Dann bin ich der perfekte Ausgleich. Angeblich kann man mich lesen wie ein offenes Buch."

„Das kann ich nicht bestätigen." Jai schüttelte den Kopf und strich ihr über die Wange. „Du hast dich wohl geändert. Manchmal rätsle ich schon, was du wohl gerade denkst."

Herausfordernd grinsend drängte Ari sich an ihn. „Dann rate mal, was ich jetzt denke!"

Jai hob ihr Kinn an und küsste sie hart und leidenschaftlich. Erregt öffnete Ari den Mund und fachte sein Verlangen noch weiter an. Obwohl sie die Augen geschlossen hatte, sah sie Sterne – so etwas hatte sie bislang nie für möglich gehalten. Und dann übernahmen ihre Körper das Kommando, Aris Bein legte sich um Jais, seine Hände fanden ihre Hüften, und beide hatten nur einen Wunsch: miteinander zu verschmelzen. Sie sehnten sich nach der letzten Nacht und gleichzeitig nach den vielen Nächten, die noch vor ihnen lagen. Erst als Ari die Finger unter sein Shirt gleiten ließ, unterbrach Jai schwer atmend den Kuss.

Auch Ari bekam kaum noch Luft, ihr war schwindlig und alles schien sich zu drehen. *Wow!* „Du hast aufgehört", hauchte sie traurig.

„Ja." Er lachte heiser und schob sie sanft von sich. „Weil wir runter zum Essen müssen, und dabei will ich nicht aussehen wie ein Bodyguard, der gerade versucht hat, seine Klientin zu verführen."

Ari kicherte. „Verstehe, was du meinst." Sie ließ den Blick vielsagend auf einer bestimmten Körperstelle von ihm ruhen.

„Aber falls es dich tröstet – du hast ja versucht, deine *Freundin* ins Bett zu kriegen, nicht einfach eine Klientin." Sie ging zur Tür. „Ich lasse dich allein, damit du ein bisschen runterkommst. Bis gleich beim Essen."

„Du lernst schnell", meinte Jai.

Ari blieb auf halbem Weg stehen. „Was lerne ich schnell?"

„Mich in den Wahnsinn zu treiben." Er zog die Augenbrauen hoch.

„Ist ausgleichende Gerechtigkeit. Du hast tagelang bei mir auf dem Boden übernachtet. Manchmal sogar mit freiem Oberkörper. Das hat *mich* zum Wahnsinn getrieben. Und jetzt kommt meine Rache."

Draußen auf dem Flur ging sie ein paar Schritte, merkte, dass ihr Herz raste, und blieb stehen. Vielleicht sollte sie besser ebenfalls einen Moment warten, bis sie sich ein bisschen erholt hatte.

9. KAPITEL

WENN DAS PFAND EINEN NAMEN HAT, WIRD DAS SPIEL SCHWIERIGER

„Ich habe dich gebeten, sie zu beschützen. Du solltest sie nicht noch extra in Gefahr bringen."

Red starrte sie böse an. „Achte auf deinen Ton."

Die Schönheit warf das dunkle Haar zurück und sah ihm unerschrocken in die Augen. „Diese Tour kannst du dir bei mir sparen, Red. Den Punkt haben wir beide ja wohl schon lange überschritten."

„Dann wirf mir nicht vor, ich würde Ari in Gefahr bringen. Du übertreibst es mit deinen Beschützerinstinkten, *Ms Maggie*."

Ihre Miene verfinsterte sich, als sie den Spitznamen hörte. „Bist du sicher, dass du den Plänen deines Vaters nicht direkt in die Hände spielst? Genau wie bei Charlie. Lauter fruchtlose Pläne." Sie lachte bitter auf.

„Wieso fruchtlos? Er will immer noch, dass Charlie die Labartu tötet. Glass ist ihm schon auf der Spur, damit er Charlie zu ihm führen kann."

„Also tötet Azazil Charlie und macht Ari zur Jägerin. Damit sie ebenfalls stirbt? Was soll das alles? Was will er erreichen?"

Mühsam bezwang Red seinen Ärger, drehte ihr den Rücken zu und starrte in die Flammen des Kamins. Trotz allem, was geschehen war, rief sie in ihm noch immer die intensivsten Gefühle wach. „Azazil hat damit nichts tun. Das habe ich für Ari arrangiert", sagte er schließlich betont ruhig.

„Das Mädchen weiß ja nicht, was es da tut! Und seit der Verhandlung ist die ganze Dschinnwelt neugierig auf sie. Man stellt viele Fragen. Die alten Gerüchte über das Siegel kursieren wieder. Es kann nicht lange dauern, bis sich jemand an Aris Fersen heftet." Sie fluchte laut. „Wenn ich dir nur glauben könnte, dass es dir wirklich um sie geht. So, wie es dir immer zuerst um mich gegangen ist."

„Das kannst du nicht." Red wirbelte herum. „Ich traue mir ja nicht mal selbst. Mir … *dir* bedeutet sie viel. Du bist mächtig. Geh zu ihr. Beschütze sie."

Erstaunt machte sie einen Schritt auf ihn zu. „Du hast gesagt, ich soll mich nicht in Gefahr bringen. Ja, wenn ich mich recht erinnere, hast du es mir sogar rundheraus verboten."

„Stimmt schon …" Bei dem Gedanken, dass ihr etwas passieren könnte, schnürte sich Reds Kehle zu. „Aber jetzt begreife ich langsam, warum es dir so wichtig ist, auf Ari aufzupassen. *Ich* werde dich daran jedenfalls nicht mehr hindern. Sollte ihr etwas zustoßen, würdest du nur mir die Schuld daran geben."

„Red …", flüsterte sie voller Sehnsucht.

Er schaute sie an. Wenn er noch länger in ihrer Nähe blieb, war es vorbei mit seiner Selbstbeherrschung. „Aber denk daran, falls dir etwas zustoßen sollte, verzeih ich dir das nie … also bleib unsichtbar und greif nur ein, wenn es gar nicht anders geht."

Sie lächelte verführerisch. „Nur keine Angst, Liebster, ich bin nicht lebensmüde."

Ein eisiger Wind fegte über Zubair hinweg, das Land, über das der White King in Mount Qaf regierte. Er blähte den Vorhang vor dem Balkon, drang ins Zimmer und vertrieb ohne Erbarmen triumphierend jede Wärme. Vom Sessel neben dem kalten Kamin seines Schlafzimmers aus starrte White aus dem Fenster.

„Sie hat Euch überrascht, Gebieter“, murmelte Rabir aus einer der Zimmerecken.

White schaute seinen Diener mit undurchdringlichem Blick an und ließ sich den Sturm nicht anmerken, der in ihm tobte. „Ari hat die Regeln dieses Spiels geändert.“

„Ich dachte wirklich, dass sie sich erpressen lassen würde, Gebieter.“

„Nicht nur du. Aber sie hat offenbar nicht länger vor, sich durch ihre Gefühle für andere manipulieren zu lassen. Meine Tochter hat doch mehr von mir, als ich dachte.“

„Und wie wollt Ihr nun weiter vorgehen, Hoheit? Leider bleibt nicht mehr viel Zeit. Wir müssen die Sache forcieren. Durch den Prozess sind die alten Gerüchte wieder aufgeflammt. Die Leute sind neugierig geworden. Wer weiß, was sie alles herausfinden.“

White nickte nur kraftlos. Er brauchte dringend einen neuen Plan. Wenn er Ari doch nur begreifbar machen könnte, was auf dem Spiel stand. Und dass ihr Opfer sie alle retten würde. „Du hast wohl recht, Rabir. Ich muss mir eine neue Taktik überlegen. Und das schnell.“

Erst jetzt fiel ihm auf, dass Rabir neben der purpurfarbenen Flasche stand, die er stets sicher hier im Schlafzimmer verwahrte. Der Diener lächelte ihm vorsichtig zu und zeigte auf die Flasche. „Ari hat Euch einen Vorschlag gemacht – Sala freizulassen. Käme das möglicherweise doch infrage?“

Im ersten Moment wollte White ihn anschreien. Allein der Gedanke! Doch er zwang sich zur Ruhe, damit er klar denken konnte. Dann musterte er die Flasche, in der Salas Energie pulsierte. „Ich werde darüber nachdenken.“

10. KAPITEL

FURCHTLOS LASSE ICH MEINE SCHATTEN DICH UMARMEN

Was macht ihr denn da?", fragte Charlie amüsiert. Mike und Ari saßen mit Zeitungspapier, Kleber und Farbe in der Küche der Creaghs, zwischen ihnen ein seltsames rundes Gebilde, das sie beide konzentriert anstarrten.

Ari klebte ein weiteres Stück Zeitungspapier auf das merkwürdige Ding. Dann musterte sie es prüfend und schien mit dem Ergebnis zufrieden zu sein. „Mikey muss sein Kunstprojekt morgen abgeben, also helfe ich ihm."

Charlie setzte sich den beiden gegenüber auf einen Stuhl. „Okay … und was genau soll das werden?"

Sein kleiner Bruder machte ein gequältes Gesicht. „Wir sollen einen Gebrauchsgegenstand herstellen … aber nach einem bestimmten Motiv. Also habe ich mich fürs Universum entschieden."

„Oh." Charlie nickte und zeigte auf das Ding. „Soll das ein Mond werden? Als Deko oder so?" Ein ziemlich unförmiger Mond, fügte er in Gedanken hinzu.

„Quatsch", widersprach Ari vorwurfsvoll und schaute ihn böse an.

Charlie musste ein Grinsen unterdrücken. „Du hast Klebstoff an der Nase."

Schnell wischte sie den Klecks weg und pustete sich eine Haarsträhne aus dem Gesicht. „Das wird ein Lampenschirm. In Form eines Außerirdischen!"

Mike hielt Charlie den Bauplan hin. Aha, sie sollten also einen grünen Alien-Lampenschirm basteln, der an jeder

Seite drei Arme hatte. „Ehrgeiziges Projekt", stellte Charlie fest.

„Ja, aber wir kriegen das hin."

„Charlie …" Mike schaute ihn mit flehendem Blick an.

„Ari, hast du schon mal was aus Pappmaschee gebaut?"

„Klar. Denk mal an das Modell vom Sonnensystem, das wir in der vierten Klasse gebastelt haben!"

Charlie schob sie sanft beiseite und setzte sich auf ihren Platz. „Seien wir ehrlich – das habe vor allem ich gebastelt. Du hast mit dem Kleister rumgematscht."

„Glaub ja nicht, dass du mich hier einfach so ausbooten kannst. Ich bin die Projektmanagerin!"

Lachend sah Charlie seinen Bruder an. „Willst du sie feuern, oder soll ich das übernehmen?"

Mit einem bedauernden Schulterzucken drehte Mike sich zu Ari um. „Tut mir leid, aber du bist hiermit gefeuert."

Sie verschränkte die Arme vor der Brust. „Wie gefühllos von dir."

Danach beobachtete sie die beiden schweigend, wie sie nochmal neu anfingen. Aber Ari war nie lange beleidigt. Schließlich stand sie auf, besorgte ein paar Snacks und Cola für Charlie und seinen Bruder und unterstützte sie dann tatkräftig mit guten Ratschlägen. Die ganze Prozedur dauerte volle drei Stunden. Als der Lampenschirm mit den sechs Armen endlich fertig war, fielen Mikey schon die Augen zu.

„Okay, bis morgen ist das trocken. Und jetzt ab mit dir ins Bett." Charlie schob seinen Bruder Richtung Flur. Der bedankte sich noch halb schlafend, dann taumelte er nach oben und rief zwischendurch seiner Mutter noch ein „Gute Nacht" zu.

Als Charlie sich umdrehte, hatte Ari schon den Küchentisch abgeräumt. Er lächelte dankbar und hob seinen Rucksack vom Boden auf.

„Ich sollte jetzt auch besser verschwinden." Ari gähnte und sah zu, wie er das Mathebuch rausholte. Er musste noch für morgen lernen. „Damit bist du nicht fertig?"

Charlie schüttelte den Kopf. „Ich war abgelenkt. Von einem Lampenschirm." Ari runzelte die Stirn. „Was?"

Plötzlich lächelte sie und küsste ihn auf die Wange. Sein Gesicht brannte, wo ihre Lippen es berührt hatten.

„Wofür war der denn?"

„Du bist so ein toller Bruder." Sie setzten sich an den Tisch. „Ich habe Mathe schon fertig; wenn ich dir helfe, geht es schneller."

„Das musst du nicht, Ari. Und was ich heute Abend gemacht habe … das war doch nichts. Nur ein blöder Lampenschirm."

„Aber einer, der für Mikey echt wichtig war. Ich wünschte, ich hätte jemanden wie dich. Geb ich offen zu." Sie knuffte ihn freundschaftlich in die Seite. „Du würdest für deinen Bruder einfach alles tun."

Charlie verdrehte die Augen. „Hilfst du mir nun oder nicht?"

„Erst musst du es zugeben."

„Schön, ich geb's zu, wenn es dir so wichtig ist. Ich würde absolut alles für den kleinen Idioten tun." Er schob ihr das Mathebuch hin. „Also los!"

Charlie schaute hinauf zur Decke, an die die Straßenlaterne helle Flecken malte. Die Schatten der sich im Wind wiegenden Äste des Baums draußen tanzten an der Wand wie die Schatten in seiner Seele. Jeden Tag fielen ihm wieder Dinge ein, die er mit seinem Bruder erlebt hatte. Eigentlich ganz banale Sachen, die aber durch Mikeys Tod zu kostbaren Erinnerungen geworden waren.

Ein Teil von Charlie wartete genau wie Ari darauf, dass er endlich wieder zur Vernunft kam und seine Rachepläne aufgab. Doch das Gegenteil war der Fall. Sie waren nun schon ein paar Wochen wieder bei den Roes, und seine Sehnsucht nach Vergeltung wurde immer stärker. Er trainierte mit Jack, lernte immer mehr über die Macht der Magie und wie man sie einsetzte. Jeden Tag wurde dabei die Versuchung unerträglicher, den Smaragd von Red einzusetzen. Bisher hatte er ihr nicht nachgegeben.

Jack suchte für ihn nach der Labartu, und sie spürten alle beide, dass sie ihr näher kamen. Jack verstand ihn. Er begriff es. Charlie hatte immer alles für Mikey getan. Und jetzt schuldete er ihm auch diesen letzten Dienst.

Es half wirklich, dass wenigstens Jack auf seiner Seite war. Und Fallon natürlich auch. Sie war kein Mensch, der andere vorschnell verurteilte, im Gegenteil! Er hatte noch nie jemanden getroffen, der so tolerant war. Seufzend setzte er sich auf und schaute sie an. Sie lag neben ihm und schlief friedlich. Die Hand hatte sie dabei wie ein kleines Mädchen unter ihre Wange geschoben. Eine Welle der Zuneigung stieg in Charlie auf. Er versuchte, sie zu unterdrücken, aber er schaffte es nicht. Eigentlich wollte er Fallon nicht wecken, doch Jack wartete leider schon auf ihn. Sanft strich Charlie ihr über die Wange. Sie öffnete die Augen.

„Geh besser zurück in dein Zimmer, bevor deine Eltern noch was mitkriegen“, sagte er leise.

Sie streckte sich, gähnte und lächelte dann auf eine Art, dass ihm ganz warm wurde. „Es ist noch nicht mal hell draußen, Charlie. Bist du nur so früh wach, um meinen Ruf zu retten?“

Charlie grinste. „Nein, Jack fängt gern sehr früh mit dem Training an. Willst du mitmachen? War doch lustig beim letzten Mal.“

Bedauernd schüttelte Fallon den Kopf, stand auf und zog die Jeans über ihre zwar kurzen, aber wunderschönen Beine.

„Geht nicht. Ich trainiere nachher mit Ari. Die Frau ist einfach der Hammer. Dad ist wirklich beeindruckt von ihr."

Charlie bekam urplötzlich ein schlechtes Gewissen, als er den Namen seiner Freundin hörte. Aber er war ganz sicher, dass sie jetzt fest mit Jai zusammen war, auch wenn die beiden es geheim hielten. Insofern gab es eigentlich keinen Grund für Schuldgefühle. Es war ja nun wirklich nicht so, als würde er Ari betrügen.

Fallon seufzte. „Dir ist doch klar, dass du dir nur einbildest, noch immer verknallt in sie zu sein, oder?"

„Ich bin nicht in sie verknallt. Zwischen uns ist absolut nichts mehr", erwiderte er abwehrend.

Ohne zu fragen, nahm sie sich sein T-Shirt und zog es an. Das mit dem *Twin Atlantic*-Aufdruck. Eigentlich hätte er deswegen genervt sein müssen, aber sie sah einfach heiß darin aus.

„Glaubst du allen Ernstes, du schläfst mit mir und bist immer noch in sie verliebt? Dann hättest du das gar nicht gewollt", sagte sie.

„Ari ist durch mit mir. Jedenfalls in dieser Beziehung. Und für mich hat sich die Sache damit eben auch erledigt."

„Klar. Deshalb hast du *von Anfang an* mit mir geflirtet. Da wusstest du doch noch gar nicht, dass Ari nichts mehr von dir will." Sie schüttelte den Kopf und sah ihn fast flehend an. „Jai und Ari geben vielleicht nicht zu, was wirklich zwischen ihnen läuft, aber eines kann ich dir sagen: Seit ich ihn kenne, hat Jai keine andere Frau auch nur eines Blickes gewürdigt. Für ihn gibt es nur sie."

„Und was genau willst du mir damit sagen?" Charlie sah sie finster an.

„Du behauptest zwar, du wärst in Ari verliebt, gibst sie aber einfach kampflos auf und machst dann mit mir rum – ihrer neuen besten Freundin. Ich bezweifle, dass Jai was mit einer anderen Frau hat. Oder gehabt hat, seit er sie kennt."

„Falls du damit zum Ausdruck bringen möchtest, dass ich Ari gar nicht liebe, irrst du dich. Ich habe dir das auch von Anfang an gesagt. Du wusstest, worauf du dich bei mir einlässt."

„Nein, ich glaube dir schon, dass du sie liebst. Nur eben nicht genug."

Das traf ihn wie ein Schlag ins Gesicht. Ganz genau dasselbe hatte Ari auch zu ihm gesagt. Wortwörtlich sogar.

„Verdammt, tut mir leid, Charlie!" Fallon strich ihm über die Wange.

Er nahm ihre Hand und küsste sie. „Schon okay. Nicht viele Mädchen hätten den Nerv für so ein Gespräch, nachdem sie gerade mit einem im Bett waren."

Sie grinste. „Tja, ich bin eben anders."

„Ja, scheint mir auch so."

„War eine tolle Nacht, übrigens. Sehr toll sogar … besser, als ich es bisher jemals erlebt habe."

Charlie lachte und schlang die Arme um sie. Seltsam, wie sehr er sich zu ihr hingezogen fühlte. „Ah, dann bin ich also ein echter Bringer?"

„Na ja, wie ich höre, hattest du viel Gelegenheit zum Üben."

Um sich zu rächen, kitzelte er sie durch, und sie fielen zusammen aufs Bett. Charlie schaute auf sie runter … Fallon war wirklich süß. Aber das war nicht alles – sie war auch ausgesprochen intelligent und sagte offen, was sie dachte. Das fand er sehr erfrischend. Er mochte sie. Das tat er tatsächlich. „Wie wäre es demnächst mit einer Wiederholung der letzten Nacht?"

Fallon nickte. „Da bin ich dabei."

Sie küssten sich, und langsam ging es Charlie etwas besser. Abgesehen von Jack war Fallon die Einzige, mit der er offen über seine Rachegelüste reden konnte. Anders als Ari flippte sie deshalb nicht aus, nein, sie hörte einfach nur zu. Offenbar wurde sie allmählich so etwas wie seine neue beste Freundin. Abrupt hob er den Kopf.

„Was denn?“, flüsterte sie.

Er lächelte sie schüchtern an. „Ich mag dich.“

Grinsend nickte Fallon. „Ich mag dich auch, Charlie Creagh.“

11. KAPITEL

DU FÜRCHTEST, WAS DU NICHT BEGREIFST, ICH ABER WUSSTE IMMER GENAU, WOVOR ICH ANGST HATTE

Ari hatte jeden Tag trainiert wie eine Besessene, um sich Michael und den anderen Roes zu beweisen. Tatsächlich schienen sie inzwischen alle zu mögen und gingen locker mit ihr um. Jedenfalls die Mitglieder der Gilde, die sie bereits kennengelernt hatte. Einigen war sie noch nicht begegnet, weil sie sich auf der Jagd befanden.

Am Anfang war die Stimmung noch etwas angespannt gewesen. Es war den Roes unangenehm, dass eine von ihnen – Anabeth – versucht hatte, Jai und Ari umzubringen. Allerdings erwähnte Ari das nie, und Jai tat es ebenfalls nicht. Und inzwischen schienen sich alle einigermaßen entspannt zu haben.

Während sie sich auf Fallons nächsten Angriff vorbereitete, erspähte sie aus den Augenwinkeln Jai am anderen Ende der Trainingshalle. Sie stemmte die Füße in die Matte und spürte, wie Energie durch ihren ganzen Körper vibrierte. Jai nickte ihr aufmunternd zu und beobachtete sie und Fallon dann aufmerksam. In den letzten Wochen hatte Ari leider nicht viel Zeit allein mit ihm verbracht, und sie vermisste ihn. Ab und zu gab es ein paar verstohlene Küsse, und einmal in der Trainingshalle war es ziemlich heiß zur Sache gegangen, als ausnahmsweise mal keiner hinschaute. Ansonsten waren sie nach den anstrengenden Übungen abends so fertig, dass jeder nur noch in sein eigenes Bett fiel. Deshalb lief auch nachts nichts.

Und natürlich hatte Jai viel zu viel Respekt und Ehrgefühl vor Michael Roe, um irgendetwas …

Verdammt, langsam fiel es Ari wirklich schwer, ihre Beziehung geheim zu halten. An manchen Tagen konnte sie Jai nur beim Training körperlich wirklich nahe sein. Heute allerdings war nicht mal das drin, weil sie mit Fallon trainierte. Jai wollte sehen, wo es noch haperte. Da würde er nicht lange warten müssen.

Fallon griff an, und Ari blockte den Kick mit ihrem rechten Arm. Sie traten beide einen Schritt zurück und hüpften zum Warmbleiben auf und ab. Dann ging es wirklich zur Sache, beide versuchten einen Treffer zu landen, holten aus, wehrten ab, schafften es jedoch nicht, der anderen gefährlich zu werden.

„Ich habe gestern Nacht mit Charlie geschlafen", verkündete Fallon plötzlich, und Ari erstarrte.

Fallons Faust traf sie ins Gesicht. Der Schmerz brannte wie Feuer. Ari taumelte rückwärts und schnappte nach Luft.

„Was zur Hölle …", hörte sie Jai brüllen.

Dann sah sie Fallon vor sich, die sie besorgt anstarrte. „Alles okay, Ari? Shit, das tut mir echt leid. Ich hatte den Schlag schon angesetzt und …"

Ari schüttelte den Kopf. Ihre Wange schien auf die doppelte Größe angeschwollen zu sein und pochte heftig. „Mir geht's gut."

„Das mit Charlie tut mir wirklich, wirklich leid. Ich dachte nicht, dass dir das … ach, verdammt! Ich wollte nur ehrlich zu dir sein, weil wir doch Freunde sind. Du solltest nicht glauben, ich würde dir was verheimlichen."

„Ari?" Jai kam zu ihnen auf die Trainingsmatte und schaute sie stirnrunzelnd an.

Fallon warf ihm einen Blick über die Schulter zu. „Besorg ein paar Eiswürfel und wickle sie in ein Handtuch."

Er nickte und machte sich sofort auf den Weg, sah die beiden Mädchen aber noch mal verwirrt an. Seufzend drehte Ari sich wieder zu Fallon um. Es gab ihr doch einen leichten Stich, dass Charlie sich so schnell umorientiert hatte. „Ich bin nicht sauer. Ist schon okay. Ich war nur kurz überrascht." Sie lächelte entschuldigend und befühlte ihre Wange. „Aber das zeigt mir, dass ich auf jeden Fall die richtige Entscheidung getroffen habe."

Fallon begriff, was sie meinte, und nickte. „Das hast du wirklich. Und Charlie wird das auch irgendwann kapieren. Der ist nur stur."

„Wir sind schon ewig befreundet, da ist es schwer, die ganzen Erinnerungen zu vergessen."

„Ich helfe ihm dabei." Fallon grinste liebenswürdig. „Sofern du nichts dagegen hast."

Ari schüttelte den Kopf. „Ich bin froh, dass er so viel mit dir zusammen ist. Dadurch geht es ihm besser. Das merkt man."

„Dann bleiben wir also weiter Freunde?"

„Aber klar!"

„Was soll das hier werden? Ein Kaffeekränzchen oder eine Trainingseinheit?" Jai kam mit dem Eis zurück.

Fallon verdrehte die Augen. „Wo wir gerade über Sturheit sprachen ... Ach, und über Sex haben wir auch geredet, mein Hübscher. Wie wär's, wenn du dich an dem Gespräch beteiligst? Hast du was Erhellendes beizutragen?"

Jai drückte Ari das Handtuch mit dem Eis auf die Wange und funkelte Fallon finster an.

„Was denn?" Fallon zuckte vergnügt mit den Schultern. „Ari ist heiß! Die Jungs von der Gilde hecheln ihr alle hinterher. Halt dich lieber ran, bevor dir einer von denen noch zuvorkommt."

„Fallon", stöhnte Ari und spürte Jais fragenden Blick. Okay, zugegeben, ein paar der Jäger flirteten ein bisschen mit ihr, aber die meisten hatten viel zu viel Angst vor ihr. Das glich sich wieder aus, fand sie.

„Ich muss euch leider unterbrechen!“ Caroline stand in der Tür zur Halle und starrte Jai an. „Da ist jemand, der dich sprechen will.“

„Oh Gott!“, hauchte Ari und lächelte dann fröhlich. „Trey!“

Trey war ebenfalls ein Dschinn-Bodyguard. Er war muskulös, hatte dunkelblondes, immer leicht zerzaustes Haar und grüne Augen und war wohl der attraktivste Mann, den Ari je gesehen hatte. Jetzt lehnte er lächelnd an einem der Bücherregale in Michael Roes Arbeitszimmer. Er trug schwarze Designer-Jeans, ein blütenweißes T-Shirt und eine Lederjacke. Das Outfit stand ihm super, was er auch ganz genau wusste.

Doch sein blendendes Aussehen war nicht der Grund, dass Ari sich so freute, ihn zu sehen. Auch wenn sie zugeben musste, dass er jedes Zimmer, in dem er sich aufhielt, ungemein schmückte. Nein, sie war glücklich, weil er Jai gegenüber bedingungslos loyal war. Damit hatte er sich in alle Ewigkeit Aris Freundschaft und Vertrauen verdient. „Hey, Schönheit!“ Er blinzelte ihr zu, kam ihnen entgegen und ergriff Jais Hand. Dann zog er seinen Freund in eine enge Umarmung.

„Ich freue mich ja wirklich, dich zu sehen“, versicherte Jai und schaute verwirrt zwischen Trey und Michael hin und her. „Aber was machst du hier?“

„Ich dachte, ich schaue besser vorbei und unterstütze dich ein bisschen“, antwortete Trey und umarmte dann auch Ari. Als er sie gar zu innig drückte, schob sie ihn lachend von sich weg. Er kniff die Augen zusammen und wurde ernst. „Was ist denn mit dir passiert?“ Er musterte den Bluterguss in ihrem Gesicht, der glücklicherweise bereits weniger schmerzte.

Ari zuckte mit den Schultern. „Ich habe kurz nicht aufgepasst, und dann haben Fallons kleine harmlose Fäuste mir einen gar nicht so harmlosen Treffer verpasst."

Michael räusperte sich hinter seinem Schreibtisch. „Trey bittet darum, sich für die Dauer eures Aufenthalts bei uns ebenfalls der Gilde anschließen zu dürfen."

Jai und Ari schauten ihren Freund fragend an, doch der lachte nur und zuckte mit den Schultern. „Ich bin mit meinem Auftrag durch, und da dachte ich, ich hätte mir mal einen Urlaub von den Ginnaye verdient."

„Was sagen Sie denn dazu, Michael?", fragte Jai. Sein Blick verriet, dass er sich ebenso wie Ari nicht ganz erklären konnte, warum die Gilde so ohne Weiteres bereit sein sollte, Trey in ihre Reihen aufzunehmen. Denn dazu hatte der Red King sie ja bestimmt nicht auch noch gezwungen, wie bei Ari, Jai und Charlie.

Fallons Vater zuckte mit den Schultern. „Trey eilt sein Ruf voraus. Er ist ein großer Ginnaye. Außerdem euer Freund, und es kann wohl kaum schaden, so viele mächtige, reinblütige Dschinn im Clan zu haben, wie es nur geht. Vor allem, solange Ari bei uns ist."

Jai nickte. „Ja, das ergibt natürlich Sinn." Er drehte sich zu Trey um und schaute ihn an, die beiden sprachen aber kein Wort. Wahrscheinlich unterhalten sie sich telepathisch, dachte Ari.

„Okay, dann erzählt mir mal haarklein alles, was in letzter Zeit los war." Trey zeigte zur Tür.

Oh nein! Irgendwas war schiefgegangen, da war Ari jetzt ganz sicher. Jai ging ihnen voran in sein Zimmer.

„Also, was geht wirklich ab?", fragte er, sobald die Tür hinter ihnen ins Schloss fiel.

Trey ließ sich aufs Bett fallen. Diesmal wirkte sein Lächeln gezwungen. „Mein Vater hat mich mit einem Typen erwischt."

Man hätte eine Stecknadel fallen hören können, so still wurde es im Raum. Trey tat Ari schrecklich leid. Er war bisexuell, was er in seinem Clan aber niemals jemandem außer Jai anvertraut hatte. Sein Vater Rik war ein schlimmer Schwulenhasser, und Trey hatte es jahrelang vermieden, ihm reinen Wein einzuschenken. Verständlicherweise, denn die Konsequenzen konnte man sich leicht ausmalen.

„Verdammt", seufzte Jai und setzte sich neben seinen Freund aufs Bett. „Und was ist dann passiert?"

„Dad ist durchgedreht. Wollte mich schlagen … tja, das hat nicht ganz geklappt. Ich musste ihm da rasch mal seine Grenzen aufzeigen. Dann ist er zu Luca gegangen und hat verlangt, dass er mich aus dem Bitar-Clan wirft."

Jais Kopf schnellte hoch, als er den Namen seines Vaters hörte. „Und?"

„Nee. Ich glaub, dein alter Herr hat es schon immer gewusst. Er meinte, ich könnte bleiben. Aber ehrlich gesagt will ich nirgendwo bleiben, wo meine eigene Familie mich nicht haben will." Er lächelte traurig, und Ari brach fast das Herz. „Also dachte ich, dann verzieh ich mich eben zu meiner wahren Familie und schau mal, ob die möglicherweise etwas Unterstützung gebrauchen könnte. Zum Beispiel wegen eines gewissen jungen Zauberers, der gern mal Ärger macht und dann vorm Dschinngericht landet."

Ari trat einen Schritt zurück. „Du willst uns mit Charlie helfen?"

Trey zuckte mit den Schultern. „Michael meint, Jai wäre damit beschäftigt, dich und diese Kleine, Fallon, auszubilden. Und Charlie wird wohl von Jack unterrichtet. Den kennt keiner von euch, und ihr wisst auch nicht, was genau bei diesem Training abgeht."

„Stimmt", murmelte Jai.

„Tja, dann habt ihr jetzt einen neuen Aufpasser. Ich hab ein Auge auf die Sache und sorge dafür, dass da alles mit rechten Dingen zugeht.“

Ari setzte sich zwischen die beiden und nahm Treys Hand. „Dafür wäre ich dir wirklich enorm dankbar.“

Er grinste sie verführerisch an und küsste ihren Handrücken.

„Hey, nichts da!“, meinte Jai und zog Ari an sich.

„Aber hallo!“ Trey brach in Lachen aus. „Das sieht ja ganz so aus, als hätte sich endlich mal dein Verstand zugeschaltet!“

„Ja, hat er. Also Flossen weg!“

Ari war nicht begeistert, dass Jai aus lauter Eifersucht ihr Geheimnis einfach so preisgegeben hatte.

„Ich dachte, wir wollten das für uns behalten.“

„Aber doch nicht bei Trey. Er wird es auch keinem verraten.“

„Ooh .... Es ist also ein Geheimnis, ja?“ Treys Augen funkelten. „Das ist ja heiß.“

„Du musst das wirklich für dich behalten.“ Ari schaute ihn beschwörend an, doch Trey grinste nur und stand auf. „Das ist mein Ernst, Trey. Jais Leben hängt davon ab.“

Treys Lächeln verschwand, und er musterte seinen Freund mit hochgezogenen Augenbrauen.

Der seufzte. „Sie hat es sich in den Kopf gesetzt, dass irgendjemand mich dazu benutzen könnte, um an sie ranzukommen.“

„*Sie* sitzt hier direkt neben dir“, mischte Ari sich leicht verärgert ein.

„Da hat sie nicht unrecht“, erwiderte Trey nachdenklich. „Man hat ja schon versucht, Charlie gegen sie auszuspielen, und mit dem war sie nur befreundet.“

„Hallo!“, rief Ari.

„Mag sein“, erklärte Jai, „aber ich bin kein blödes Kleinkind mit Rachefantasien. Ich kann gut auf mich selbst aufpassen. Meinetwegen muss sie sich wirklich nicht den Kopf zerbrechen.“

„Sorry, Jai, aber ich glaube, sie sieht das schon richtig. Außerdem muss es im Moment wirklich niemand unbedingt erfahren.“

„*Sie* braucht jetzt Schokolade“, grummelte Ari, löste sich aus Jais Umarmung und rannte zur Tür. „Sonst schlag ich einen von euch. Oder beide.“

Auf dem Flur hörte sie noch Treys Gelächter und dann Jai, der verzweifelt fragte: „Was hab ich denn gemacht, dass sie so sauer ist?“

12. KAPITEL

ICH JAGE MEINEN EIGENEN TRÄUMEN HINTERHER

Wie alle Dschinn war Red unempfindlich gegen Hitze und Kälte. Allerdings hielt ihn das nicht davon ab, sich an den Dingen zu erfreuen, die diese Empfindungen hervorbrachten. Die Sonne war ein feuriger Ball, jenes Wesen am Himmel, das die Schatten von den Gesichtern jagte und alles in strahlendes Licht tauchte. Seit Jahrhunderten beobachtete Red, wie Menschen ihr Gesicht in den Sonnenschein hielten, die Augen schlossen und die Wärme genossen.

Doch dieselbe Sonne konnte auch brennen, Blasen auf der Haut erzeugen, Flüsse austrocknen, Hunger und Durst bringen.

Den Tod.

Der Mond hingegen war für Red ein kalter erstarrter Stein am Himmel, der die Sonne jagte, verzweifelt versuchte, sie zu fangen, um zu verstehen, was sie voneinander unterschied. Und doch schaffte er es nie, und die Erkenntnis blieb ihm auf ewig verwehrt. Aber auch der Mond schickte sein eigenes Licht aus. Reines, weißes Licht. Er war der Hüter der Sterne am Himmel. Ein Hoffnungsschimmer, dessen silbriger Zauber Ehrfurcht auslöste. Trotz seiner ewigen Jagd nach tieferem Wissen verströmte er stille Geduld.

Als Red jung war und seine Mutter noch lebte, hatte er immer geglaubt, Lilif wäre die Sonne und Asmodeus der Mond. Jetzt stand er vor dem Mann, der genau genommen sein Onkel war, obwohl er ihn sonst nie als solchen betrachtete. Nervös fragte Red sich, warum Ari in seiner Analogie auf einmal zur Erde geworden war. Welche Bedeutung hatte sie für die Zwillinge, dass sich Lilifs Erinnerungen in ihre Träume schlichen und Asmodeus so fasziniert von ihr war? Wieso kreisten sie alle umeinander?

„Willst du mich nur den ganzen Tag lang anstarren, oder hat dein Besuch einen tieferen Grund?“, erkundigte Asmodeus sich liebenswürdig. Sie befanden sich in Azazils Palast, und der Dunkle Ritter saß in einem Sessel neben seinem großen Kamin. Das Feuer darin ließ flackernde Schatten auf seinem Körper tanzen, und er erinnerte Red in diesem Moment ausgesprochen an das Bild, das sich die Menschen vom Satan machten.

„Mein Vater mag ja der Meinung sein, er hätte dich vollkommen unter Kontrolle, aber ich bin mir da tatsächlich nicht so sicher. Du hast seinen Befehl missachtet und bist in Aris Zimmer aufgetaucht. Was sollte dich eigentlich davon abhalten, genau das wieder zu tun?“

„Wieso versuchst du eigentlich so angestrengt, die kleine Schönheit zu beschützen? Kann es sein, dass du dir Azazils Anweisungen ein bisschen sehr zu Herzen nimmst?“

„Was genau willst du von ihr?“, fragte Red und kam einen Schritt näher. Dabei ließ er seine Energie durch den Raum pulsieren. Asmodeus sollte wissen, dass das hier kein harmloses Spielchen war.

Asmodeus grinste verächtlich. „Sie ist eine Trophäe, auf die alle Welt Jagd macht. Manchmal nehme ich mir gern das, was andere so dringend wollen. Aus purem Vergnügen.“

Reds Atem ging schwerer, als er sich Ari in den Klauen des Reichsverwalters seines Vaters vorstellte.

Nur über meine Leiche, dachte er. „Aber du wirst doch sicher nicht den Sultan auf diese Weise betrügen wollen?“

„Selbstverständlich nicht“, erwiderte Asmodeus, dem offenbar nun der Geduldsfaden riss. „Was aber nicht heißt, dass ich nicht ein bisschen Spaß mit der Kleinen haben darf. Sie ist wirklich hübsch, falls dir das entgangen sein sollte."

„Zwischen euch ist etwas passiert, das absolut nichts mit erotischem Begehren zu tun hat. Ari verunsichert dich. Wieso?"

Langsam, ganz langsam richtete Asmodeus sich zu seiner wahrlich beeindruckenden Größe auf und schlenderte mit gleichmütiger Miene lässig auf Red zu, bis er nur noch Zentimeter von ihm entfernt war. Dann legte er den Kopf schief und musterte den Dschinnkönig. Red zuckte mit keiner Wimper. So leicht ließ er sich nicht einschüchtern, nicht mal von einem machtvollen Marid, der mindestens tausend Jahre älter war als er.

„Warum willst du unbedingt wissen, welches Interesse ich an Ari habe? Weiß Azazil von deinem Besuch bei mir? Dass du seinen loyalsten Diener einem peinlichen Verhör unterziehst? Hm?"

„Du hast doch etwas vor. Zwischen dir und Ari gibt es irgendeine Verbindung. Und diese Verbindung bringt sie in Gefahr. Falls ich mich nicht schrecklich irre, will mein Vater, dass sie am Leben bleibt. Dafür soll ich sorgen. Mit allen Mitteln. Das schließt eine Befragung seines loyalsten Dieners mit ein. Insbesondere, wenn der ein höchst ungesundes Interesse an meiner Nichte entwickelt."

Asmodeus grinste hässlich. „Na bitte, Red, da hast du dir die Antwort doch eben selbst gegeben. Ich habe ein ungesundes Interesse an einer ausgesprochenen Schönheit. Wenn Azazil irgendwann mit ihr fertig ist – und sie dann noch leben sollte –, würde ich sie gern zum Teil meines Harems machen. Sie wäre bestimmt schnell meine Favoritin."

Ungeheurer Zorn stieg in Red auf, aber viele Jahrhunderte als Soldat und Spion hatten ihn Selbstbeherrschung gelehrt.

Äußerlich blieb er ruhig und kontrolliert. Statt zu explodieren, zwang er sich zu einem hämischen Grinsen. „Dann entschuldige, dass ich dich gestört habe, Asmodeus."

„Aber keine Ursache. Dein Besuch war wirklich sehr erhellend."

Red nickte knapp und verschwand mit dem *Peripatos*. Der Zauber brachte ihn nach Nusrah, in jenes Land, über das der Shadow King hier in Mount Qaf regierte – sofern er nicht damit beschäftigt war, für seinen Bruder White den Erfüllungsgehilfen zu spielen. Trotz seines Namens hatten Schatten und Dunkelheit in seinem Palast mit den hohen Kathedralenfenstern keinen Platz. Und wenn die Sonne unterging, sorgten zahllose Kerzen für ewiges Licht. Shadow saß gerade in der Halle beim Abendessen. Zu Gast waren seine reichsten Nachbarn … vermutlich Händler und Landbesitzer. Alle starrten Red an, bevor sie ehrerbietig den Kopf neigten. Shadow verzog ärgerlich den Mund, stand aber vom Tisch auf. Seine Gäste taten es ihm sofort gleich, doch Shadow bedeutete ihnen mit einer Geste seiner unberingten Hand, wieder Platz zu nehmen.

Shadow ging seinem Bruder entgegen, das lange schwarze Haar hing ihm über die Schultern und gab den Blick auf die großen Obsidiane an seinen Ohren frei. Anderen Schmuck trug er nie – die Ohrringe hatte Lilif ihm geschenkt. Das Blutrot seines fließenden Umhangs schimmerte im Licht, es war der einzige Farbfleck im ganzen Raum.

„Was willst du, Bruder?", fragte er leise und kniff unmutig die Augen zusammen. „Du unterbrichst mein Gastmahl."

„Ich muss unter vier Augen mit dir sprechen." Red drehte sich um, ohne eine Antwort abzuwarten. Als er Schritte hinter sich hörte, lächelte er wissend und schritt weiter durch die Flure zu einem ebenfalls kalten Salon. Alle Wände hier bestanden aus weißem Stein. Die Sessel waren weiß, das Sofa war weiß, alles war weiß, weiß, weiß. Ja, dachte Red, ich hab's verstanden – du bist nicht dunkel wie dein Name. Sein Bruder war wirklich nicht besonders subtil.

„Ich höre!", sagte Shadow knapp.

Red sah ihn gelangweilt an, weil er wusste, dass er Shadow damit auf die Palme brachte. „Ich bin hier, um mit dir über das Siegel zu sprechen."

„Ach? Beschützt du es nicht im Auftrag unseres Vaters?"

„*Es* ist eine *Sie*", erklärte Red ruhig, obwohl er sich absolut nicht so fühlte. „Als das Siegel aber noch ein Ding war .... Wer war damals dabei und hat mit angesehen, wie Vater es an Salomon weitergegeben hat? Weißt du das?"

„Wieso fragst du das? Du warst doch auch dabei!"

Red holte tief Luft. „Nein, Bruder, das war ich nicht. Aber wenn du dich nicht mal daran erinnerst, wer überhaupt anwesend war, wird deine Antwort mir wohl kaum etwas bringen."

Shadows Gesicht verfinsterte sich. „Wo bist du denn dann gewesen?"

„Ich habe dem Assyrer Adad-nirari II. zu seinem Reich verholfen. Im Kampf gegen die Babylonier, wenn ich mich nicht irre. Und deshalb habe ich die ganze Geschichte mit dem Siegel verpasst." Verdammt, er hatte damals einen sehr harten Kampf ausgefochten. Hätte er einfach den Dschinn Ramshi gewinnen lassen, hätten viele Völker nicht unter assyrischer Knechtschaft gelitten, *und* er wäre bei einem der wichtigsten Ereignisse der Geschichte dabei gewesen.

„Ah!" Shadow verzog verächtlich das Gesicht. „Tja, ich habe damals auch nicht mehr mitbekommen als White. Sobald Vater dieses verdammte Siegel erschaffen hatte, war White nämlich schon hinter dem Ding her. Ich kann dir nur raten, dich mit deinen Fragen direkt an ihn zu wenden."

„Uns dürfte ja wohl beiden klar sein, was für ein fruchtloses Unterfangen das wäre.“

„Tja, dann steckst du wohl in einer Sackgasse, Red. An deiner Stell…“

Red flog durch die Luft und packte Shadow an der Kehle, bevor der seinen Satz beenden konnte. Shadow schob die Hand seines Bruders so weit von sich, dass er zumindest wieder atmen konnte. Sich ganz zu befreien gelang ihm aber nicht. Ihre Kräfte hielten einander die Waage.

„Sag mir, wer dabei war“, verlangte Red drohend.

Shadow nickte langsam, und Red gab ihn frei. Shadow zog indigniert seinen Umhang gerade. „Kein Grund, gleich gewalttätig zu werden, Red. Es gibt noch jemanden, der vielleicht darüber Bescheid weiß.“

„Sag jetzt nicht Asmodeus, sonst bring ich dich um.“

Shadow schüttelte den Kopf. „Nein, den meinte ich nicht. Ich rede von Kadeen. Er war früher einer von Vaters besonderen Lieblingen.“

Der Name weckte Erinnerungen in Red. Kadeen war für Jahrhunderte einer von Azazils Vertrauten gewesen und fast so alt wie die Dschinnkönige. Nur … Red zog die Stirn in Falten.

„Kadeen hat sich vor Hunderten von Jahren aus der Welt zurückgezogen.“

„Oh ja, das stimmt.“ Shadow lächelte und genoss die Frustration des anderen. „Wahrscheinlich hatte er genug von seinem royalen Freund und Herrscher. Bitte, da hast du deine Antwort, Bruder. Vielleicht kann Kadeen dir weiterhelfen, falls du ihn denn findest.“

„Darf ich daraus schließen, dass du nicht weißt, wo er sich aufhält?“

„Nein, woher soll ich das wissen? Wirst du mir eigentlich

noch mitteilen, worum es bei der ganzen Sache überhaupt geht?"

Red hatte nie viel von Shadow gehalten, und dieses Gespräch bestätigte ihn nur noch in seiner schlechten Meinung. „Aber lieber Bruder, ich will dich da keinesfalls mit hineinziehen. Sonst müsstest du vielleicht zum ersten Mal in deinem Leben handeln. Das kann ich dir kaum zumuten. Verharre lieber weiter in Passivität."

Shadow verzog sein Gesicht wie ein beleidigtes Kind. „White hat mich nicht um Hilfe gebeten. Seit ich ihm mitgeteilt habe, dass ich über Ari Bescheid weiß, habe ich kein Wort mehr von ihm gehört. Er meinte nur, ich solle mich ruhig verhalten und abwarten. Welche Wahl bleibt mir auch sonst?"

Red zuckte gleichgültig mit den Schultern und bereitete sich innerlich schon auf den *Peripatos* vor. „Wie wäre es, wenn du dich endlich von einem Schoßhund in einen wahren König verwandelst? Nur ein Vorschlag ..."

13. KAPITEL

ICH NEHME DEINE LIEBE ALS FORM FÜR DEN DOLCH

Sie war verzweifelt. Die Zeit lief ihr davon, und sie musste es jetzt einfach schaffen. Lilif packte die Kehle des niederen Dschinn fester. Er war ein junger Mann, attraktiv, intelligent, charmant. Und er hatte etwas Besonderes, das die Leute magisch anzog. Tamir. Der schöne Tamir. Liebhaber ihres Sohnes Glass King. Jetzt stand er stocksteif vor ihr, wagte es nicht, sich zu rühren, weil er wusste, dass es sie nur eine Sekunde kosten würde, um ihn auszulöschen. Dass es so weit hatte kommen müssen! Dass sie die Kinder vernichten musste, die sie am meisten liebte! Und Glass war immer ihr Liebling gewesen. Glass, mit seinem tiefblauen Haar, der so unbedingt loyal zu ihr stand. Lilif weinte tränenlos, als sie Tamir durch die Flügeltüren schob. Ihr Sohn wirbelte überrascht herum, der Kerzenschein brachte sein Haar zum Leuchten.

Er kniff die Augen zusammen, als er ihre finstere Miene sah. Seine Mutter, die seinen Liebhaber gepackt hatte. „Mutter, was geht hier vor?" Vorsichtig ging er einen Schritt auf sie zu. Er sah Tamir an, und ihre Blicke trafen sich. Er hatte noch niemals irgendjemanden so geliebt wie Tamir. Lilif gab dieser Blick einen Stich, und die Eifersucht regte sich in ihr.

„Ich bringe dir deinen Liebhaber als Kriegspfand, Glass."

„Dann hatte Red recht mit seinen Vermutungen. Du willst uns wirklich alle töten, um die Balance zu zerstören. Selbst deine eigenen Söhne bist du bereit dafür zu opfern!" Glass' Stimme verriet seine Abscheu. Seine Mutter veranlasste das indes nur, Tamir mit ihrer Magie noch mehr zu quälen, und er stöhnte vor Schmerz. Glass stürzte sich schreiend auf sie,

aber Lilif bewegte sich schnell wie der Wind und stand plötzlich mit Tamir am anderen Ende des Raums.

Süßlich lächelte sie ihren Sohn an und verbarg, wie zerrissen sie in Wahrheit innerlich war. „Ich muss alles ändern. So viel ist unter dieser Herrschaft verloren gegangen. Ich brauche etwas … Neues. Ich sehne mich nach einem neuen Leben für die Dschinn.“

„Dein Leben währt zu lange, Mutter. Der Überdruss ist, was dich antreibt und deinen Verstand verwirrt.“

Ihr Lächeln wurde zu einer Drohung, sie griff Tamir am Kinn und drehte sein schönes Gesicht so, dass sie es genau sehen konnte. Er weigerte sich, ihr in die Augen zu schauen, und ballte nur hilflos und wütend die Fäuste. „Er ist schön, mein Sohn. Ich begreife schon, dass du ganz vernarrt in ihn bist.“

Ihre Fingernägel bohrten sich nun so tief in Tamirs Fleisch, dass er blutete. „Ich werde sein Leben dennoch beenden, wenn du deine Existenz nicht freiwillig aufgibst.“

„Du bist ja wahnsinnig, Mutter!“

Ihre Augen glitzerten, als sie sich nun Glass zuwandte. „Verzeih mir, dass ich zuerst zu dir kam, liebster Sohn. Ich fürchtete jedoch, dass es mir bei dir am schwersten fallen wird … bei meinem Glass. Meinem schönen Glass. Hier muss ich es zuerst tun. Er muss zuerst gehen.“

„Mutter, bitte …“

„Ich darf nicht lange mit dir streiten, Sohn, gib mir deine Essenz, dann lasse ich Tamir frei. Und ich sorge dafür, dass ihm kein Unheil widerfährt. Ja, ich will sogar versuchen, ihn zu retten, wenn das Später *für uns alle anbricht.“*

Lilif ertrug es nicht, wenn jemand anderes mehr geliebt wurde als sie selbst. Daher beobachtete sie voller Neid, wie Glass nun Tamir anschaute. Man sah genau, was er für den niederen Dschinn empfand. Auch Tamir verstand, wie tief die

Gefühle seines Geliebten für ihn gingen, und versuchte, sich zu befreien.

„Nein, Glass, nein!", schrie er. „Wozu soll ich denn ohne dich weiterleben? Tu das nicht! Ich bin die Konsequenzen nicht wert!"

„Du bist alles wert", flüsterte Glass heiser. Er drehte sich zu seiner Mutter um, schwach und hilflos. „Falls du ihn laufen lässt, gehe ich mit dir."

Es gab nur einen, für den Lilif jemals eine fast so große Liebe empfunden hatte, und das war ihr Bruder Asmodeus. Für ihn hätte sie alles getan … aber wäre sie auch für ihn gestorben? War sie zu diesen tiefen Gefühlen überhaupt fähig? Nein, sie konnte ihren Sohn nicht begreifen. Ein hämisches Lächeln umspielte ihre Lippen. „Mein Sohn, wenn du liebst, ist deine Liebe so tief. Wenn ich sie jetzt nicht gegen dich verwenden würde, dann hätten dein Vater und deine Brüder es früher oder später getan."

„Nicht dieser Bruder", brachte Red wütend hervor, als er in den Raum gestürzt kam. Die Luft um ihn knisterte gefährlich. Vollkommen synchron drehten die beiden Brüder sich nun zu Lilif um, die die stählerne Härte ihrer vereinten Magie zu spüren bekam. Unsichtbare Hände hielten sie fest, sie musste von Tamir ablassen, und er taumelte von ihr fort. Hasserfüllt schrie sie auf.

„Den bekommst du nicht", rief Red zornig.

Dieser Sohn von mir, dachte Lilif, während sie sich langsam aus der magischen Umklammerung befreite, dieser Sohn hat sich immer viel zu leicht von Azazil manipulieren lassen. „Du Narr!", schleuderte sie Red entgegen. „Überleg dir gut, ob du dir deine Loyalität auch leisten kannst."

Red verzog angeekelt den Mund. „Glaub mir, wenn nicht, bin ich in Zukunft lieber ein Bettler als ein König, Mutter!"

Lilifs unbändiger Zorn verstärkte ihre Magie, ihre Kräfte wuchsen, und sie wurde schneller. Dennoch wusste sie, dass sie gegen zwei ihrer Kinder nicht gewinnen konnte. Mit lautem Wutgeheul durchbrach sie schließlich die unsichtbaren Ketten, stürzte sich auf Tamir und brach ihm das Genick. Sein Leben war zu Ende. Einen Schmerzensschrei ausstoßend sah Glass, was sie getan hatte.

Lilif verschwand mit dem Peripatos, *bevor er sich rächen konnte.*

„Ari, wach schon auf", flüsterte eine tiefe Stimme in ihr Ohr. Sie kuschelte sich tiefer in ihr Kissen. „Michael will dich in seinem Büro sehen."

Ari stöhnte und drehte sich um. Verschlafen stellte sie fest, dass Jai sich über sie beugte, sein Gesicht mit den wunderschönen grünen Augen war ihrem ganz nahe. „Du hast mich aus einem meiner Träume geweckt. Diesmal war ich tatsächlich Lilif."

Jai zog die Augenbrauen zusammen. „Worum ging es dabei?"

„Es war ihre Erinnerung daran, wie sie versucht hat, Glass zu töten. Sie wollte ihm seine Essenz rauben", murmelte sie noch immer verschlafen. Plötzlich überkam sie eine ungeheure Traurigkeit und unendliches Mitleid mit dem Dschinnkönig Glass, dem sie noch nie begegnet war. In ihrem Traum war er genauso ungewöhnlich und beeindruckend wie Red gewesen. Falls ihre Träume tatsächlich echte Erinnerungen waren, hatte Lilif den Mann getötet, den er liebte. „Sie hat seinen Liebhaber umgebracht, weil Red und Glass ihre Essenz nicht aufgeben wollten."

„Klingt nach einer Grausamkeit, die ich sonst eher dem White King zugetraut hätte."

„Hmm“, stimmte Ari zu und versuchte zu vergessen, dass sie mit diesen Ungeheuern verwandt war. „Es ist ja wirklich schön, wenn du mich weckst, aber warum so früh?“

Er setzte sich aufs Bett. „Michael bittet dich, nach unten in sein Arbeitszimmer zu kommen.“

Ihr Herz setzte einen Schlag aus, als sie endlich begriff, was Jai da sagte, und plötzlich war sie hellwach. Wenn Michael sie sprechen wollte, erhielt sie vielleicht einen Auftrag! Energisch schlug sie die Decke zurück, kletterte an Jai vorbei und rannte praktisch ins Bad. Sie duschte in Rekordgeschwindigkeit, und beim Zähneputzen lachte sie glücklich, den Mund noch voller Zahnpasta. Dann öffnete sie die Tür einen Spalt und ließ sich von Jai T-Shirt, Jeans und saubere Unterwäsche geben. In aller Eile zog sie sich an und band die Haare zum Pferdeschwanz.

Nachdem sie zurück ins Zimmer kam, stand Jai mit diesem versonnenen Blick am Fenster. Die Morgensonne ließ seine grünen Augen glitzern wie zwei Seen aus Kristall. Die Brauen hatte er leicht zusammengezogen, die Lippen sahen fast aus, als ob er schmollte. Sein Haar, das sonst stets so kurz geschnitten war, wuchs langsam nach. Ari konnte sich nicht entscheiden, was ihm nun besser stand. Ihr Herz zersprang fast vor lauter Gefühl, als sie ihn so betrachtete, und sie war dankbar, einfach nur am Leben zu sein.

Jai spürte ihren Blick und wandte den Kopf, um sie anzuschauen. Der kleine Diamant in seinem Ohr glitzerte. „Alles klar?“

Nein, das konnte man so nicht sagen, sie war nämlich gerade vollkommen abgelenkt. „Meinst du, ich muss jetzt sofort runter zu Michael?“, fragte sie leise und ging zu Jai hinüber.

Er streckte die Hand nach ihr aus, legte ihr den Arm um die Taille und zog sie an sich. Ari sandte ein Stoßgebet zum

Himmel und dankte – wem auch immer – für diesen Moment. Nur wenn sie mit Jai allein war, fühlte sie sich wirklich sicher und geborgen und vergaß, wer sie eigentlich war.

Zärtlich streichelte sie über seinen Oberkörper und ließ die Hände dann zu seinem Hals und seinen Wangen gleiten. Sie spürte, wie Jai unter ihren Berührungen bebte. Sie schaute ihm in die Augen, und die Welt schien um sie herum zu versinken. Davon las man immer in Büchern, jetzt erst allerdings wusste sie, dass es stimmte – es gab dieses Gefühl, mit einem anderen Menschen vollständig zu verschmelzen, bis es nichts anderes mehr gab, man nichts anderes mehr wahrnahm. Alles außer Jai schien ihr völlig irreal, Michael, der unten wartete, war vergessen.

Der Augenblick endete mit einem innigen Kuss.

„Was machst du nur mit mir?“, flüsterte Jai, bevor sie seine Lippen wieder auf ihren spürte. Er vertiefte seinen Kuss, und Ari liefen prickelnde Schauer über den Rücken. Verlangend schlang sie die Arme um Jai, wollte ihm näher sein, ihn spüren, zog an seinem T-Shirt, damit sie die Hände darunterschieben konnte. Seine Haut fühlte sich glatt und seidig an, als ihre Finger an seinem Rücken hinabwanderten. Jai stöhnte, umarmte sie fester und küsste sie mit solcher Leidenschaft, dass Ari die Luft wegblieb.

Doch plötzlich schob er sie fort, und sie taumelte fast, weil es so unerwartet geschah. Schwer atmend blickte sie ihn an. „Warum hast du aufgehört?“

Jai schüttelte den Kopf und lächelte bedauernd. „Michael hat einen Auftrag für dich. Wir sollten jetzt wirklich runtergehen.“

Aris Puls fing an zu rasen, ob nun wegen dem, was gerade passiert war, oder dem, was gleich passieren sollte – sie wusste es nicht. „Das sind doch gute Neuigkeiten, oder? Dass ich einen Auftrag bekomme?“

Jai, der gleichzeitig ihr Freund und ihr Bodyguard war, quittierte das mit einem nachdenklichen und unentschlossenen „Hm".

Ah, da machten ihm wohl seine übertriebenen Beschützerinstinkte zu schaffen. Ari gab ihm einen schnellen Kuss und grinste. „Mir passiert schon nichts."

Schweigend musterte er sie einen Moment lang. „Ich weiß", sagte er schließlich.

Ari war sich nicht sicher, ob er das ernst meinte, seufzte und ging zur Tür. Doch Jai griff nach ihrem Handgelenk und hielt sie fest. Bevor sie noch Luft holen konnte, spürte sie Jais Lippen auf ihrem Mund und lag in seinen Armen. Diesmal war sein Kuss härter, fordernder, ja, verzweifelter. Ari hatte keine Ahnung, warum, hatte aber das Gefühl, sie müsste ihn beruhigen, ihm bestätigen, dass sie hier war und ihm gehörte. Also schlang sie die Arme um seinen Nacken und gab sich ganz dem Kuss hin, beantwortete ihn mit der gleichen Intensität. Sie drückte Jai gegen die Wand. Er stöhnte auf und schickte Ari damit erneut einen Schauer über den Rücken. Verlangend ließ er die Finger über ihre Beine gleiten, bevor er Ari zu ihrer Überraschung hochhob. Sie umklammerte seine Hüften mit den Beinen, und er drehte sich, sodass nun Ari die Wand im Rücken hatte. Dann hauchte er ihr Küsse, den Hals hinab. Sie ließ den Kopf zurückfallen und war unfähig, auch nur einen klaren Gedanken zu fassen. Es existierte für sie jetzt nur noch Jai, seine Hände unter ihrem T-Shirt, die nach dem Verschluss ihres BHs suchten.

Es krachte hinter ihnen, und er hielt inne, fluchte und ließ den Kopf frustriert sinken. „Lass mich raten", flüsterte er heiser.

Ari strich ihm übers Haar. Ihre Finger zitterten noch vor Erregung. Sie betrachtete den kaputten Lampenschirm und die Bücher, die nun nicht mehr als Stapel auf dem Nachttisch lagen, sondern verstreut auf dem Boden. Und nachdem die Leidenschaft langsam abebbte, konnte sie auch Ms Maggies Energie im Raum wahrnehmen.

„Ms Maggie", bestätigte sie leise Jais Vermutung. Noch dazu eine schlecht gelaunte Ms Maggie, die Ari offenbar beschützen wollte. Wahrscheinlich war die Ifrit in ihrem letzten Leben Nonne gewesen.

Jai schob Ari sanft von sich und stellte sie vorsichtig zurück auf den Boden. Sie strich sich glättend übers Haar. Jai legte ihr noch einmal die Hand an die Wange und strich mit dem Daumen zärtlich über ihre Lippen. Sofort glühte wieder die Leidenschaft von eben in seinem Blick, und auch Ari spürte, wie ihr heiß wurde. Ja, richtig heiß, obwohl sie ein Dschinn war. Unter Aufbietung all seiner Willenskraft trat Jai einen Schritt zurück und steckte die Hände entschlossen in die Hosentaschen.

„Und dabei fing ich gerade an, deinen Poltergeist zu mögen."

Ari lachte und strich ihm im Vorbeigehen über den Arm. „Ich rede mit ihr in Sachen Privatsphäre", versprach sie.

Er nickte nur und folgte ihr auf den Flur. „Frag sie bei der Gelegenheit doch auch gleich mal, wer zum Teufel sie eigentlich ist."

Fallon, die auf Michaels Schreibtisch saß und ihm den Blick versperrte, schaute sie so merkwürdig an, dass Ari befürchtete, ihre Haare wären noch verräterisch zerzaust. Schnell fuhr sie darüber und hoffte, dass ihre Lippen nicht sichtbar geschwollen waren.

„Fallon, setz dich dahin!" Michael zeigte auf einen der Sessel vor seinem Schreibtisch.

Fallon sprang vom Tisch in den Sessel und grinste Ari an, die sich jetzt ernsthaft fragte, ob ihre Freundin wohl ahnte, was sie eben gemacht hatte. Sie wurde rot und wagte es nicht, auch nur zu Jai hinüberzuschauen.

Michael kam gleich auf den Punkt. „Ich habe einen Auftrag."

„Wirklich?", fragte Ari aufgeregt und machte einen Schritt auf ihn zu. Ein echter Auftrag! Zur Jagd auf einen Dschinn! Statt selbst weiter die Beute zu spielen …

Großartig!

„Es geht um die Emmet Bradford Highschool in Midland, Connecticut." Michael schob Ari und Fallon ein paar Papiere über den Tisch zu. Ari schnappte mit unverhohlenem Eifer danach, während Michael den Fall weiter erklärte: „Im letzten Halbjahr kam es in der Schule zu einer Häufung merkwürdigster Ereignisse. Das neue Schuljahr läuft seit gerade mal einer Woche, und schon geht es wieder los."

Ari überflog die Unterlagen. In der Woche zuvor hatte einer der Schüler in der Lotterie gewonnen. Das klang nun noch nicht weiter ungewöhnlich. Nur waren im Halbjahr davor vier Schüler verschwunden, drei fehlten länger wegen ungewöhnlicher medizinischer Probleme – zum Beispiel befand sich plötzlich eine Vagina da, wo vorher sechzehn Jahre lang ein Penis gewesen war. Dann hatte noch die Englischlehrerin eine Affäre mit einem der Schüler, und als der mit ihr Schluss machen wollte, brachte sie ihn um.

Als sie durch war, reichte Ari den Bericht an Jai weiter, der ihn rasch durchlas. Mit jedem Satz verfinsterte sich seine Miene ein bisschen mehr. Er sah Michael mit einem bohrenden Blick an. „Ein Marid, der Wünsche gewährt?"

Michael nickte. „Wir müssen ihn markieren, damit wir ihn verfolgen können. Nur so können wir ihm den Spaß verderben, wenn er irgendwo öffentlich auftaucht. Fallon und Ari sollen sich als Schülerinnen dort einschleichen und mal sehen, ob sie eine Dschinnenergie wahrnehmen." Er blätterte noch einmal durch seine eigene Kopie des Berichts. „Während der letzten sechs Monate sind zwei neue Schüler und ein neuer Vertrauenslehrer an die Schule gekommen. Jedenfalls habe ich euch beide an der Emmet Bradford High angemeldet." Michael nickte Fallon und Ari zu. „Ihr kommt in die Klassen der beiden neuen Schüler und überprüft sie. Und als Bonus habt ihr als ebenfalls Neue auch gleich einen Termin beim neuen Vertrauenslehrer."

Jai trat einen Schritt vor, bevor Ari, die total aus dem Häuschen über ihren ersten Auftrag war, überhaupt etwas sagen konnte. „Wenn es hier um einen Marid geht, sollte ich mich darum kümmern", sagte Jai angespannt.

Ari blinzelte. Natürlich wusste sie, dass Marids schon ziemlich harte Jungs waren, aber zusammen würden sie und Fallon das wohl hinkriegen, oder?

Michael musterte Jai nachdenklich. Schließlich seufzte er. „Schön. Dann bist du also Aris besitzergreifender älterer Freund, der mit ihr mittags in der Cafeteria isst. Sei aber vorsichtig – du hast eine starke Energie, die dich sofort als Ginnaye und Bodyguard entlarvt." Er wandte sich wieder an die Mädchen. „Ari und Fallon, ihr seid Stiefschwestern. Marissa und Bella Ribisi."

Fallon stöhnte. „Na toll. Ich muss wieder zur Schule, was ich schon beim ersten Mal beschissen fand, und heiße dann auch noch Bella! Da kann ich mir die ganzen saublöden Vampirwitze anhören."

Michael runzelte die Stirn. „Ich habe keine Ahnung, wovon du sprichst."

„Da sind Sie nicht der Einzige." Auch Jai sah Fallon verwirrt an.

„Zerbrich dir mal nicht den Kopf, mein Schöner, das ist Popkultur! Kapierst du eh nicht."

„Fallon …" Michael seufzte. „Bitte beleidige Mr Bitar nicht."

„Das war doch keine Beleidigung, sondern die pure Wahrheit!" Fallon zwinkerte Jai zu, was Ari einen Stich gab. Dumme Eifersucht, wie konnte man nur so besitzergreifend sein?

„Okay, wann fangen wir an?", fragte sie schnell und stellte sich zwischen Jai und Fallon.

Michael überreichte ihr ihren Stundenplan. „Morgen. Die Sache muss so schnell wie möglich über die Bühne gehen. Euer Auftauchen an der Schule wird den Dschinn vorwarnen, der dahintersteckt. Wir können nur hoffen, dass er euch für niedere Dschinn und damit für ungefährlich hält. Falls er selbst allerdings sehr mächtig ist, wird das kaum der Fall sein. Das gilt insbesondere für deine Energie, Ari. Daher schicke ich noch ein Team raus, das im Ernstfall eingreift."

Falls er sehen wollte, ob sie sich jetzt gleich vor Angst übergab, konnte er lange warten. Okay, sie war irre nervös und vielleicht nicht perfekt vorbereitet, aber immerhin fest entschlossen. Sie litt immer noch unter den Erinnerungen an die Entführung und Dalí. Sie wollte sich nie wieder so hilflos fühlen, auf keinen Fall!

Michael räusperte sich und wirkte auf einmal etwas unsicher. „Tja … also … Jai, ich würde in diesem Fall gern von deiner besonderen Gabe Gebrauch machen."

Ari runzelte die Stirn. *Welche besondere Gabe denn?*

„Um wen geht's?", fragte Jai ruhig.

Wieso sah Michael aus, als würde er am liebsten weglaufen? „Nun, wenn ich es richtig sehe, hast du Ari ja bereits markiert. Vorsichtshalber sollten wir das allerdings auch bei Fallon machen. Falls irgendetwas schiefgehen sollte …."

„… kann ich sie aufspüren“, beendete Jai den Satz und nickte.

Auch Ari begriff nun, was gemeint war, und ihr Magen zog sich zusammen. Jai sollte Fallon küssen, damit er sie lokalisieren konnte, falls ihr beim Auftrag etwas zustieß und sie verschwand. Fallon schien das nicht gerade viel auszumachen. Im Gegenteil, sie stand bereitwillig auf und ging zu Jai hinüber. Aris Wangen brannten.

„Jetzt?“, fragte Fallon nur ganz locker und schaute zwischen ihrem Vater und Jai hin und her.

Ari spürte plötzlich, wie sich eine hässliche schwarze Hand aus ihrer Brust wand, um ihr die Kehle zuzuschnüren. Der brennende Zorn des Siegels ergriff von ihr Besitz. *Verbiete es ihnen! Gib ihnen den Befehl!* flüsterte es ihr ins Ohr. Jai warf ihr einen vorsichtigen Blick zu, und man merkte deutlich, wie unwohl er sich bei der Sache fühlte. In Aris Fingern kribbelte es, als sich die Magie darin konzentrierte. Jai sollte keine andere küssen, und sie konnte es ihm verbieten. Sie hatte jedes Recht dazu. Er gehörte ihr. Seine Lippen gehörten ihr. Dann sah sie hinüber zu Fallon. Vielleicht sollte sie ihr lieber verbieten, zu atmen. *Sie hält die Luft an und stirbt, und ich muss nicht mehr darüber nachdenken.* Voller Entsetzen wurde Ari klar, was da gerade in ihrem Kopf vorging, und sie rang um Fassung. Sie musste hier raus. Sofort.

Das Siegel. Seit Wochen hatte es sich ruhig verhalten. Ari hatte schon gehofft, dass sie seine Macht inzwischen beherrschte. Offensichtlich ein Irrtum. Zitternd drückte sie die schwarze Hand fort, verdrängte die gemeinen Einflüsterungen. Das gelang ihr nicht vollständig, aber zumindest behielt sie die Kontrolle. Die würde sie allerdings verlieren, wenn sie dabei zusah, wie Jai Fallon küsste. Das war Ari klar. Natürlich war es nur ein dummer kleiner Kuss, aber es musste ein Zungenkuss sein, wenn er wirken sollte. Das wollte und konnte Ari sich nicht antun. Vor allem wegen des Siegels.

„Ich gehe kurz raus."

„Ich auch", erklärte Michael schnell und folgte ihr.

Ein paar Sekunden später kamen auch Jai und Fallon aus dem Arbeitszimmer. Ari brachte es nicht fertig, den beiden ins Gesicht zu schauen. Ihr Freund hatte eine andere geküsst, und sie war deshalb zu einem Mord bereit gewesen.

„Ich sage Charlie Bescheid, dass wir aufbrechen. Ihr wollt euch ja bestimmt auch von Trey verabschieden." Fallon schaute Ari an.

Die nickte und wich dem Blick ihrer Freundin aus. „Ja, klar."

Sie ging neben Jai hinter Fallon her und spürte, wie er möglichst unauffällig ihre Finger berührte.

Weißt du eigentlich, wie sehr ich das hasse? hörte Ari seine Stimme in ihrem Kopf.

Was? Hübsche Mädchen zu küssen? fragte sie zurück. Sollte sie Jai sagen, was sie vorhin empfunden hatte? Nein, es gab keinen Grund dazu. Sie hatte das Siegel erfolgreich niedergerungen, und das würde sie auch in Zukunft tun.

Mädchen küssen, ob ich will oder nicht. Ich habe immer versucht, das einfach als Teil meines Jobs zu betrachten. Das hat bisher auch ganz gut geklappt. Es tut mir wirklich leid, Ari.

Schon okay, Jai. Gehört eben dazu.

Wieso schaffst du es dann nicht, mich anzusehen?

Sie traten aus der Tür und gingen rüber zu Jacks Haus. Ari seufzte. **Weil du sonst mitkriegst, wie rasend eifersüchtig ich bin, und dann hältst du mich für eine Psychopathin.**

Jai lachte leise. **Mir würde es doch ganz genauso gehen, Ari. Wenn du jemand anderen geküsst hättest.**

Ari holte tief Luft und zwang sich zu einem Lächeln. **Weiß ich doch. Ich bin auch wirklich nicht sauer.**

Ich will viel lieber dich küssen.

Sie grinste und fühlte sich gleich viel besser. **Bald.**

14. KAPITEL

BEI LICHT BESEHEN WURDE MEIN ALBTRAUM ERST WIRKLICHKEIT

So weit war es also gekommen. Nun musste er schon Kompromisse eingehen, um zu bekommen, was er wollte. Rabir, sein loyalster Diener, schaute ihn ausdruckslos an. Ohne ihn zu verurteilen, ohne Zustimmung. So, wie es sich gehörte. White aber war selbst unzufrieden mit sich. Das Ganze ging nun schon Wochen so. Ständig schmiedete er neue Pläne, um Ari seinem Willen zu unterwerfen. Und jeder Plan endete unfehlbar damit, dass Unschuldige zu Schaden kamen und er wie der Bösewicht aussah. Zum Teufel mit seiner Tochter und ihren Moralvorstellungen! Ehre war ein Konzept, das er verstand, aber Moral? Lächerlich!

Doch wie dem auch sein mochte, er würde ihre Bedingung erfüllen, damit sie Vertrauen zu ihm fasste. Er bedauerte es zwar, dass Salas Strafe damit beendet war, aber es musste eben sein. White nahm seinen Zauber von der purpurfarbenen Flasche neben seinem Bett. Als Sala daraufhin nicht unverzüglich erschien, zog er den Stöpsel heraus. Rauch stieg aus der Öffnung, der langsam feste Umrisse annahm, bis eine völlig geschwächte Ifrit vor White stand.

Blaue Augen flehten ihn um Gnade an. White fühlte sich plötzlich, als ob Eis durch seine Adern flösse.

Blaue Augen.

Augen, die nie ihre Farbe wechselten.

Auch das Gesicht war nicht von der erwarteten exquisiten Schönheit.

Wo war Sala?

White schleuderte der Fremden einen wütenden Strahl aus purer Energie entgegen. Sie verdrehte die Augen, und Blut rann ihr aus Nase und Ohren. Dann sank ihre schmale Gestalt zu Boden.

Der Duft von Salas Essenz verflog, nun, da die Flasche geöffnet war. So, als würde sie zu ihrer Besitzerin zurückkehren, wo immer sie auch stecken mochte.

Wie hatte sie das nur geschafft? Wie war Sala ihm entkommen?

„Gebieter?“ Selbst Rabir schien es nicht fassen zu können.

„Ari“, sagte White nur, und seine Augen glühten vor Rachsucht.

„Mein Kontakt bei der Braemar-Gilde hat sich gemeldet“, verkündete Jack, als Charlie den großen Anbau im hinteren Teil des Hauses betrat, der nun als eine Art Schule für ihn diente.

Bis eben war Charlie noch ganz verschlafen gewesen. Jetzt raste sein Puls, und Adrenalin rauschte durch seine Adern. Jack versuchte herauszufinden, ob jemand aus einer der Gilden möglicherweise der Labartu auf den Fersen gewesen war. Es hatte ein paar Wochen gedauert, bis er wusste, welche Gilden damals in der Nähe von Sandford Ridge aktiv waren: Die Braemars hatten in Ohio operiert. Ihr Anführer bestätigte, dass sie wirklich Jagd auf die betreffende Labartu gemacht hatten. Sie hieß Akasha und war eine uralte, besonders bösartige Ausgeburt der Hölle. Zu Charlies Enttäuschung hatten die Braemars aber vor sieben Monaten ihre Spur verloren. Seitdem versuchten sie erfolglos, sie wiederzufinden.

Die Braemars hatten versprochen, Jack Bescheid zu geben, sobald sich ein Erfolg abzeichnete.

Gott, jetzt war er ganz nah dran! Charlies Magen zog sich vor Aufregung zusammen. Konnte das alles wirklich schon so bald vorbei sein? Was sollte er mit seinem Leben anfangen, nachdem er seine Rache vollendet hatte? Welches Ziel blieb ihm dann noch? Aber diese Fragen stellten sich erst, falls er es wirklich schaffte, Akasha zu töten *und* dem Prozess zu entgehen.

Jack schüttelte den Kopf. „Die letzte Spur führte ins Nichts. Ich habe den Braemars mehr Geld versprochen, wenn sie mehr Leute auf Akasha ansetzen."

„Das musst du wirklich nicht machen, Jack."

Jack schüttelte nur noch einmal den Kopf. „Lass mal, ist schon okay."

Als Charlie gerade protestieren wollte, kam Trey herein, ein breites Lächeln auf den Lippen.

„Morgen zusammen!"

Charlie nickte ihm zu und beobachtete stirnrunzelnd, wie Jack den Ginnaye böse anstarrte. Trey klebte an ihnen wie Pech. Seit er da war, verbrachte er fast seine gesamte Zeit hier in diesem Raum mit ihnen, während Jack Charlie darin unterrichtete, wie man die magischen Kräfte von Talismanen, Edelsteinen und Metallen verwendete. Trey, der sportliche Anstrengung gewohnt war, riss die ganze Zeit Witze. Irgendwann gab Jack dann auf und überließ ihm das Feld, woraufhin Trey Charlie ein paar Lektionen in Kampfkunst erteilte. Charlie mochte Trey sehr, hatte aber das unbestimmte Gefühl, dass Jack diese Zuneigung nicht teilte.

„Na toll. Es ist wieder da", murmelte Jack, drehte ihnen den Rücken zu und öffnete eine Kommode. Dann holte er ein paar Steine heraus, die er Charlie zeigen wollte, wie er es ihm am Tag zuvor versprochen hatte.

„Fall nur nicht gleich um vor Begeisterung", sagte Trey trocken. „Gewöhn dich besser an mich, so schnell werde ich hier nicht wieder verschwinden."

Jack zog die Brauen hoch. „Du vertraust mir nicht und überwachst alles, was Charlie und ich zusammen machen."

„Völlig richtig", stimmte Trey zu. In seinen grünen Augen blitzte es misstrauisch auf. „Ihr verheimlicht mir nämlich was, das spüre ich genau."

Charlie bemühte sich um einen gleichgültigen Gesichtsausdruck und ging zu Jack hinüber, um sich die Steine anzuschauen.

„Und was sollten wir bitte vor dir verstecken? Du hängst doch den lieben langen Tag an uns wie eine Klette."

„Genau, und weil es da gar nichts gibt, verstummt ihr sofort, wann immer ich reinkomme." Trey lächelte zwar, aber sein Lächeln hatte etwas Bedrohliches. „Ich warne dich, Jack. Falls du ihm dabei hilfst, irgendwas zu machen, das er besser lassen sollte, wird das sehr schmerzhaft für dich enden."

Jack seufzte und warf ihm einen genervten Blick zu. „Ja, ja, das hast du mir alles schon mal erzählt. Gut, fangen wir endlich mit dem Unterricht an …"

Trey hob begütigend die Hände. Er hatte erst einmal alles gesagt, was er zu sagen hatte. Jack fing an zu erklären, wie man mit dem weißen Kristall magische Wunden heilte. Eine Stunde später ließ Trey die kleine Porzellanschüssel fallen, mit der er gerade gelangweilt herumgespielt hatte, und handelte sich damit wieder einen bösen Blick von Jack ein. Doch Trey entschuldigte sich überschwänglich und ließ dabei dermaßen seinen Charme spielen, dass Jack sogar lächelte, wovon sie alle beide sichtlich überrascht waren. Trey konnte seine Freude kaum verbergen. Charlie war sicher, dass er glaubte, er könnte jeden dazu bringen, ihn zu mögen.

Und damit hatte Trey wahrscheinlich sogar recht.

Plötzlich hörten sie, dass jemand die Haustür öffnete. Jack hielt inne, und sie warteten, während sich Schritte näherten.

Schließlich erschienen Jai, Ari und Fallon in dem etwas chaotischen Anbau. Charlie schaute sehnsüchtig zu Ari hinüber. In den letzten Wochen hatten sie nicht viel Zeit miteinander verbracht. Ihre seltsamen Augen leuchteten, und ihr ganzer Körper schien eine pulsierende Energie abzugeben. Jai hingegen schien eher bedrückt, und Charlie fragte sich, was wohl los war. Das war bei Jai schwer zu sagen, weil er fast immer vor sich hin zu brüten schien, selbst wenn er gute Laune hatte. Also schaute Charlie fragend zu Fallon, die ihrerseits vor Aufregung fast zu platzen schien.

„Wir wollten uns nur kurz von euch verabschieden", sagte Ari endlich. „Fallon und ich haben einen Auftrag in Connecticut übernommen. Jai begleitet uns."

„Braucht ihr Hilfe dabei?", erkundigten sich Charlie und Trey im Chor.

Jack ließ ein grunzendes Geräusch hören. „Ich scheine mich ja wohl in Luft aufgelöst zu haben."

Charlie wollte gerade loskichern, als er den merkwürdigen Blick sah, mit dem Fallon Jack bedachte. Sie legte den Kopf schief und musterte ihn durchdringend, bis er die Stirn runzelte und schnell den Kopf wegdrehte.

„Alles okay?", fragte Charlie sie.

Sie nickte verhalten, zuckte dann aber nur mit den Schultern. Was auch immer ihr eben für ein Gedanke durch den Kopf gegangen sein mochte, sie hatte ihn offenbar verworfen. Jetzt stellte sie sich auf die Zehenspitzen und küsste Charlie kurz auf den Mund. Er erwiderte den Kuss, fühlte sich aber äußerst unwohl dabei. Was Ari wohl dachte? Doch die war gerade damit beschäftigt, Trey zu umarmen, bevor sie ihm noch schnell erklärte, worum es bei dem Auftrag ging. Fallon hatte Charlie gesagt, dass Ari wusste, was zwischen ihnen lief, und dass es ihr nichts ausmachte. Charlie versetzte das einen

Stich, weil er immer noch eifersüchtig wurde, wenn er Ari und Jai zusammen sah. So wie jetzt gerade.

„Wir haben noch ein Team dabei", versicherte Ari.

Trey schlug Jai freundschaftlich auf den Rücken. „Ruf an, falls ihr mich braucht."

„Machen wir", antwortete Jai nur knapp.

„Ich glaube, der ist hetero." Jack warf Trey, der sehr nah bei Jai stand, einen spöttischen Blick zu. „Das kannst du vergessen."

Überrascht, ja, sogar ein wenig schockiert registrierte Charlie Jacks Kommentar. Den anderen schien es genauso zu gehen. Die Bemerkung klang so gar nicht nach ihm. Weder, was er gesagt hatte, noch der Ton. Merkwürdig … Charlie schüttelte den Kopf. Egal.

Trey war der Einzige, der darüber lachte. „Keine Sorge, Jack, ich weiß schon, an welcher Tür ich klingeln muss."

Irgendwas lief da ab zwischen Trey und Jack, und Ari hätte zu gern gewusst, was es war. Sie vergaß kurz das Siegel und machte sich nun Sorgen wegen Charlie. Hatte Trey etwas rausgefunden? Half Jack Charlie etwa dabei, Dummheiten anzustellen?

Sie wollte ihn gerade unverblümt danach fragen, als Flammen aufzüngelten und der White King erschien. Er starrte Ari finster an. „Was hast du getan?", fragte er und näherte sich bedrohlich. „Wie hast du sie befreit?" Sein magischer Blitz verfehlte Ari nur um Haaresbreite.

Bevor Ari auch nur einen Finger rühren konnte, hatte Jai sie zu Boden gerissen. Sie landete auf dem Hintern und stöhnte leise auf. Der Boden war aus Holz, und sie hatte sich Splitter in die Handballen gerissen. Jai holte aus. Über seiner Hand tanzte ein großer glühender Ball, den er White mit Macht entgegenschleuderte. Der Angriff traf den Dschinnkönig völlig überraschend. Er taumelte zurück, dann schien er einen Moment zu erstarren. Das reichte Jai. Er stürzte nach vorn, die Hände ausgestreckt. Seine Magie erwischte White wie ein glühender Rammbock. Mit einem unfreiwilligen Satz landete er in einer von Jacks Vitrinen.

„Raus!" Jai drehte sich zu seinen Freunden um. Trey schob Fallon und Charlie aus der Tür, ließ den White King dabei aber nicht aus den Augen. Ari rappelte sich auf, während ihr Vater Glassplitter aus seiner Brust und seinen Händen zog. Blutflecken zeichneten sich auf seinem weißen Umhang ab.

„Ari, raus hier!" Jai fasste sie an den Armen und zerrte sie zum Ausgang. Währenddessen stand Jack da und starrte White mit finsterem Blick an.

„Du auch, Jack!"

Die Tür knallte zu, gerade als White wieder auf die Füße kam. Er legte den Kopf schräg und betrachtete Jai, der sich schützend vor Ari gestellt hatte. „Niemand verlässt hier mehr das Zimmer", bemerkte er kühl. „Und als Erstes stirbst du!" Er zeigte auf Jai. „Danach wird Ari so lange gefoltert, bis sie verrät, wo Sala steckt und wie sie es geschafft hat, das Miststück zu befreien."

Was? Ari schnappte nach Luft und versuchte, Jai wegzuschieben, doch der wich keinen Millimeter von der Stelle. „Wovon redest du?", rief sie und bemühte sich weiter, an Jai vorbeizukommen. Er griff nach ihrem Handgelenk und ließ sie mit seiner Magie erstarren.

Nur damit du nichts Dummes machst, erklärte er entschuldigend via Telepathie.

„Willst du es etwa abstreiten?", fragte White ruhig, obwohl man merkte, dass in ihm ein Vulkan brodelte. „Du hast dich in meinen Palast geschlichen und Sala befreit. Dann hast du ihre Essenz benutzt, um mich zu täuschen. Damit ich nicht merke, dass sich darunter der Ifrit befand, gegen den du sie ausgetauscht hast!“

Gelbe, rote und märchenhaft goldene Flammen züngelten neben Jack auf, der immer noch schweigend dastand. Zu Aris Erleichterung trat der Red King aus dem *Peripatos*.

„Natürlich wird Ari das leugnen, Bruder“, sagte er, als hätte er das gesamte Gespräch mit angehört. Er ging auf den White King zu. „Sie hatte nämlich nichts damit zu tun. Glass und ich haben Sala schon vor Jahren befreit.“

Jetzt konnte White seinen Zorn nicht mehr verbergen. „Ihr habt *was*?“

Red grinste ihn kalt an. Sein Lächeln trieb Ari einen eisigen Schauder über den Rücken. Jais Zauber ließ nun nach. Zur Rache kniff sie ihn und machte einen Schritt nach vorn. Sofort nahm er ihre Hand und zog sie fest an sich, dann hörten sie den beiden Dschinnkönigen nur noch atemlos zu.

„Hast du geglaubt, ich würde Sala in dieser Flasche sitzen lassen?“

White schüttelte den Kopf, als könnte er es nicht fassen. „Denkst du wirklich, ein Ifrit, durch dessen Adern das Blut der Sukkuben fließt, könnte jemanden lieben, Red? Dass sie dich liebt? Du Narr! In deinem Wahn hast du dir genommen, was mir gehört!“

„Sie hat dir nicht gehört“, widersprach Red.

„Sie gehörte zu meinem Harem. Sie war meine Dienerin.“

„Mag sein, aber sie war, sagen wir mal, unzufrieden bei dir.“

White kniff die Augen zusammen. „Wie hast du es gemacht?“

„Glass und ich haben es zusammen geschafft, unbemerkt in deinen Palast einzudringen. Wir hatten einen Ifrit mit einer ähnlichen Energie wie der von Sala aufgespürt. Zusammen haben wir Sala aus der Flasche befreit. Sie erlaubte uns, ihr einen Tropfen ihrer Essenz zu rauben. Damit haben wir die Flasche dann versiegelt. Sobald du den anderen Ifrit freiließest, würde Salas Essenz zu ihr zurückkehren."

Ari starrte die beiden königlichen Brüder fassungslos an. Ihre Mutter war frei! Red hatte sie aus ihrem Gefängnis geholt. Und Ari nichts davon gesagt. Was ging hier eigentlich vor, verdammt?

„Ich werde sie finden", beteuerte White. „Und dann bringe ich sie um." Er schaute hinüber zu Ari und Jai. „Ich werde mich nicht an dir rächen, Ginnaye, da mein Angriff auf Ari unbegründet war. Dennoch warne ich dich. Versuch so etwas nie wieder. Hast du verstanden?"

„Du wirst Sala niemals finden", flüsterte Red. „Niemals! Das lasse ich nicht zu."

Etwas flackerte in Whites Augen auf. Dann lächelte er so, dass es Ari fröstelte. „Wusstest du eigentlich, dass Red den Marid zu Charlie geschickt hat, Ari? *Er* hat einen Zauberer aus deinem Freund gemacht."

Damit verschwand White mit dem *Peripatos*. Ari, Jai und Red standen schweigend da.

„Sag mir, dass das nicht wahr ist", stammelte Ari schließlich und schaute ihren Onkel an. „Sag mir, dass er lügt!" Ihr Blut schien vor Zorn zu kochen, und sie spürte wieder die schwarze Faust in ihrer Brust.

„Nein, es stimmt", antwortete Red schließlich und schaute Jack an. Der runzelte die Stirn.

„Bist du sicher?", fragte er.

„Sie weiß jetzt schon zu viel."

„Das wird Vater alles gar nicht gefallen."

„Dann ist es eben so."

„Was ...?", fragte Jai leise. Er hatte das Ganze ebenso verwirrt verfolgt wie Ari.

Die Luft um Jack begann zu schimmern. Sein kantiges Gesicht schwoll an, um schließlich wieder in sich zusammenzusinken. Mit einem seltsamen Geräusch schien es sich dann nach außen zu stülpen und zu verschieben. Jacks kurzes schwarzes Haar wuchs rasend schnell, die Farbe änderte sich, bis eine hellblaue Mähne ihm bis zur Taille reichte. Die Schultern wurden breiter, er schoss in die Höhe, das Karohemd und die Jeans verwandelten sich in eine lederne Weste und Hose. Um die kräftigen Handgelenke spannten sich nun breite Lederbänder, und aus den Outdoorschuhen waren Bikerboots geworden.

Und Jacks Gesicht ... es war fort. Ersetzt durch eine männliche Schönheit, die Ari nur bewundernd anstarren konnte.

„Ari ..." Red fehlten die Worte. „Das ist mein Bruder und dein Onkel ... der Glass King."

„Was zum Teufel ...?", entfuhr es Charlie, und alle drehten sich um. Charlie, Fallon und Trey standen in der Tür, auch sie vollkommen verwirrt. Michael, der wohl mit einem Kampf gegen den White King gerechnet hatte, war bei ihnen. Doch diesen Kampf hätte selbst Michael verloren. Die Gilde war sehr stolz auf ihren Anführer, der ein echtes Halbblut war und über beachtliche magische Kräfte verfügte. Jedenfalls für einen Jäger. Aber einem Dschinnkönig konnte er nicht gefährlich werden.

„Charlie?", flüsterte Ari heiser und fing an zu zittern. „Ist das wahr? Hat Red dir den Marid geschickt, um dir einen Wunsch zu erfüllen?"

Mit weit aufgerissenen Augen schaute Charlie Red an, bevor er Ari antwortete. Das steigerte Aris Wut nur noch und gab dem Siegel damit neue Nahrung. „Ja", bestätigte ihr Freund leise.

Jetzt flüsterte das Siegel Ari dunkle Befehle zu. Am liebsten hätte sie sich mit den Händen über den Ohren auf dem

Boden zusammengerollt, nur um seine Stimme nicht mehr zu hören.

„Ich habe Jack gegen Glass ausgetauscht, damit er auf Charlie aufpasst", sagte Red. „Um ihn zu unterrichten. Sonst hätte er gegen die Labartu nicht die geringste Chance."

„Ich bin ihm dankbar dafür, Ari", gab Charlie zu.

Zwing den Red King auf die Knie! Befiehl Charlie, seine Rache aufzugeben! Befiehl es ihnen allen! Du schützt sie damit vor der Gefahr. Dann sind sie in Sicherheit.

„Aufhören", flüsterte Ari.

„Was ist mit Jack passiert, Hoheit?", fragte Michael Roe.

„Er ist tot", erklärte Red ohne jedes Bedauern.

Mistkerle! Die Stimme des Siegels in Aris Kopf schwoll zu einem Brüllen an. *Wie können sie es wagen, sich ohne Rücksicht auf Verluste einfach alles zu nehmen, was sie wollen?*

„Das hier ist Krieg", ergriff Glass zum ersten Mal das Wort. „Jack war ein Opfer in einer Schlacht."

Trey stellte sich vor Michael. Es schien ihm egal zu sein, dass er einen Dschinnkönig vor sich hatte. „Nein", sagte er. „Jack war *dein* Opfer."

„Es scheint dir keinen besonderen Respekt abzuringen, dass ich ein König bin." Glass schaute Trey aus zusammengekniffenen Augen an.

„Verdien ihn dir."

Glass lächelte mysteriös. Ari war nicht in der Verfassung, darüber nachzudenken, was das wohl bedeuten mochte. Dafür war sie viel zu aufgewühlt. „Und meine Mutter?", brachte sie schließlich hervor. „Sala? Wo ist sie?"

Eine pulsierende Energie neben ihr erregte plötzlich Aris Aufmerksamkeit. Sie wandte den Kopf und starrte in die Richtung, aus der die Energie kam. „Ms Maggie?", flüsterte sie.

Und dann … begann die Luft zu schimmern, Umrisse zeichneten sich ab, bis endlich eine Frau vor ihr stand. Ari starrte das wunderschöne Wesen mit offenem Mund an. Sie hatte langes dunkles Haar und ihre Augen … Augen, die so aussahen wie die von Ari … nur älter. Es waren Augen, die Tausende Nächte gesehen hatten, Augen, in denen sich das Farbspektrum aller Welten spiegelte.

„Sala", stieß Red hervor. „Du dürftest gar nicht hier sein! White könnte zurückkommen!"

Doch Sala ignorierte ihn und ging zu Ari. Tränen schimmerten in ihren Augen, als sie die Hand hob, um das Gesicht ihrer Tochter zu berühren. „Ich erkläre dir alles, sobald wir Zeit dazu haben, aber Red hat leider recht. Ich muss gehen. Sonst bringe ich dich nur in Gefahr. Aber ich verspreche dir, dass ich immer auf dich aufpasse." Sie umarmte Ari, die so schockiert war, dass sie es kommentarlos geschehen ließ. Zum Glück wurde die Stimme des Siegels nun etwas leiser. „Ich liebe dich, mein Kind. Ich habe dich immer geliebt." Sala ließ Ari los, lächelte traurig und verschwand dann in den Flammen des *Peripatos*.

„Ari." Red stand plötzlich vor ihr, und die anderen begannen zu flüstern. Sofort meldete sich das Siegel wieder, das Sala fast zum Verstummen gebracht hatte. Sala – ihre echte Mutter! Und sie hatte gesagt, dass sie sie liebte! „Ari", wiederholte Red. „Sala hat nichts mit meinem Vater oder dem Krieg zu tun. Ihr geht es nur darum, dich zu beschützen. Wir haben es geschafft, sie kurz vor deinem sechzehnten Geburtstag zu befreien. Seitdem war sie bei dir und hat über dich gewacht. Als White schließlich herausfand, wo du dich aufhältst, hat er Rabir geschickt, um dir einen Wunsch zu erfüllen. Du wolltest deine Mutter sehen. Und so bist du nicht, wie von White geplant, nach Mount Qaf verschwunden, sondern bliebst in deinem Haus bei Ms Maggie. Ich habe es im letzten Moment geschafft, dich dennoch nach Mount Qaf zu schicken, sonst hätte mein Bruder Bescheid gewusst. Gut, nun ist ihm leider klar, dass Sala frei ist."

Ari hörte kaum zu. Sie spürte Jais Hand zwar auf ihrer Schulter, nahm sie aber kaum wahr, weil das Siegel es nicht zuließ. Zur Hölle mit ihnen allen für ihre Lügen und den Betrug, sie wollte sie bestrafen, sie … Blutrote Wände. Blutbesudelte Wände. Etwas in ihr lachte entzückt.

Nein! Ari rang nach Luft und schüttelte Jais Hand ab. Dann wich sie vor Red zurück. „Geh … geh … bevor ich etwas tue, das ich später bereue."

„Verdammt", hörte sie Red heiser flüstern. „Das Siegel hat sie in der Gewalt."

„Was soll ich tun?", fragte Jai besorgt.

„Fass sie nicht an!", befahl Red. „Ich muss sie ins Land der Träume schicken."

„Nein!", schrie es aus Aris Mund. Doch wer da schrie, war nicht sie, sondern das Siegel. Es öffnete ihren Mund, um einen Befehl auszusprechen, erstarrte dann aber, und seine dunkle Hand schien zu verdorren. Ari wurde schwarz vor Augen …

Jai schaute auf Ari hinunter, deren Brustkorb sich ruhig hob und senkte. Nachdem sie ohnmächtig geworden war, hatte er sie ins obere Stockwerk von Jacks Haus getragen und im Schlafzimmer aufs Bett gelegt. Jedenfalls war es einmal Jacks Haus gewesen. Seltsame Vorstellung, dass sie den echten Jack ja gar nicht wirklich gekannt hatten. Sie waren ihm nur einmal kurz begegnet, bevor die beiden Dschinnkönige ihn getötet hatten.

Diese bösartigen, skrupellosen Mistkerle.

Jai spürte die mächtige Energie der beiden Könige auf der anderen Seite der Tür, wo sie zusammen mit Fallon, Charlie,

Trey und Michael warteten. Er hatte darauf bestanden, allein bei Ari zu bleiben, bis sie aufwachte.

Jai hielt ihre Hand und fragte sich, wie es ihr wohl gehen würde, wenn sie zu sich kam. Es war so viel geschehen. Sala hatte ihre Tarnung als Ms Maggie gelüftet – was natürlich erklärte, warum sie bei der heftigen Knutscherei ausgeflippt war. Dann die Erkenntnis, dass Red sie von Anfang an betrogen hatte. Mehr als einmal hatte Jai daran gedacht, ob es wohl Red gewesen war, der Charlie seinen Wunsch erfüllt hatte. Bestimmt war es Ari genauso gegangen. Jetzt allerdings wussten sie es sicher. Und das, nachdem Ari langsam angefangen hatte, Red wirklich zu vertrauen. Das hatten sie alle beide. Sie brauchten Red. Und der Mistkerl musste alles kaputt machen.

Aris Lider flatterten, und Jai drückte ihre Hand. Sie stöhnte kurz, bevor sie die Augen aufschlug. „Jai“, flüsterte sie und schaute ihn an. Er atmete erleichtert auf. Sie war wieder Ari, niemand anders als Ari.

„Hey“, flüsterte er zurück. „Wie fühlst du dich?“

„Ziemlich kaputt.“ Sie setzte sich auf, und ihre Augen leuchteten jetzt goldblau. „Ist er noch da? Red?“

Jai nickte.

„Ich vertraue ihm nicht mehr, Jai. Ich will ihn nicht hier haben.“

„Er ist ein Dschinnkönig, Ari. Niemand kann ihn daran hindern, sich da aufzuhalten, wo es ihm gerade passt.“

Ihre Unterlippe zitterte, und Jai konnte es kaum ertragen, sie so zu sehen. War das Liebe? Wenn man den Schmerz des anderen fühlte, als wäre es der eigene? Er legte Ari den Arm um die Schulter und zog sie an sich. Dankbar lehnte sie sich an ihn, ihre Hand auf seinem Herzen. „Das Siegel versteinert mich, Jai. Das war schrecklich. Richtig schrecklich.“

Sie wusste noch nicht mal, wie schrecklich es wirklich war! Die Dunkelheit in Ari gab ihm das Gefühl, völlig hilflos zu sein, doch das konnte er ihr nicht sagen. Sie brauchte ihn jetzt. „Wir machen genau das, was ich ja schon vorgeschlagen habe – wir reizen das Siegel, und dabei kannst du trainieren, es zu kontrollieren."

„Das ist aber riskant. Was, wenn mir das nicht gelingt? Hätte Red mich nicht eben gestoppt, Jai …"

„Dann versetze ich dich das nächste Mal eben in Ohnmacht", sagte er lächelnd. „Bevor du irgendwelchen Schaden anrichten kannst. Ganz egal, wir kriegen das hin."

„Entzieht Michael mir jetzt den Auftrag?"

„Nein", antwortete Jai, ohne nachzudenken. Auch wenn Michael das vorhaben sollte, würde er es nicht zulassen. Ari musste so viel wegstecken … da brauchte sie jetzt irgendwas, an dem sie sich wieder aufrichten konnte. Ihr größter Wunsch war im Moment, auf die Jagd zu gehen. Und der sollte in Erfüllung gehen. „Falls du dich dazu in der Lage fühlst, brechen wir demnächst auf."

„Ja, ja, mir geht es gut." Ari hob den Kopf. „Ich muss einfach eine Weile von hier abhauen." Sie schaute zur Tür. „Ist er da draußen auf dem Flur?"

Jai wusste, wen sie meinte, und nickte.

„Schick ihn bitte weg, ja?"

In diesem Augenblick verschwand die starke Energie, die eben noch das gesamte Haus durchdrungen hatte. „Das muss ich nicht mehr", erklärte Jai. „Er und Glass sind gerade gegangen."

Waren sie jetzt also auf sich allein gestellt? Hatten sie keine Verbündeten mehr gegen Azazil und den White King?

Jai beantwortete sich seine Fragen selbst. „Sieht ganz so aus."

15. KAPITEL

DER HIMMEL GEHÖRT NICHT IHNEN ... DU ALLEIN DARFST DEINE STERNE DARAUF LEUCHTEN LASSEN

Es war so ruhig in Midland, Connecticut. Das Team bestand aus lauter bekannten Gesichtern. Fallon, Jai und Ari zur Seite standen Bryleigh und Scott Becke, außerdem Scotts Bruder James und Bryleighs Schwester Ailidh. Sie wohnten alle zusammen in einem großen Farmhaus am Stadtrand, das die Gilde angemietet hatte. Hinter dem Haus befand sich ein Waldstück.

Ari war auch nachts an Verkehrsgeräusche gewöhnt und konnte in dieser Stille nicht schlafen. Fallon im Bett nebenan ging es da offenbar ganz anders. Jedenfalls war sie sofort sanft entschlummert. Sie fand Vogelgezwitscher und Blätterrauschen wohl beruhigend.

Ari hingegen fand es enervierend.

Sie hatten die Abreise zwar um einen Tag verschoben, waren dann aber zügig aufgebrochen. Ari wagte es nicht, sich von Charlie zu verabschieden. Sie hatte zu viel Angst, dass sie wieder wütend werden und dem Siegel damit neue Nahrung geben würde. Sie hatte Michael geschworen, dass sie den Auftrag auf jeden Fall bewältigen konnte, und Jai hatte ihr beigepflichtet. Er versprach den anderen, auch dem äußerst besorgten Trey, dass er Ari helfen würde, das Siegel zu kontrollieren. Nachdem Jack, oder besser Glass weg war, musste Trey sich dringend um Charlie kümmern, der ja nun keinen Mentor mehr hatte. Fallon schlug vor, dass Charlie sie begleitete. Das lehnte Ari jedoch rundheraus ab und konnte sich dabei auf Jais kräftige Unterstützung verlassen. Und weil alle wussten, was er mit dem White King gemacht hatte, kam niemand auf die Idee, ihm zu widersprechen.

Nein, Ari konnte einfach nicht schlafen. Bevor sie jetzt noch weiter über alles nachgrübelte, schlug sie die Decke zurück, stand auf und zog sich an. Dann schlich sie auf Zehenspitzen hinaus auf den Flur und zu Jais Zimmer. Er teilte es sich mit James, deshalb konnte sie nicht einfach so reingehen.

Jai, rief sie ihn laut via Telepathie.

Ja? Die Antwort kam so schnell, dass er ebenfalls bereits wach gewesen sein musste.

Gehst du mit mir spazieren?

Ari hörte ein Rascheln, dann ging die Tür auf. Jai stand mit freiem Oberkörper und Jeans vor ihr. „Alles okay?“, flüsterte er.

„Ich will nur ein bisschen mit dir spazieren gehen. Weil ich nicht schlafen kann.“

Wortlos verschwand Jai wieder im Zimmer, und als er zurückkehrte, hatte er sich ein T-Shirt und Stiefel angezogen. Um die knarrenden Treppenstufen zu vermeiden, begaben sie sich per *Peripatos* nach draußen in den Garten.

„Wollen wir in den Wald gehen?“ Jai zog eine Augenbraue hoch.

„Angst?“, neckte Ari ihn.

Jai verdrehte die Augen und marschierte los. „Du grübelst wohl zu viel?“, fragte er, als Ari ihn eingeholt hatte.

„Ja, mir geht so viel durch den Kopf. Danke übrigens, dass du mitkommst.“

„Ich konnte auch nicht schlafen.“

Die beiden schwiegen einen Moment, und es war nichts zu hören als das Knacken und Rascheln von Zweigen und Laub bei jedem ihrer Schritte. Es roch so frisch und sauber hier draußen. Ari musste an den Wald daheim in Sandford denken, nur war die Luft hier klarer. Und die Bäume waren dicker und höher. Der Gedanke an zu Hause machte sie melancholisch, weil ihr dabei alle Freunde einfielen, die sie zurückgelassen hatte. Um sich zu trösten, nahm sie Jais Hand und verschränkte ihre Finger mit seinen.

Er sah erst etwas unsicher aus, aber dann drückte er ihre Hand.

„Was denn?“, fragte sie. „Ist Händchenhalten schon zu viel?“

Zu ihrer Überraschung schaute er sie nur bedauernd an und schüttelte den Kopf.

„Du kannst mir das sonst sagen, Jai. Ich weiß doch noch, wie du drauf warst, als wir uns kennengelernt haben. Du bist nicht gerade der Kuscheltyp.“

„Mit dir … offenbar schon.“

Ari lächelte schüchtern. „Ist es nicht unglaublich, dass meine Mutter die ganze Zeit auf mich aufgepasst hat?“

„Ja, jetzt ergibt das alles auf einmal Sinn.“

„Ich bin so wütend auf sie und erst recht auf Red. Und trotzdem … ein Teil von mir …“ Sie zuckte mit den Schultern, und Jai blieb stehen, während Ari nach den richtigen Worten suchte. „Ich weiß nicht, wie ich es erklären soll.“

„Versuch es.“

„Ich … komme mir nicht mehr so verlassen vor.“ Es war Ari aus irgendeinem Grund unangenehm, das zuzugeben. Sie ließ Jais Hand los und fuhr fort: „Mein echter Vater hat mich als so eine Art genetisches Experiment erschaffen, und gestern wollte er mich umbringen oder doch zumindest foltern. Mein Dad in Sandford hat mir ins Gesicht gesagt, dass er mich nie genug geliebt hat, und meine Mom … na ja, bisher dachte ich immer, sie hätte mich einfach im Stich gelassen. Aber das stimmte gar nicht, Jai. Und sie hat gesagt, dass sie mich liebt.“ Ari grinste schwach. „Natürlich ist es verrückt, aber ich fühle mich auf einmal nicht mehr so allein.“

Jai zog sie an sich. „Das ist nicht verrückt, Ari, aber du warst nie allein.“ Er holte tief Luft und legte ihr eine leicht zitternde Hand an die Wange. „Ich liebe dich“, erklärte er schließlich. „Okay? Ich liebe dich. Du bist nicht allein.“

Einen Moment lang traute Ari ihren Ohren nicht. Hatte er das gerade wirklich gesagt? Selig schmiegte sie sich an ihn. „Oh Gott, Jai, ich liebe dich so sehr. So sehr!“ Fast verzweifelt schlang sie ihm die Arme um den Hals, völlig überwältigt von ihren Gefühlen. „Es sind immer noch so viele Fragen ungeklärt, was meine Mutter angeht, Red, White … und Azazil. Lilif, Asmodeus. Alle glauben sie, ich würde ihnen gehören. Doch ich gehöre dir, Jai, nur dir allein. Und das wird auch immer so bleiben. Wenn du es willst.“

Ein seltsam dunkler Ausdruck trat in seine Augen. „Ari“, stöhnte er und zog sie so fest an sich, dass sie fast keine Luft mehr kriegte. „Ich will dich. Heute und bis in alle Ewigkeit.“ Er senkte seine Lippen auf ihre und flüsterte dicht an ihrem Mund: „Du gehörst jetzt mir, nur mir, okay?“ Sein Kuss war so verzweifelt wie ihr Liebesgeständnis es eben gewesen war. Ari klammerte sich an ihn. Jais leidenschaftlicher Kuss wurde zärtlicher, sinnlicher.

Sie stöhnte leise, während er ihren Hals mit kleinen, hingehauchten Küssen bedeckte und die Lippen dann zu ihren Brüsten gleiten ließ. Ihr stockte der Atem, sowie er ihre Bluse aufknöpfte, um ihre weiche Haut unter dem Mund zu spüren. Verlangend zog Ari seinen Kopf zu sich heran. Sie musste seine Lippen auf ihren fühlen. Ein lautes Seufzen verriet seine Erregung, und Ari wurden die Knie weich. Sie ließ die Hände unter sein Hemd gleiten, spürte seine harten Bauchmuskeln unter ihren Fingern. Jai begann zu zittern, er drehte Ari herum und lehnte sie gegen einen der Bäume.

Davon bekam sie allerdings kaum etwas mit; sie war viel zu beschäftigt damit, ihre Hände über seine nackte Haut gleiten zu lassen. Voller Begehren drückte sie ihre Hüften gegen sein Becken, wohl wissend, dass sie ihm damit den Verstand raubte.

„Halt!" Jai stützte die Hände links und rechts von Ari gegen den Baumstamm, und sein Atem ging schwer und stoßweise.

„Ehrlich gesagt habe ich keine Lust mehr, die Sache langsam anzugehen", beschwerte sich Ari, immer noch bebend vor Sehnsucht.

Er lachte freudlos und küsste sie flüchtig. „Ich auch nicht. Aber hier geht es unmöglich." Er seufzte tief auf und fügte hinzu: „Am besten bringen wir diesen Auftrag gleich morgen hinter uns."

Ari schüttelte den Kopf. „Du brauchst unbedingt wieder dein eigenes Zimmer, damit ich mich nachts zu dir schleichen kann."

Jai stieß sich vom Baum ab, fuhr sich mit einer Hand übers Gesicht und lächelte Ari dann an. Inzwischen wusste sie, was dieser Blick bedeutete: Liebe. „Sobald wir wieder in Jersey sind, miete ich eine Wohnung, und wir lassen alle wissen, dass du mir gehörst. Okay? Meinetwegen kann es die ganze Welt wissen. Und ob mich das in irgendeine Gefahr bringt, ist mir auch egal …"

Etwas Schöneres hätte er Ari gar nicht sagen können. Sie nickte. „Und du gehörst mir?"

Nach einem weiteren schnellen Kuss umfasste er ihre Schultern, und sie gingen zurück zum Haus. „Für immer und ohne Umtauschrecht."

Lachend schaute sie ihn an. „Dich lasse ich sowieso nie wieder gehen, Jai Bitar."

Er presste sie fest an sich. „Das will ich schwer hoffen, Ms Johnson!"

16. KAPITEL

EHRE IST KEINE FRAGE DER MORAL

Der White King hatte Sala nie geliebt. Darum ging es nicht. Er hatte sie als sein Eigentum betrachtet. Eine Ifrit, deren Verführungszauber noch stärker war als selbst der der Sukkubus-Lilifs. Sala konnte einen Mann der Menschwelt mit einem einzigen Blick in ihren Bann schlagen. Um einen anderen Dschinn zu verführen, brauchte es allerdings etwas Besonderes, sehr viel mehr Charme und Sinnlichkeit, um seine Abwehrmagie zu überwinden. Sala war nicht einmal eine Lilif, trotzdem konnte sie jedem Dschinn den Verstand rauben.

Es waren ihre Augen gewesen, die White so sehr fasziniert hatten, als er ihr bei einer Reise nach Marrakesch begegnet war. Sala war eine ziemlich alte und mächtige Ifrit und nicht unbedingt begeistert von der Idee, ihm nach Mount Qaf in seinen Harem zu folgen, aber das fachte sein Verlangen nach ihr nur noch mehr an. Sie war stur, intelligent, eine Herausforderung. Und weil sie kein Dummkopf war, wusste sie ganz genau, dass sie es mit einem Dschinnkönig nicht aufnehmen konnte. White nahm sie sich, machte sie zur Favoritin seines Harems, während er ansonsten hauptsächlich damit beschäftigt war, finstere Pläne gegen Asmodeus zu schmieden.

Doch Whites Arroganz war ihm zum Verhängnis geworden, auch wenn er das jetzt erst zugeben konnte. Er war so verdammt selbstzufrieden gewesen, weil er einen Schatz wie Sala in seinem Harem hatte, dass er sie Asmodeus vorführte und auch seinen Brüdern.

Und Red konnte nicht widerstehen.

White erfuhr natürlich von Reds und Salas Affäre. Nichts blieb ihm lange verborgen. Weil er seinen Bruder nicht dafür bestrafen konnte, verprügelte er Sala so heftig, dass es Wochen dauerte, bis sie sich erholte. Danach zwang er sie, Asmodeus zu verführen, was ihr ohne Schwierigkeiten gelang.

Doch bei alldem hatte er nie daran gedacht, dass ihm etwas, das man Liebe nannte, in die Quere kommen könnte. Er wäre niemals auf den Gedanken verfallen, dass Red so dumm sein könnte, sich in Sala zu verlieben. Oder dass er sie dann auch noch mithilfe von Glass befreien würde. Und Sala sollte tatsächlich Gefühle für Red haben? Lächerlich. White weigerte sich schlicht und ergreifend, so etwas Absurdes zu glauben. Sein Bruder konnte sich nun wahrlich nicht mit ihm messen. In keinerlei Hinsicht.

Absolut nicht!

Er musste Sala finden. Erst würde er sie mit Peitschenhieben traktieren und dann wieder zurück in die Flasche verfrachten, wo sie hingehörte. Bisher hatte sie sich ihm erfolgreich entzogen … aber … und da war er wieder bei diesem Wort angekommen: Liebe. Ihm war nicht klar gewesen, welch tiefe Gefühle Sala für ihre Tochter empfand. Bis zu einem gewissen Grad konnte er das sogar nachempfinden. Man durfte Ari getrost als ungewöhnlich bezeichnen, insbesondere da sie ja bei Menschen aufgewachsen war. Und er schmeichelte sich sogar damit, dass sie viel von ihm selbst hatte. Jedenfalls liebte Sala dieses Kind. Alles, was sie bisher getan hatte, war nur geschehen, um Ari zu beschützen. Und deshalb würde Sala auch in Zukunft dort zu finden sein, wo ihre Tochter sich aufhielt.

Ein Zischen und ein Windstoß, der den Vorhang blähte, rissen White aus seinen Gedanken. Offenbar hatte er einen Besucher. Langsam drehte er sich um und stellte entnervt fest, dass es sein Bruder, der Shadow Kinge war. Das lange schwarze Haar hatte er zum Zopf gebunden, den Umhang gegen eine Lederweste getauscht, dazu trug er die passenden Hosen. Seine Kriegermontur.

White versuchte, dem überraschenden Besucher wenigstens einen Hauch Neugier entgegenzubringen, aber … Shadow war einfach ein grässlicher Langweiler.

„Was gibt's?", fragte er kurz angebunden. „Ich bin gerade sehr beschäftigt und würde dich daher höflich bitten …" White deutete auffordernd zur Tür.

Shadow verzog das Gesicht; seit seiner Kindheit fühlte er sich immer zurückgesetzt und hatte es bis heute nicht gelernt, das zu verbergen. „Leider kann ich deinem Wunsch nicht nachkommen." Er ging entschlossen auf seinen Bruder zu. „Red war bei mir. Er hat mir etwas Unglaubliches erzählt. Am liebsten hätte ich ihm die Stimmbänder herausgerissen. Andererseits besteht eine wenn auch sehr geringe Wahrscheinlichkeit, dass an der Sache etwas dran ist."

White wurde mit jeder Sekunde frustrierter. Die Gesellschaft seines Bruders pflegte diese Wirkung auf ihn auszuüben. „Und?"

„Frei zitiert sagte er, ich würde nur tatenlos herumsitzen und ansonsten deine Anweisungen ausführen. Doch damit ist es nun vorbei, lieber Bruder. Im kommenden Krieg habe ich schließlich auch eigene Interessen zu vertreten."

„Willst du mich wirklich zu deinem Feind machen?"

„Nein, natürlich nicht. Ich weiß, dass mich alle für einen Idioten halten, aber das stimmt nicht. Tatsächlich haben mir meine kleinen Spione mitgeteilt, dass Sala aus ihrem Gefängnis entkommen ist."

Jetzt reichte es White langsam, er hatte keine Lust, sich auch noch an sein Versagen erinnern zu lassen. Trotzdem tat er ungerührt und zuckte mit den Schultern. „Worauf willst du hinaus?"

„Nun, meine Spione vermuten weiterhin, dass du Sala freilassen wolltest, um Ari zu ködern."

„Wer sind deine Spione, und mit wem haben sie geredet?", wollte White wissen. Die würde er sofort einen Kopf kürzer machen.

Shadow lächelte triumphierend. „Wenn du mir jetzt gefälligst mal zuhörst, verrate ich dir, wer in deinem Palast den Mund nicht halten kann. Ich habe da nämlich eine Idee."

„Schön."

„Du musst Aris Bodyguard kidnappen – Jai Bitar. Dann kannst du mit ihr verhandeln."

White seufzte gelangweilt und wandte sich ab. Das Gespräch war für ihn beendet. „Ari lässt sich nicht länger beeinflussen, indem man das Leben ihrer Freunde bedroht."

„Du denkst an den kleinen Zauberer? Charlie? Ja? Weil Ari dein Angebot abgelehnt hat, beim Prozess seine Haut zu retten?"

White musste bei der Erinnerung daran unwillkürlich lächeln. Aris Charakterstärke konnte man nur bewundern, ebenso wie ihr altmodisches Ehrgefühl. Fast empfand er so etwas wie Vaterstolz. „Sie hat bewiesen, dass sie sich davon nicht beeindrucken lässt."

„Das wird sich ändern, wenn es dabei um einen bestimmten Ginnaye geht. Vertrau mir."

White warf seinem Bruder über die Schulter hinweg einen misstrauischen Blick zu, aber dann nickte er, damit Shadow weitersprach.

„Meine Spione haben eine leidenschaftliche Szene zwischen Ari und Bitar beobachtet. Und zwar vor nicht einmal einer Stunde. Die beiden haben sich immerwährende Liebe geschworen, Bruder.“ Shadow grinste selbstzufrieden. „Deine Tochter würde alles für ihn tun.“

White neigte nicht zur Leichtgläubigkeit und blieb skeptisch. „Ari kann es fühlen, wenn sich ihr ein Dschinn im *Mantellus* nähert. Wie sollte dein Spion also nah genug an sie herangekommen sein, um eine solche Szene zu belauschen?“

„Ich habe einen Menschen dafür benutzt, White.“ Shadow schnalzte missbilligend mit der Zunge. „Für jemanden, dem dermaßen viel daran liegt, die Balance unserer und ihrer Welt zu retten, hast du eine wirklich miserable Meinung von den Sterblichen. Dabei können sie ausgesprochen nützlich sein.“

White machte eine wegwerfende Handbewegung und überging diese Bemerkung. Wenn der Rest allerdings stimmte … „Bist du sicher? Ari und dieser Ginnaye sind heimlich ein Paar? Sie liebt ihn? Genug, um alles für ihn zu tun?“

„Falls man mich korrekt unterrichtet hat, sind Worte wie ‚für immer dein‘ gefallen.“

White schnaubte. „Das klingt … ernst.“

„Oh, sicherlich ernst genug für deine Zwecke.“

White grübelte einen Moment und seufzte erneut. „Leider kann ich nicht warten, bis ich ihn allein erwische, weil er Ari nie von der Seite weicht. Also muss ich es so einfädeln, dass die beiden irgendwo zu zweit sind, ihn schnappen und mit ihm verschwinden, bevor sie mir einen Befehl erteilen kann.“

„Und wie genau willst du das bewerkstelligen?“

„Indem ich ihn dazu zwinge, Ari an einen vermeintlich sicheren Ort zu bringen. An einen Ort, an dem sie allein sein müssen.“ White bedachte seinen Bruder mit einem kurzen Lächeln. „Und ganz nebenbei können wir dabei auch noch unseren Vater ein wenig ärgern.“

Schnell setzte er Shadow seinen Plan auseinander. Der runzelte die Stirn. „Ist das nicht ziemlich riskant? Ari könnte dabei verletzt werden, oder ihr könnte sogar Schlimmeres zustoßen …“

White schüttelte den Kopf. „Nicht, wenn wir alles minutiös planen. Außerdem habe ich diesmal eine ganz neue Verbündete.“

„Ach? Und die wäre?“

Die trübe Stimmung, in der White wochenlang vor sich hingebrütet hatte, war endgültig verflogen, und er grinste. „Mutterliebe, mein teurer Bruder, Mutterliebe.“

„Du bist schwer zu finden, Kadeen“, sagte der Red King leise, als er die Hölle betrat. Sie befand sich tief im tibetischen Himalaya, nahe Mount Kailash. Red war klar, welche kulturelle Bedeutung ausgerechnet dieses Versteck hatte. Im Hinduismus galt der Kailash als Ort ewiger Seligkeit. Wie es aussah, hatte Kadeen von der Welt der Dschinn tatsächlich genug.

Ruhig schaute Kadeen den unerwarteten Besucher an. Seine blassblauen Augen leuchteten im Kerzenschein. Eines musste Red ihm lassen, der Marid hatte es sich hier sehr gemütlich eingerichtet. Der Steinboden war komplett mit dicken marokkanischen Teppichen ausgelegt, und an den rau behauenen Wänden hingen Ölgemälde. Massive altenglische Möbel waren in der geräumigen Höhle verteilt, unter anderem stand auch ein riesiges Himmelbett mit schönen Schnitzereien in der Mitte des Raums.

„Offenbar nicht schwer genug“, erwiderte Kadeen schließlich und deutete auf den Sessel ihm gegenüber.

Red lächelte und nahm Platz. Er trug wie üblich Jeans und T-Shirt. Wenn er sich recht erinnerte, legte Kadeen keinen gesteigerten Wert auf Dschinn-Traditionen. „Es war leichter, als ich zunächst annahm. Deine Tochter hat mir bereitwillig Auskunft erteilt.“

Kadeen kniff die Augen zusammen und musterte Red. „Für den Fall, dass ein Dschinnkönig sie eines Tages nach meinem Aufenthaltsort fragen sollte, habe ich sie angewiesen, ihm die Wahrheit zu sagen."

„Ein Vater, dem sein Kind wichtiger ist als er selbst. Das ist mal etwas Neues."

„Nur in der königlichen Familie der Dschinn."

„Touché."

Kadeen legte den Kopf schräg, eine Angewohnheit, die er sich bei Azazil abgeschaut hatte. Komisch, dass er das immer noch machte. Schließlich hatte er sich vor Hunderten von Jahren vom Hof zurückgezogen. „Was verschafft mir die Ehre, Master Red?"

„Du warst einer der Lieblinge meines Vaters, seine besondere Zuneigung zu dir war der einzige Grund, aus dem er dir erlaubt hat, dich fern unserer Welt zur Ruhe zu setzen."

„Das stimmt."

„Du musst viele Dinge mit angesehen haben, Kadeen, und hast viel gehört … auch Geheimes?"

„Kommt zum Punkt, Master Red. Die Zeit wartet auf niemanden von uns."

Red nickte lächelnd, aber in Wahrheit konnte er seine Neugier kaum noch bezähmen. Er wollte unbedingt herausfinden, was Kadeen über das Siegel wusste. „Ich war nicht anwesend, als mein Vater das Siegel erschaffen hat. Er hat keinem meiner Brüder je so sehr vertraut wie mir. Dennoch hat er mit mir nie darüber gesprochen."

„Worüber?"

„Das Siegel, Kadeen. Was kannst du mir über seine Entstehung verraten?"

Kadeens Gesicht verfinsterte sich, als wären gerade sämtliche Kerzen im Raum erloschen. Er stand auf. Sein gebeugter, zitternder Körper verriet nun sein wahres Alter. Der Marid Kadeen näherte sich dem Ende seines Lebens. „Darüber weiß ich nichts. Bitte entlasst mich jetzt, Majestät."

Red erhob sich ebenfalls. Er überragte den Marid um einen guten halben Kopf. „Du bist dem Tode nah, Kadeen. Wer soll deine Tochter beschützen, wenn du nicht mehr da bist?"

„Meine Tochter?"

Red nickte. „Du würdest doch alles tun, um deine Tochter zu beschützen, nicht wahr, Kadeen? Das verstehe ich. Auch ich beschütze eine junge Frau. Sag mir, woher das Siegel stammt, oder ich erschlage deine Tochter und all ihre Kinder."

Hass loderte in Kadeens Augen auf. „Genau deshalb habe ich die Welt der Dschinn verlassen. Die Dschinn haben ihre Ehre verloren. Dieser Krieg, dieser kindische, dumme Krieg zerstört alles, was die Königlichen Sieben und ihren Sultan einst ausgezeichnet hat. Man hätte sie vierteilen sollen für das, was sie in diese Welt gebracht hat."

„Sprichst du von meiner Mutter?"

„Lilif. Alles beginnt und endet bei Lilif." Kadeen schüttelte traurig den Kopf. „Ich sage alles, wenn Ihr dafür versprecht, meine Tochter zu beschützen."

„Ich gebe dir mein Wort."

„Und hat Ihr Wort noch einen Wert, Master Red?"

Red seufzte wieder. Kadeens Misstrauen war leider nicht völlig unbegründet. „Heute ja."

17. KAPITEL

ROTKÄPPCHEN UND DAS WOLFSRUDEL

Ari saß in ihrem Klassenzimmer in der Emmet Bradford Highschool und versuchte, sich auf den Englischunterricht zu konzentrieren, statt über all das nachzugrübeln, was in letzter Zeit geschehen war. Wieder zur Schule zu gehen war schon merkwürdig, und die Neue zu sein machte es nicht unbedingt einfacher. Das war eine ungewohnte Erfahrung für sie. In Sandford Ridge hatte sie ihr ganzes Leben mit mehr oder weniger denselben Leuten verbracht. Sie musste an Staci und Rachel denken. Es war nicht zu fassen, dass sie die beiden schon einen vollen Sommer lang nicht mehr gesehen hatte …

Ein ganzer Sommer war vergangen, seit ihre Welt komplett aus den Fugen geraten war.

„Und was ist mit dir, Marissa?“, fragte die junge Englischlehrerin und schaute Ari an, als wüsste sie genau, dass die überhaupt nicht zugehört hatte.

Ari überlegte, wie sie reagieren sollte. Es war ja nicht so, dass sie hier auf gute Noten angewiesen war. Früher war sie immer so ein braves Mädchen gewesen. Vielleicht würde es Spaß machen, Marissa als echtes Miststück zu spielen? Also verdrehte sie die Augen und zuckte mit den Schultern. „Keine Ahnung.“

Die Lehrerin schaute sie böse an. „Weißt du es wirklich nicht, oder hast du schlicht keine Lust, die Frage zu beantworten?“

„Ganz genau.“

Die Klasse kicherte, bis ein strafender Blick ihrer Lehrerin sie zum Schweigen brachte.

„Marissa", sagte sie dann, „hübsche Mädchen brauchen ebenfalls einen Schulabschluss, auch wenn das in deinen Lieblingszeitschriften vielleicht anders dargestellt wird."

Aua.

Die echte Ari errötete innerlich. Das war die erste Standpauke, die sie je von einem Lehrer zu hören bekommen hatte. Marissa hingegen ließ die Ansprache unbeeindruckt über sich ergehen. Sie hatte sowieso keine Zeit für Hausaufgaben, warum also erst den Eindruck erwecken, dass sie sie tatsächlich machen würde?

„Und?", fragte Fallon, sobald sie sich in der zweiten Pause im Flur trafen.

Ari schüttelte den Kopf. Umringt von anderen Schülern, gingen sie den Flur hinunter. Flüsternd sagte sie: „In meiner Klasse gibt es keinen Dschinn, auch der Neue ist ein normaler Mensch." Ari lachte. „Ich spiele die Aufsässige. Macht Spaß, wenn die eigene Zukunft nicht von guten Noten abhängt."

Zu Aris Überraschung stimmte Fallon nicht in ihr Lachen ein. „Sei vorsichtig", bat sie ernst. „Wir müssen uns hier so gut es geht anpassen, damit wir nicht auffallen. Das ist bei jemandem mit deinen Augen natürlich schwierig. Wir hätten dir wirklich Kontaktlinsen besorgen sollen. Auf keinen Fall darfst du zu viel Aufmerksamkeit erregen. Aufsässig ist also eher nicht die richtige Strategie. Absoluter Durchschnitt musst du sein. Dieser Dschinn darf uns nicht bemerken."

„Er oder sie kann uns sowieso fühlen."

„Schon, aber dann soll er davon ausgehen, dass wir ganz normale niedere Dschinn sind, die in der Welt der Menschen leben. Also weniger coole Braut und mehr Ari, okay?"

„Okay", seufzte Ari. „Ich dachte, cool und aufsässig würde dir gefallen."

Lachend nickte Fallon. „Klar, aber der Auftrag ist wichtiger."

„Ja, hab ich verstanden." Ari seufzte bedauernd. „Von nun an ist Marissa ein braves Mädchen."

„Was hast du als Nächstes?" Fallon studierte den Stundenplan. „Oh nein! Mathe! Ich Arme! Und du?"

„Computerkurs."

„Wenn doch bloß schon Mittag wär ..." Ari unterbrach sich, weil sie plötzlich eine ihr allzu vertraute Energie spürte.

Ein Dschinn.

Sie drehte sich um und ließ den Blick suchend über die anderen Schüler schweifen. Nein, der nicht, sie nicht, er nicht, sie nicht, er ... Ari entdeckte einen älteren Mann. Ein Lehrer? Er starrte sie aus zusammengekniffenen Augen an, als würde er sie von irgendwoher kennen, könnte sich aber nicht daran erinnern. Dann drehte er sich abrupt um und verschwand in die entgegengesetzte Richtung den Flur hinunter.

Mit klopfendem Herzen folgte Ari ihm. Sollte sie den Mistkerl tatsächlich schon gefunden haben? Sie hatte es so eilig, dass sie die anderen Schüler rücksichtslos wegschubste, wenn sie ihr im Weg standen.

„Ari", zischte Fallon und griff sie am Arm. „Was zur Hölle ..."

„Kannst du ihn nicht fühlen?", fragte Ari, ohne stehen zu bleiben oder sich auch nur nach Fallon umzusehen.

„Nein."

„Das ist er. Komm mit."

Sie bogen um eine Ecke, und Fallon prallte mit Ari zusammen, als die urplötzlich stehen blieb. Der Flur war menschenleer, der Mann verschwunden. Aris Herz klopfte vor Aufregung. Sie deutete auf die Türen, die vom Flur zu verschiedenen Klassenzimmern abgingen. „Lass uns nachsehen."

Fallon nickte. „Aber wir bleiben zusammen, okay?“

„Okay.“

Sie schauten in jeden Raum, fanden aber nichts von Interesse. Ari wollte schon aufgeben, weil sie auch keine Dschinnenergie mehr wahrnahm. Dann aber stoppte sie abrupt vor einem Klassenzimmer, in dem diverse Staffeleien standen. An den Wänden hingen mehr oder weniger gelungene Bilder. Aber das war es nicht, was Aris Aufmerksamkeit erregt hatte.

Nein, sie reagierte auf ihn.

Er stand am Pult, kritzelte auf ein Post-it und klebte es dann auf einen Stapel Unterlagen. Ja, kein Zweifel, er war es. Allerdings gab er jetzt keine Energie mehr ab.

Er schaute auf und lächelte verwirrt. „Ja? Kann ich euch helfen?“

Der Blick aus seinen braunen Augen war so freundlich und … menschlich. Ari schätzte ihn auf um die vierzig, und was er anhatte, entsprach überhaupt nicht dem Klischee eines Kunstlehrers. Zumindest die, die Ari kannte, waren eher exzentrisch gekleidet.

„Ari?“, flüsterte Fallon neben ihr.

„Verzeihung“, brachte Ari schließlich heraus und schaute errötend auf ihren Stundenplan. „Wir sind neu und dachten, wir hätten jetzt Kunst, aber da müssen wir uns wohl geirrt haben.“ Sie deutete auf den leeren Raum. „Falscher Tag.“

„Okay.“ Der Mann lächelte wieder, offenbar glaubte er ihnen. „Ach ja … ich bin übrigens Mr Shepherd, aber ich erlaube meinen Schülern, mich Sam zu nennen. Ich bin schon gespannt darauf, wie gut ihr malen oder zeichnen könnt.“

Ari schüttelte grinsend den Kopf. „Machen Sie sich keine Hoffnungen.“ Dann winkte sie ihm zu, schnappte sich Fallon und verließ eiligst den Raum.

„Was war denn da eben los, verdammt?“, fragte Fallon. „Ich war bis zu den Haarwurzeln voller Adrenalin und hatte mich auf einen Kampf vorbereitet.“

„Ich hätte schwören können, dass ich im Flur seine Energie gespürt habe. Aber … eben … nichts!“

„Tja, und jetzt kommen wir zu spät. Mann, Ari, stell mal deinen Sensor besser ein, im Moment bist du echt keine Hilfe.“

„Du bist wirklich süß, Fallon, da erstaunt es immer wieder, wie fies du auch sein kannst.“

„Ich war schon immer fies!“ Fallon fand offensichtlich allein den Gedanken lächerlich, dass sie süß sein könnte.

Ari schaute noch einmal auf den Stundenplan. Fallon wandte sich Richtung Ostflügel, während Ari zum Matheunterricht in den ersten Stock des Westflügels musste. Bevor sie loszog, rief sie Fallon grinsend hinterher: „Süß, süß, süß! Streit es gar nicht erst ab, Prinzessin!“

Fallon blieb der Mund offen stehen. Sie machte ein gespielt böses Gesicht und bedachte Ari mit ihrer bevorzugten Beleidigung: dem Mittelfinger. Ari lachte noch, als sie endlich vor ihrem Matheraum ankam. Mit der guten Laune war es drinnen aber gleich vorbei, weil ihr Lehrer sie fürs Zuspätkommen zur Schnecke machte. Dass man neu war, reichte offenbar als Ausrede nicht. Blöde Schule.

Endlich war die große Mittagspause da. Ari hoffte inständig, dass sie diese Angelegenheit schnell erledigen konnten. Sie wusste nicht, wie lange sie es aushalten würde, wieder zur Schule zu gehen. Damit war sie nun wirklich durch. Vor dem Sommer hatte sie mit der Highschool abgeschlossen, und jetzt wusste sie auch, warum. Sie war ihr einfach entwachsen. Und dass sie seitdem um ihr Leben kämpfen musste, beschleunigte diese Entwicklung noch. Ari schüttelte den Kopf über sich selbst, während sie zum Haupteingang ging, wo Jai auf sie wartete. Sie musste unbedingt aufhören mit dem Selbstmitleid. Schließlich hatte sie sich diesen Auftrag gewünscht und alles getan, um ihn zu bekommen.

Aber egal – gleich würde sie Jai sehen! Das entschädigte für alles.

Plötzlich hörte sie schnelle Schritte hinter sich, und dann war jemand direkt hinter ihr. Kein Dschinn. Sie drehte sich um und schaute in das attraktive Gesicht eines großen, dunkelhaarigen Jungen. Als er nun lächelte, erinnerte er sie ein wenig an Nick. „Hey, du bist doch neu, oder?"

Ari, die nur daran denken konnte, dass Jai da draußen wartete, nickte kurz.

„Ich bin Beau", sagte er und hielt ihr die Tür auf, durch die eine frische Brise hereindrang. „Hab dich vorhin schon gesehen. Warst du da mit deiner Schwester zusammen?"

„Stiefschwester", stellte Ari richtig.

„Du bist Marissa, stimmt's?"

Die Art, wie er sie von oben bis unten musterte, war Ari unangenehm. Offensichtlich gefiel ihm, was er da sah. Grinsend rückte er den Riemen seines Rucksacks zurecht. Oh, er flirtete mir ihr. *Na super! Einfach toll, Ari!*

Hm, okay, sie waren ja hier, um einen Auftrag zu erfüllen, und ein paar Insider-Infos würden wirklich nicht schaden. Da konnte Beau bestimmt helfen. Verdammt, Fallon hatte recht – sie war wirklich keine Hilfe.

„Ja, stimmt. Ich bin Marissa." Sie erwiderte sein Lächeln und streckte ihm die Hand hin.

Sein Händedruck war erstaunlich sanft für einen Jungen seiner Größe. „Hat dir schon mal jemand gesagt, dass du wirklich atemberaubende Augen hast?", fragte er selbstsicher.

Wer ist der Typ?

Ari blinzelte überrascht, als sie Jais Stimme in ihrem Kopf hörte. Sie wirbelte herum und entdeckte ihn draußen auf dem Parkplatz. Er lehnte an seinem SUV, den er nah am Eingang abgestellt hatte. Er trug eine schwarze Sonnenbrille, schwarze Jeans, Boots und ein enges weißes T-Shirt, das seinen muskulösen Oberkörper zur Geltung brachte. Ari sah, wie die Mädchen sich nach ihm die Hälse verrenkten und dann mit ihren Freundinnen kicherten. Sie konnte nichts dagegen tun – sie wurde eifersüchtig. Jai gehörte ihr!

„Oh, da ist mein Freund", sagte sie schnell. „Wir können uns ja später weiter unterhalten, okay?" Beau konnte noch nützlich werden.

Aber der starrte jetzt erst einmal Jai an. „Na klar", meinte er dann, allerdings klang es nicht mehr besonders draufgängerisch.

Verdammt, warum musste Jai nur diese einschüchternde Wirkung haben? Betont gleichmütig schlenderte Ari zu ihm hinüber und ignorierte all die Blicke, die sie auf sich zog. Jai riss sie sofort in seine Arme und küsste sie so leidenschaftlich, dass ihr schwindelig wurde. Sie musste sich an ihm festhalten, erwiderte dennoch seinen Kuss mit dem gleichen Verlangen. Als er sie schließlich losließ, rangen sie beide nach Atem. Ari war nicht sicher, ob sie noch wusste, wofür Wörter doch gleich da waren oder wie man sie im Zweifelsfall benutzte. Das hier war ihr erster Kuss in der Öffentlichkeit gewesen.

„Was war das denn?", brachte sie schließlich heiser heraus.

Jai zuckte mit den Schultern und schaute sich um. „Ich spiele nur den besitzergreifenden Freund … wie verabredet."

„Spiel oder Realität?" Fallon war plötzlich neben ihnen aufgetaucht und sah aus wie die Grinsekatze aus *Alice im Wunderland*. „Leute, war das heiß! Ist schon hart, wenn man das monatelang unterdrücken muss, was? Der Hübsche von eben starrt übrigens immer noch rüber." Sie deutete unauffällig auf Beau.

Ari versuchte ebenfalls, unauffällig über die Schulter zu schauen, und tatsächlich, Beau starrte sie an. Sein Gesichtsausdruck spiegelte Enttäuschung ... und auch noch ein anderes Gefühl, das Ari jedoch nicht zuordnen konnte. Plötzlich tauchten zwei Jungs neben Beau auf, klopften ihm auf den Rücken und zogen ihn mit sich fort. Ari seufzte erleichtert und fragte sich, was dieser Blick eben zu bedeuten hatte.

„Mich haben heute schon drei Leute gefragt, ob meine Schwester noch Single ist", sagte Fallon leicht frustriert. „Klar, du bist echt sexy und so, aber du hast bestimmt auch was von den Sukkubus-Genen deiner Mom abbekommen. Ist wirklich deprimierend, mit dir befreundet zu sein."

Natürlich hatte Fallon sich nichts dabei gedacht, doch die Bemerkung war wie eine Ohrfeige für Ari. Stimmte das? Hatte sie finstere Verführungsenergien? Hatte Jai sich nur deshalb in sie verliebt?

Fallon grinste Jai an. „Als ihr besitzergreifender Freund wirst du hier alle Hände voll zu tun haben, Schöner. Ari entwickelt sich gerade zum Star der Schule."

„Das krieg ich schon geregelt", erwiderte Jai schlecht gelaunt und schaute Ari an.

„Ganz ehrlich? Eure angebliche Nichtbeziehung geht mir ziemlich auf den Keks."

„Ach ja?", fragte Jai. „Komisch, *du* fängst nämlich auch langsam an, *mir* auf den Keks zu gehen."

Fallon verdrehte nur die Augen.

„Und?", erkundigte sich Jai bei den beiden. „Habt ihr hier schon was rausgekriegt?"

Ari schüttelte den Kopf. „Nichts."

„Stimmt doch gar nicht", berichtigte Fallon sie. „Du hast vorhin was gespürt. Dass du dich bei dem Kunstlehrer geirrt hast, ändert ja nichts daran."

„Ach, auf einmal also doch?"

Bevor Fallon darauf etwas Schlagfertiges erwidern konnte, fegte plötzlich ein starker Wind über den Parkplatz. Er blies eine paar Papiere aus Fallons offenem Ordner und zerzauste ihr das kurze Haar. Die Schüler schrien los, als sie ihre Hausaufgaben davonwehen sahen, ja, selbst Müll wurde aus den Containern gepustet. Doch daran lag es nicht, dass Ari erbleichte, Fallon die Augen aufriss und Jai sich vor die beiden stellte, um sie zu beschützen.

Plötzlich pulsierte alles mit der stärksten Dschinnenergie, die Ari je gefühlt hatte, seit sie Azazil begegnet war. Aber das hier waren nicht seine Kräfte. Die hätte sie wiedererkannt. „Ihr fühlt es auch, oder?", fragte sie ihre Freunde. Alle drei schauten sich hektisch nach der Quelle dieses Energiestoßes um. Ari scannte die Leute mit der Effizienz eines Röntgengeräts. Rasch ortete sie einen Dschinn nach dem anderen, der sich unter die Schüler gemischt hatte. Insgesamt waren es mindestens fünfzehn, Männer und Frauen. Alle starrten mit finsteren Mienen auf Ari, Jai und Fallon.

„Sie haben uns umzingelt", murmelte Jai.

„Jai ...?", fragte Ari mit zitternder Stimme und überlegte fieberhaft, wie sie aus dieser Falle entkommen sollten, ohne dass sie die Macht des Siegels einsetzte. Das durfte sie auf keinen Fall. Es war einfach zu gefährlich. Nichts ... nichts auf dieser Welt war es wert, dieses Risiko einzugehen.

Jai wich einen Schritt zurück, dann umschloss er Aris Hand mit festem Griff. „Sie haben dich gefunden, und sie wissen, wer du bist."

„Der Prozess“, hauchte Ari. „Das ist beim Prozess rausgekommen.“

„Wann und warum ist jetzt egal … Wir müssen dich hier rausbringen.“ Fallon schaute Jai entschlossen an. „Wir dürfen auf keinen Fall das Siegel reizen. Nicht, nachdem neulich …“

Ari nickte. Es versetzte ihr zwar einen Stich, aber Fallon hatte recht. „Ja, völlig richtig. Aber ich haue hier nicht allein ab, sondern wir machen uns alle drei zusammen davon.“ Sie fasste nach Jais Arm. „Warum nehmen wir nicht den SUV?“

„Weil sie den Motor abwürgen würden“, erklärte Fallon. „Da drin sitzen wir wie in einer Zelle fest.“

„Das Dach“, flüsterte Jai. „Ari und ich gehen jetzt in die Schule und dann rauf aufs Dach. Fallon, von dir wollen sie nichts.“ Er gab ihr die Autoschlüssel. „Nimm meinen Wagen und fahr nach Hause. Ich bringe Ari irgendwo in Sicherheit. Sobald die Gefahr vorbei ist, rufe ich an.“

„Klar.“

„Gar nichts ist klar!“, rief Ari, die nicht fassen konnte, was sie da hörte. „Und was machst du, falls sie am Haus warten? Damit lasse ich dich doch nicht allein!“

„Ari“, entgegnete Fallon scharf. „Solltest du einem psychothischen Dschinn in die Hände fallen, sind wir eh alle tot. Bleib bei Jai und mach ausnahmsweise genau, was er dir sagt.“

Damit sprang Fallon in den Wagen, und Jai zerrte Ari am Handgelenk in die Schule.

„Aber warum denn aufs Dach?“, presste Ari keuchend hervor, die sich anstrengen musste, um Schritt zu halten.

„Weil ich versucht habe, uns mit dem *Peripatos* hier rauszubringen, aber die Dschinn haben den Kanal blockiert. Die arbeiten zusammen, Ari, das Ganze ist eine Katastrophe. Niemand kommt in die Schule rein oder aus ihr raus.“ Jai fluchte.

Ari drückte seine Hand fester. Jai fluchte noch einmal und schaute sich suchend um. Dann packte er einen der Schüler am Kragen.

„Wie kommt man aufs Dach?", fragte er ihn.

Was der Junge antwortete, registrierte Ari gar nicht mehr. Sie konnte nur an den bevorstehenden Kampf gegen die Dschinn denken und durchlebte gerade einen Adrenalinrausch. Sie hatte keine Angst vor der Auseinandersetzung – es war ja nicht ihr erster Kampf gegen andere Dschinn, und immerhin lebte sie noch. Was sie in Panik versetzte, war das Siegel, das gerade versuchte, die Kontrolle über sie zu übernehmen. Das musste sie auf jeden Fall verhindern, obwohl sie fühlen konnte, wie sich seine Dunkelheit in ihr ausbreitete.

Während Jai sie eine schmale, menschenleere Treppe hinaufzerrte, ging Ari langsam auf, was er auf dem Dach vorhatte. „Oh Gott, du willst fliegen!"

„Reiß dich zusammen, bitte, Süße", zischte er. „Ich weiß, dass du Fliegen hasst. Im Moment brauchst du aber deine gesamte Konzentration, um das Siegel zu bändigen. Okay?"

„Wenn du mich behandelst wie ein Kleinkind, hilft mir das dabei gerade gar nichts!", erwiderte Ari und zog ihre Hand aus seiner. Sie hatten das Dach erreicht. Der Wind war hier oben noch heftiger, und man hatte eine hervorragende Aussicht auf die ganze Stadt … und die vier Dschinn, die hinter Jai standen. „Oh nein!"

Jai wirbelte herum und hob gerade noch rechtzeitig den Arm, um eine magische Salve abzuwehren. Bernstein flammte auf seiner linken Hand, er schleuderte ihn einem der Dschinn entgegen, der jedoch genau wie Jai eben einen Schild hochzog, an dem der Zauber abprallte.

„Ari, Abwehr!", rief Jai und stürmte auf die Dschinn zu, mit der einen Hand schützte er sich, mit der anderen griff er an. Alle vier Gegner konzentrierten sich vermutlich allein auf ihn. Sie wollten ihn wohl ausschalten, um an Ari heranzukommen.

Könnte denen so passen, dachte Ari. Wie Jai es ihr im Training beigebracht hatte, konzentrierte sie sich, bis sie ihre eigene Dschinnenergie spüren konnte. Das funktionierte ungefähr so, wie auf den eigenen Herzschlag zu horchen. Sobald sie sie spürte, konnte sie die Energie über ihre Emotionen steuern. Im Moment war das rasender Zorn.

Ari drückte die Energie in ihre Hand, ließ ihre Kräfte dort anschwellen, bis sie sich zu einer Waffe formten. Zornig schreiend warf sie die leuchtende Kugel und traf eine der Dschinniya an der Schulter. Als sie die Schweißperlen auf Jais Stirn sah, meldete sich sofort wieder das Siegel. Vier gegen einen, das war so unfair! Das Siegel flüsterte in ihrem Kopf, und Ari brauchte einen Moment, um es zum Schweigen zu bringen.

Der Moment sollte sich rächen. Eine Energiesalve kam auf Ari zugeflogen. Sie duckte sich und verbarg sich dann im *Mantellus*. Unsichtbar rannte sie hinter die Dschinniya und ließ ihre Hand wie einen Hammer gegen ihren Hals sausen. Auch das hatte sie von Jai gelernt.

Die Dschinniya brach zusammen. Ari sprang triumphierend über sie hinweg und wandte sich dem nächsten Angreifer zu. Doch der packte sie am Hals und riss sie erfolgreich aus dem *Mantellus*. Er war fast zwei Meter groß, breit wie ein Panzer und sah aus wie ein unbesiegbarer Höhlenmensch. Das Ungeheuer warf sie mit aller Kraft auf den Boden. Ihre Lippe platzte auf, und ihr Kopf knallte so hart gegen den Beton, dass ein normaler Mensch dabei gestorben wäre. Alles drehte sich, und Ari spürte, wie das Siegel versuchte, sie zu dirigieren. Verschwommen sah sie, dass Jai einem der Dschinn das Genick brach. Die anderen beiden richteten dann jedoch ihre vereinten Kräfte gegen ihn, und er wurde gegen die Wand geschleudert und glitt dann zu Boden.

Gerade als Ari dem Siegel nachgeben und allen befehlen wollte, sofort aufzuhören, züngelten Flammen hinter den beiden Dschinn auf, und Sala erschien. Mühsam setzte Ari sich auf. Ohne eine Sekunde zu zögern, trieb Sala einem der Angreifer ihre glühende Faust in den Brustkorb und riss ihm das Herz heraus. Sie ließ das blutende Organ fallen, hob beide Hände, in denen gleißende Energie pulsierte und ging auf den Goliath zu, der Ari eben erwischt hatte. Er begann lautlos zu zittern, wurde von Krämpfen geschüttelt, als ob er unter Strom stehen würde. Dann brach er zusammen und fiel auf seinen toten Kumpan.

Sala drehte sich zu Ari um, ihr langes Haar wehte im Wind, ihr Kleid war so rot wie das Blut an ihren Händen. „Das ist ein Marid, das heißt, er ist nicht tot. Der ist zu mächtig, ihr müsst hier schnell weg."

„Der andere ..." Ari zeigte auf den Dschinn, dem Sala so mühelos das Herz herausgerissen hatte.

Sala kam entschlossenen Schritts zu ihr herüber und zog sie auf die Füße. „Ich bin älter, als er es war, Liebes. Ich habe jetzt keine Zeit, es zu erklären. Hol Jai und verschwinde." Sie warf dem Ginnaye einen besorgten Blick zu. Er lag stöhnend am Boden.

„Danke", flüsterte Ari, weil sie nicht wusste, was sie sonst sagen sollte.

Sala lächelte schwach. „Ich habe dir doch versprochen, dass ich immer auf dich aufpasse. Und jetzt geh!" Sie schob Ari auf Jai und den Eingang zu, dann verschwand sie mit dem *Peripatos*.

„Jai!", schrie Ari. Ihr Freund rappelte sich auf und starrte die erledigten Angreifer an.

„Was ist passiert?“, fragte er und befühlte seinen Hinterkopf. Seine Finger ertasteten eine blutende Wunde.

Als Ari das sah, wurde sie bleich. „Sala … meine … meine Mutter.“

„Sie hat dich gerettet?“, flüsterte er.

„Das habt ihr alle beide“, sagte Ari schnell.

Er schaute eher zweifelnd. „Lass uns hier verschwinden.“ Er nahm Ari in den Arm, zog sie in den *Mantellus*, stieß sich ab und flog mit ihr davon, weg von der Schule und den toten oder bewusstlosen Feinden.

18. KAPITEL

WIESO HEILT EIN SMARAGD DIE WUNDE, DIE SEIN GIFT VERURSACHT HAT?

Glücklicherweise besaß Michael Roe ein wirklich großes Haus, denn er hatte plötzlich zwei weitere Gäste, die er unterbringen musste. Sie waren alle übereingekommen, dass Charlie und Trey nach den jüngsten Vorfällen nicht weiter in Jacks Haus bleiben konnten. Charlie konnte es immer noch nicht fassen, dass er tatsächlich nie mit Jack trainiert hatte, sondern mit einem echten, lebendigen Dschinnkönig.

Der Glass King hatte Stunden, Tage und Wochen damit verbracht, ihm Unterricht zu erteilen, und war dabei zu seinem Freund geworden. Ari fühlte sich von Glass und Red verraten, aber er konnte nicht anders, als ihnen dankbar zu sein. Okay, gut, das klang egoistisch. Doch was immer sie für heimliche Gründe gehabt haben mochten, sie hatten ihm auf seinem Weg zur Rache geholfen. Und Glass hatte ihn dabei täglich mit einer Dosis Magie versorgt, mit der er gerade noch umgehen konnte. Jetzt allerdings war er wieder ganz am Anfang, genau wie Ari, die die Dschinnkönige aus ihrer Nähe verbannt hatte.

Charlie seufzte, lehnte den Kopf an die Sofalehne und starrte hinauf zur Wohnzimmerdecke. Selbst in seinen Gedanken kam er wie ein Idiot rüber. Red hatte Ari verletzt. Früher einmal hätte Charlie jeden umgebracht, der ihr wehtat. Was war nur mit ihm geschehen?

„Worüber grübelst du denn, Kumpel?“ Trey schlenderte herein, die Hände in den Hosentaschen vergraben. Dann blieb er stehen und schaute Charlie mit einem Blick an, als wäre der nur ein gelangweilter kleiner Junge. „Ich wäre gerade viel lieber bei Ari, Jai und Fallon. Dann hätte ich wenigstens was zu tun. Ich bin es nicht gewohnt, unbeschäftigt herumzusitzen."

Charlie zog eine Augenbraue hoch. „Wollen wir ein bisschen trainieren? Mir fehlt die Magie."

„Du bist doch jetzt wohl kein Junkie, oder, Charlie?"

Doch. „Natürlich nicht", widersprach Charlie. „Ich dachte nur, wir könnten was gegen die Langeweile tun, indem wir uns gegenseitig ein bisschen die Knochen brechen."

„Klingt sehr amüsant, darf ich zuschauen?", murmelte eine tiefe Stimme.

Charlie bekam einen Adrenalinschub, sprang vom Sofa, stellte sich neben Trey und starrte den blauhaarigen Dschinnkönig an. Glass lehnte in der hintersten, dunkelsten Zimmerecke ganz lässig an der Wand. Er grinste sie an, doch seine Augen waren ernst.

„Ich stehe hier schon seit einer Dreiviertelstunde im *Mantellus* und beobachte, wie du vor dich hinbrütest, Charlie. Ich glaube, du vermisst mich."

Bevor Charlie noch ein Wort sagen konnte, schob Trey ihn hinter sich und Richtung Tür. Treys Augen glitzerten gefährlich, sein ganzer Körper schien zu pulsieren, als er nun auf den Glass King zuging. So hatte Charlie Trey noch nie erlebt. Plötzlich war er ganz und gar der kämpferische Ginnaye.

„Du wagst es, noch einmal hierher zurückzukommen? Nach allem, was du getan hast?", fragte Trey wütend.

Charlie war offensichtlich nicht der Einzige, der nicht fassen konnte, dass Trey so respektlos mit einem Dschinnkönig sprach. Glass zog die Brauen hoch und ließ seinen Blick langsam über Trey gleiten, von Kopf bis Fuß. Dann schaute er ihm wieder ins Gesicht. „Wie redest du eigentlich mit mir? Hast du vergessen, wer ich bin?"

„Du bist der Mörder eines Unschuldigen, in dessen Rolle du danach geschlüpft bist. Und du versuchst, meinen Freund dazu zu bringen, dass er einen reinblütigen Dschinn tötet, damit man ihn nach Mount Qaf bringt und exekutiert. Aus irgendeinem Grund ist er euch im Weg. Aber dafür musst du mich erst ausschalten."

Charlie konnte nicht anders, er musste heimlich lächeln. Vielleicht war er doch kein solcher Idiot, wenn Trey bereit war, sein Leben für ihn zu riskieren. Nicht, dass er das zulassen würde – immerhin hatte er noch den Smaragd in seiner Hosentasche. Eigentlich hatte er den Stein verstecken wollen, aber er konnte es nicht ertragen, zu lange von ihm getrennt zu sein. Er fühlte sich dann so wie sein alter Kumpel Mel Rickman, wenn er zu lange keine Pille mehr eingeworfen hatte. „Trey!" Charlie schüttelte den Kopf und machte einen Schritt nach vorn. „Nicht." Er warf Glass einen nervösen Blick zu.

Glass jedoch starrte unverwandt Trey an, und die Luft um ihn herum flimmerte. Es kam Charlie vor, als würden die Wände des Zimmers näher rücken. Ein merkwürdiges Gefühl beschlich ihn. Als würde er eine sehr private Unterhaltung belauschen.

„Ich will dir nicht wehtun, Trey, und Charlie will das auch nicht. Er weiß, was ihn erwartet, wenn er Jagd auf die Labartu macht." Jetzt sah er Charlie an. „Er weiß auch, was mein Vater will und was genau Red eigentlich treibt. Red hat ihm das alles gesagt." In diesem Moment begriff Charlie, dass der Glass King in das Geheimnis des Smaragds eingeweiht war, und sein Misstrauen verflog. Es war ihm egal, dass er und Red Jack ermordet hatten. Und es war ihm auch egal, dass die beiden Ari verletzt hatten. Sie wollten ihm helfen, Rache zu nehmen und sich danach durch die Macht des Smaragds dem

Prozess zu entziehen. Bis dieses Ziel erreicht war, spielte nichts anderes eine Rolle.

„Er hat recht, Trey. Ich weiß, was ich tue."

„Aber Charlie ..." Trey drehte sich um und wollte gerade widersprechen, als Flammen im Zimmer emporzüngelten. Mit offenem Mund sah Charlie zu, wie der Glass King vor Trey sprang und den Angriff des seltsamen Dschinns einsteckte, der sich eben hier materialisiert hatte. Dann bemerkte er jedoch, dass es tatsächlich nicht nur ein Angreifer war, sondern gleich mehrere, die aus dem Nichts aufgetaucht waren.

Gleich darauf spürte er einen scharfen Schmerz an der rechten Schulter. Tränen stiegen ihm in die Augen, er rang nach Luft und wich dann in letzter Sekunde der glühenden Faust aus, die nach ihm schlug. Seine Gegnerin war eine Dschinniya in engen Lederhosen und einem weißen Hemd. Sie grinste hämisch und hob die Hände. Eine neue Welle magischer Energie kam auf Charlie zugerollt. Ohne nachzudenken, zog Charlie den Smaragd aus der Tasche, umklammerte ihn fest und hob dann die Arme wie ein Dirigent. Seine Emotionen waren die Quelle der Kraft hinter seiner Magie, und in diesem Moment fühlte er unbändigen Zorn. Die Dschinniya erstarrte zur Salzsäule, riss erschrocken die Augen auf und öffnete den Mund zu einem stummen Schrei. Blut lief aus ihren Handgelenken, ihre Adern platzten, und Charlie taumelte zurück. Was hatte er nur getan?

Warmes Blut traf ihn im Gesicht, spritzte auf den Boden, die Wand und an die Decke. Die Dschinniya war förmlich explodiert. Grauenhafte Stille legte sich über den Raum, während sich der ekelhafte metallische Geruch von Blut ausbreitete. Erst Treys Stimme brachte den wie gelähmt wirkenden Charlie in die Realität zurück.

„Was?", murmelte er und sah Trey an.

„Charlie?“ Trey war kreidebleich.

Was? Charlie blinzelte und schüttelte den Kopf. Erst jetzt konnte er wieder klar erkennen, was um ihn herum vorging. Der Glass King und Trey starrten ihn an. Im Zimmer verteilt lagen fünf bewusstlose, möglicherweise tote Dschinn. Seine Freunde hingegen waren unverletzt.

Wie war das nur möglich? Charlie wusste, dass er für einen Zauberer sehr mächtig war, aber niemals hätten seine Kräfte ausgereicht, um fünf Gegnern auf einmal den Garaus zu machen.

Der Glass King hatte ihm eben die Haut gerettet.

„Charlie, wie hast du …?“ Trey deutete mit einer ausladenden Geste auf das Zimmer. „Das ist doch unmöglich!“

„Er hat gar nichts gemacht.“ Der Glass King trat einen Schritt vor. „Das war ich.“ Er blieb vor Charlie stehen, der den Blick des Dschinnkönigs genau verstand: *Steck den Smaragd weg und schieb die Sache auf mich.*

Schnell schob Charlie den Stein zurück in die Hosentasche und sah zu, wie der Glass King mit einer Bewegung seines Arms Blut, Körperteile und Leichen verschwinden ließ. Es war wie Magie. Zitternd atmete Charlie ein. Am liebsten würde er sich übergeben. Schon wieder hatte er jemanden umgebracht. Und was noch schlimmer war: Der Smaragd in seiner Hand … es hatte sich großartig angefüllt. Als wäre er unüberwindlich.

„Verdammt, einen Moment lang dachte ich schon, dass er gleich wieder vor dem Dschinngericht landet.“ Trey seufzte erleichtert.

„Aber dazu wäre es sowieso nicht gekommen.“ Glass zuckte mit den Schultern. „Ihr hattet ja nicht viel Zeit, bevor ich die Bande erledigt habe, und habt es deshalb nicht bemerkt – das waren Zauberer.“

„Zauberer? Das verstehe ich nicht. Was wollten die denn hier? Sind die hinter Ari her?“

Bevor Glass antwortete, brach im Haus das Chaos aus. Schreie mischten sich mit lautem Krachen, als Möbel zu Bruch gingen. Dann hörte man Schüsse.

„Mein Bruder“, stieß Glass hervor, und alle drei rannten los. „Der Shadow King. Viele seiner Diener sind Zauberer. Und ich kann den Gestank seiner Feigheit bis hierher riechen.“

Adrenalin pumpte durch Charlies Adern, als er in der Tür zu Michaels Arbeitszimmer mit Trey zusammenprallte. In einer Ecke kämpfte Caroline mit einem Mann, der eindeutig ein Mensch war. Michael richtete eine Pistole auf ihn und zielte. Auf dem Boden lagen weitere Menschen, ein junger Mann und eine Frau. Und ein Dschinn. Charlie erkannte die Energie, die noch durch seinen Körper pulsierte. Er war nicht tot. Oder war er doch nur ein Zauberer?

In der Ecke, wo Michael seine antiken Waffen in der Glasvitrine aufbewahrte, war noch ein Dschinn. Sein langes dunkles Haar hatte er zu einem Zopf gebunden – genau wie Glass. Er trug Lederweste und Lederhosen. Während er dort im Schneidersitz in der Luft schwebte, umspielte ein hässliches Lächeln seine Lippen. „Du kommst rechtzeitig zur großen Hauptattraktion, Bruder.“ Er deutete auf die Kämpfenden.

Rasend schnell wie ein schwarzblauer Blitz tauchte Glass hinter dem Mann auf, gegen den Caroline kämpfte. Er legte ihm die Hand auf den Kopf, und der Mann erstarrte, seine Augen verdrehten sich, und über seine Lippen kam ein letztes Röcheln. Dann gaben seine Knie nach, und er brach tot zusammen. Caroline sprang aus dem Weg, ihr Mann zog sie beiseite. Erstaunlich ruhig schaute Michael Glass an, die Waffe noch immer in der Hand.

„Was zur Hölle ist hier los, Majestät?“, fragte er leise und zeigte auf die leblosen Körper am Boden. „Das wüsste ich auch gern“, sagte eine irgendwie vertraute Stimme. Charlie und Trey, die jetzt ebenfalls ins Zimmer kamen, starrten in ein gleichermaßen vertrautes Gesicht.

Ein Dschinnkönig – die sahen sich aber auch alle so verdammt ähnlich.

Der hier hatte eine Hakennase und einen stechenden Blick, den er jetzt auf Glass und den Shadow King richtete, der immer noch in seiner Ecke schwebte. Der Neuankömmling trug goldfarbene Seidenhosen und einen dazu passenden Seidenumhang. Darunter war sein Oberkörper nackt, abgesehen von dem roten Rubin, der von seinem Hals hing. Dieser Dschinnkönig war eine seltsame Mischung aus Bedrohung und Licht. Sein langes Haar fiel ihm offen über die Schultern und glänzte ebenfalls golden. Von all seinen Brüdern schien er der größte zu sein. Jedenfalls der größte, dem Charlie je begegnet war. Ja, er überragte sogar Glass und Red.

Apropos Red. Der tauchte zu allem Überfluss nun auch noch aus dem Nichts auf. Vier Dschinnkönige in einem Zimmer! Charlies Herz raste. Er fühlte sich wieder fast so wie beim Prozess, als er Azazil unter die Augen treten musste.

Red und sein goldener Bruder warfen vernichtende Blicke auf den schwebenden Shadow. Dann schaute Red Michael an und murmelte: „Mr Roe, das ist mein Bruder, der Gilder King – der Gründervater der Gilden.“

Caroline schnappte hörbar nach Luft und neigte respektvoll den Kopf. Ihr Mann verbeugte sich tief. „Majestät! Es ist eine Ehre, Euch in meinem Haus zu begrüßen.“ Nie zuvor hatte Charlie gesehen, dass Michael errötete.

„Die Ehre ist ganz meinerseits, Michael, Meister der Roe-Gilde. Ich wünschte nur, mein Besuch würde unter anderen

Umständen stattfinden." Wieder funkelte er den Shadow King drohend an. „Was ist hier los?"

Grinsend schwebte Shadow zu Boden und tat zumindest so, als würde es ihm keinerlei Sorgen machen, dass er drei seiner Brüder gegen sich hatte. Charlie schluckte. Verdammt, der war ja auch so riesig! Vorsichtig sah er Trey an, der gerade ein Lächeln unterdrückte. Das war einfach alles vollkommen irreal!

„Was immer ich getan haben mag, die Schuld daran musst du Red geben." Shadow zuckte mit den Schultern, sein Lächeln war nun ebenfalls drohend. Seltsam, sein Gesichtsausdruck war anders als der seiner Brüder – so, als könnte er seine Gefühle nicht so gut verbergen. In dieser Beziehung erinnerte er Charlie an den Gleaming King. „Red meinte, ich solle nicht mehr herumsitzen und warten, bis White mir sagt, was ich tun soll. Also habe ich den Spieß umgedreht und zur Abwechslung mal White gesagt, was *er* tun soll."

„Ari ist nicht hier." Red schaute ihn angewidert an. „Als Stratege bist du ziemlich scheiße, Shadow."

Charlie lachte, tarnte das aber schnell als Hustenanfall. Die anderen Dschinnkönige waren alle so viel steifer und förmlicher als Aris Onkel. Oh, Moment! Charlie erstarrte und schaute von Shadow zu Red, dann zu Glass und schließlich zu Gilder. Das waren ja alles Aris Onkel, verdammt!

„Das weiß ich, du arroganter Kerl!" Shadow verdrehte die Augen. „Ich habe ihr gerade ein paar Dschinn geschickt, die sie angreifen. Die haben keine Ahnung, wen sie da vor sich haben. Deshalb waren sie für eine erkleckliche Summe auch bereit dazu. Der Kampf hier diente nur dazu, euch abzulenken. White dürfte bereits haben, was er wollte."

Schnell hielt Trey Charlie fest, damit er jetzt nichts Dummes tat. Und Charlie war ihm wirklich dankbar dafür. Für einen Moment hatte er an nichts denken können als seine

Angst um Ari. Was hatte der Dreckskerl mit ihr gemacht? Und was war mit Fallon? Die war doch bei Ari …

Ganz ruhig, sagte er sich dann, Jai ist ja da. Sosehr Charlie es auch hasste, der Gedanke erleichterte ihn.

Erstaunlich ruhig ging Red einen Schritt auf Shadow zu. „Und was genau will White diesmal?“

„Ich muss euch unterbrechen.“ Der Gilder King stellte sich in die Mitte des Raums und musterte mit seinen Falkenaugen aufmerksam die anderen Dschinnkönige. „Ich bin nur hier, um euch zu warnen. Ich mag in diesem Krieg neutral sein, das kann sich aber schnell ändern, wenn einer von euch …“ Er bedachte Shadow mit einem bösen Blick. „… je wieder versucht, meine Gilden in die Sache reinzuziehen. Diese Gilden haben allein die Aufgabe, für Balance zu sorgen. Sie tun alles, um das zerstörerische Element der Dschinn davon abzuhalten, andere zu zerstören. Solltet ihr die Gilden daran hindern oder sie gar bedrohen, schlage ich mich auf die gegnerische Seite und sorge dafür, dass der Schuldige alles verliert, was ihm lieb ist. Verstanden?“ Gilder seufzte müde, dann schaute er Red an. „Das gilt auch für dich.“

„Selbstverständlich, Bruder.“ Red neigte den Kopf. „Es lag nicht in meiner Absicht, den Gilden zu schaden.“

„Je eher sich jemand um dieses Mädchen kümmert, desto besser. Jemand wie sie sollte überhaupt nicht existieren. Und tief drinnen weißt auch du das, Red.“

Mit einem kehligen Knurren näherte Red sich seinem Bruder. Glass tat es Red nach und stellte sich hinter Gilder, der nun von zwei Seiten bedrängt wurde. „So, wie du die Gilden beschützt, beschütze ich dieses Mädchen. Solltest du ihr auch nur ein Haar krümmen, zerstören wir alles, was *dir* lieb ist.“

Bewunderswert cool wandte Gilder ganz leicht den Kopf, um Glass einen Blick zuzuwerfen. Dann nickte er, das goldene

Haar fiel ihm ins Gesicht und verbarg so sein Profil vor Charlie. „Du hast mein Wort, dass ich mich aus dem Krieg heraushalte. Ich werde dem Mädchen nichts tun."

Zufrieden wichen Red und Glass zurück, und augenblicklich züngelten goldene Flammenkaskaden empor. Gilder verschwand mit dem *Peripatos*.

Red warf Michael einen beinahe panischen Blick zu. „Ist Ari in dieser Schule in Connecticut?"

Michael nickte und machte ein besorgtes Gesicht. „Zusammen mit meiner Tochter."

„Ich finde sie", versprach Red und wandte sich an Glass. „Bleib hier und beschütz sie."

Nachdem Glass zustimmend genickt hatte, verschwand Red.

Charlies Herz raste, und er zitterte am ganzen Körper. Wie konnte Trey so ruhig bleiben und Glass sogar amüsiert anlächeln, als der einen Witz darüber machte, welches Chaos Shadow immer hinterließ. Offenbar schien er jetzt doch nicht mehr so wütend auf diesen speziellen Dschinnkönig zu sein wie vorhin noch. Vielleicht, weil Glass sie eben gerettet hatte. Das konnte Charlie sogar nachvollziehen. Wenn jemand einem das Leben rettete, war es einfach unmöglich, ihn zu hassen.

Obwohl ein Teil von Charlie noch immer schockiert darüber war, dass er wieder getötet hatte, zog der andere Teil genau daraus eine ungeheure Befriedigung – jetzt wusste er sicher, dass er es dank des Smaragds mit der Labartu aufnehmen konnte. Er rieb den Stein in seiner Tasche. Was stimmt bloß nicht mit mir, dachte er, wieso zählt nur meine Rache, selbst wenn meine beste Freundin und Fallon gerade in höchster Gefahr schweben?

19. KAPITEL

DU HAST DICH IN MEIN HAUS GESCHLICHEN UND MEINEN SCHÖNSTEN SCHATZ AUS SEINEM VERSTECK GESTOHLEN

Es war eng in dem Häuschen, aber er hatte es mit allem ausgestattet, was man brauchte – es gab eine Küche und fließend Wasser. Obwohl Dschinn mit Hunger und Durst ja eigentlich kein Problem hatten. Man konnte sich jederzeit alles herzaubern.

„Das hier ist eigentlich nicht für Dschinn eingerichtet", beantwortete Jai Aris unausgesprochene Frage. „Es ist eine geheime Zuflucht – für menschliche Klienten von uns, die wir vorübergehend verstecken müssen." Plötzlich stöhnte er und zog das feuchte Tuch vom Kopf.

Besorgt nahm Ari es ihm ab und drehte ihn vorsichtig um, damit sie die Wunde inspizieren konnte. Sie verlief quer über den Kopf und begann bereits abzuheilen. „Wie geht es dir?"

„Alles okay, sticht nur, wenn es sich selbst wieder zunäht."

„Die schmerzhaften Superheilungskräfte der Dschinn", stellte Ari fest, der der Schrecken noch immer in den Knochen saß. Ihr kam völlig unwirklich vor, was vorhin geschehen war. „Jai? Warum haben die zusammengearbeitet?", fragte sie, als er sich wieder zu ihr umdrehte. „Das ergibt doch keinen Sinn, wenn einer von denen mich für sich selbst haben will."

Jai nickte und ließ das blutige Tuch ins Waschbecken fallen. Dann lehnte er sich seufzend und müde gegen die Arbeitsplatte der Küche und verschränkte die Arme vor der Brust. „Ich habe ganz verschiedene Energien wahrgenommen. Einige von denen waren Marids – und zwar ziemlich mächtige. Wahrscheinlich haben sie die jüngeren Dschinn angeworben und ihnen ordentlich Geld dafür bezahlt. Am Ende hätten die stärkeren Dschinn es dann unter sich ausgemacht, wer dich bekommt."

Bei dem Gedanken erschauderte Ari, nickte aber zustimmend. Ja, so musste es gewesen sein. Sie hatten oft darüber gesprochen, dass so etwas zu erwarten war, aber nun war es tatsächlich passiert. Und es war grauenhaft gewesen. Viel schlimmer, als sie es sich ausgemalt hatte.

Schließlich versuchte Ari, sich zusammenzunehmen, und zuckte betont lässig mit den Schultern. „Und was jetzt? Rufst du Fallon an wie versprochen?"

Zu ihrer Überraschung schüttelte Jai den Kopf. „Wir können niemandem trauen, Ari. Irgendwie haben die rausgefunden, wo du bist, und beim letzten Mal hat uns auch einer von den Roes verraten."

„Und … was sollen wir jetzt tun?"

„Falls die halbe Dschinnwelt jetzt wirklich hinter dir her ist, bist du bei mir am sichersten. Auf der Flucht."

Sollte sie schon wieder alles zurücklassen? Ari schüttelte den Kopf. „Was soll denn dann aus Charlie werden? Und aus Trey? Wir können die beiden doch nicht einfach so zurücklassen."

Langsam kam Jai auf sie zu, als näherte er sich einem verwundeten Tier. Er strich ihr das Haar aus dem Gesicht, streichelte ihre Wange und berührte zart die aufgeplatzte Lippe. Dann küsste er sie ganz, ganz sanft. „Das Einzige, was jetzt zählt, ist, dich zu beschützen. Wenn Sala heute nicht aufgetaucht wäre … ich weiß nicht, was ich getan hätte, Ari. Wir haben versucht, ein halbwegs normales Leben zu führen, und ich habe versucht, dir zu geben, was du dir wünschst, als du zu den Gilden wolltest. Das war ein Fehler, Ari, dadurch wärst du beinahe wieder entführt worden. Jede Verbindung nach außen ist eine Gefahr. Wir versuchen irgendwann, Trey und Charlie eine Nachricht zukommen zu lassen, aber im Moment müssen sie es allein schaffen. Genau wie wir."

Tränen liefen Ari über die Wangen. Jai fluchte leise, zog sie an sich, schloss die Arme um sich und hielt sie so fest, dass sie kaum atmen konnte. „Ich will stark sein, Jai", sagte sie schließlich schluchzend. „Kämpfen! Aber es ist so furchtbar, dass jeder Dschinn nun weiß, was ich bin. Was für ein Albtraum!"

Sanft schob er sie ein Stück von sich weg, umfasste ihre Oberarme und schaute sie mit unendlicher Liebe an. „Du hast gekämpft, Ari, und du warst stark. Du bist nicht weggelaufen, sondern hast dich der Gefahr gestellt. Versprich mir, dass du immer kämpfen wirst."

Sie nickte, unterdrückte ein letztes Schluchzen und sagte: „Versprochen." Erleichtert holte Jai Luft. Er küsste Ari auf die Stirn. Sie war unfassbar froh, dass sie wenigstens ihn noch hatte. „Und was machen wir jetzt, Jai?" Sie ging in den Wohnbereich des Häuschens, in dem es keine Trennwände gab. Gedankenverloren schaute sie sich nach einem Glas um, während sie auf eine Antwort wartete. Ihre Kehle war vollkommen ausgetrocknet.

„Erst ruhen wir uns hier ein paar Stunden aus und planen dabei, wie es weitergehen soll. Allerdings können wir nicht lange bleiben. Andernfalls kommt vielleicht doch noch jemand auf die Idee, das Versteck meines Vaters für seine Kunden zu durchsuchen."

Das Glas glitt Ari aus den Händen, als sie plötzlich das vertraute Knistern und Zischen des *Peripatos* hörte. Sie wirbelte herum und erkannte das Gesicht des White King in den Flammen. Er trat nicht aus ihnen heraus, und so blieb Ari keine Zeit, zu reagieren, bevor seine große Hand Jai packte und ins

Feuer zog. „Zu spät." Er starrte sie finster an, dann war er verschwunden, und Ari schrie auf.

White hatte Jai entführt. Ari weinte vor Verzweiflung, krümmte sich und bekam keine Luft mehr. Er wusste es! Der White King wusste über sie und Jai Bescheid! Ari fiel auf die Knie, rang nach Atem und verscheuchte die Panikattacke. Sie ballte die Fäuste. „Denk nach, denk nach, denk nach ..."

White hatte Jai. Er wollte ihn benutzen, um sie zu erpressen. Und ihr Vater würde auch nicht vor Folter zurückschrecken. Fragte sich nur, wie viel Zeit ihr jetzt blieb. Sie musste Jai zurückholen. Auf keinen Fall durfte sie abwarten, bis White ihr seine Bedingungen mitteilte. Nein, es musste jetzt ganz schnell gehen. Koste es, was es wolle, sie würde Jai zurückholen.

Red! schrie sie telepathisch. **Ich brauche dich!**

Sie wartete.

Nichts.

Shit.

Redete Red jetzt nicht mehr mit ihr? Stand sie jetzt wirklich ganz allein da? Wieso redete er nicht mit ihr? Schließlich war sie hier die Betrogene und er der Lügner!

Red! Sie schrie lauter und kanalisierte noch mehr Energie in ihre geistige Stimme. **Hilfe! Ich brauche dich! Jetzt!**

Sekunden ...

Minuten ...

Nichts.

Zornestränen stiegen ihr in die Augen, und ein letztes Mal brüllte sie in Gedanken voller Verzweiflung: **RED! ICH BRAUCHE DICH! SOFORT!**

Flammen züngelten, Ari sprang auf und sah erleichtert, wie der Red King im Zimmer erschien. Gott, war sie froh, ihn zu sehen.

„Ari!“ Er blieb vor ihr stehen. „Ich habe dich überall gesucht.“

„Tja, da war dein Bruder schneller.“ Ihre Stimme klang so hasserfüllt, dass ihr Onkel sie überrascht ansah. Sie registrierte es mit Befriedigung.

„Was ist passiert?“

Aris Kinn begann zu zittern. „White hat sich Jai geholt.“

„Dann weiß er über euch Bescheid“, flüsterte Red, und es klang mitfühlend.

Doch Ari traute ihm nicht. „Hast du es ihm verraten? Du wusstest auch, was zwischen mir und Jai ist, da bin ich mir sicher. Hast du es Azazil verraten? Und er hat es dann White erzählt? Weil er sich mal wieder langweilte?!“

Reds Gesicht verdunkelte sich. Drohend kam er einen Schritt näher. „Vergiss nicht, mit wem du redest, junge Dame. Ich habe niemandem von deiner Liebesbeziehung mit deinem Bodyguard erzählt. Nicht einmal meinem Vater, dem es gar nicht gefällt, dass ich ihm auf einmal Sachen vorenthalte.“

Ari wusste nicht, was sie denken sollte. Schließlich zuckte sie mit den Schultern. „Irgendjemand hat es aber getan, und es ist egal, wer es war. Das Ergebnis ist dasselbe. White kennt die Wahrheit. Und ich kann nicht versprechen, dass ich nicht tue, was er will, um Jai zurückzubekommen. Deshalb müssen wir uns Jai wiederholen. Und dann werden Jai und ich fliehen.“

„Fliehen?“ Red zog verwirrt die Augenbrauen hoch.

„Sämtliche Dschinn aller Reiche wissen jetzt, was ich bin.“

„Nein, tun sie nicht.“

Mit klopfendem Herzen ging Ari einen Schritt auf ihren Onkel zu. „Was soll das heißen?“

„Die Dschinn, die in der Schule und bei den Roes aufgetaucht sind …?“

„Bei den Roes? Wovon redest du? Charlie? Trey …“

„Denen ist nichts passiert." Red hob die Hand. „Allen geht es gut. Der White King und Shadow haben die Angriffe inszeniert, damit Jai dich irgendwohin bringt, wo ihr allein seid. So konnte White ihn kidnappen, ohne mit Widerstand zu rechnen. Es musste alles schnell gehen, bevor du das Siegel gegen ihn einsetzt. Und er wollte damit auch meinem Vater eine Nase drehen."

„Dann wissen die Dschinn also nicht über mich Bescheid?"

„Nein. Man stellt neugierige Fragen deinetwegen, aber du bist vor ihnen sicher. Im Moment jedenfalls."

Ari wünschte, sie hätte die Erleichterung genießen können, doch sie konnte nur noch an Jai denken. „Ich traue dir immer noch nicht, Red. Aber ich brauche Hilfe."

„Ich weiß nicht, wo White ist, Ari. Es könnte Wochen dauern, bis wir ihn finden." Red seufzte und zog unwillig die Brauen zusammen. „Dir bleibt nicht viel anderes übrig, als zu warten … bis er dir seine Forderungen überbringt. Und wir wissen ja, welche das sein werden. Du sollst zu ihm nach Mount Qaf kommen und tun, was er will."

In Ari tobte ein wütender Sturm. „Und was ist mit Jai? Während wir hier herumstehen wie die Ölgötzen … kann ihm sonst was passieren!" Sie schüttelte den Kopf. „Nein! Ich erfülle White einen Teil seiner Wünsche gleich. Ich gehe nach Mount Qaf." Sie schaute Red entschlossen an, und die Magie ließ ihre Fingerspitzen leuchten. „Bring mich zu Azazil. Er wird wissen, wo White ist."

„Verstehst du, worum du mich da bittest?"

Sie nickte. Natürlich war ihr bewusst, dass Azazil dafür eine Gegenleistung verlangen würde.

Ihr Onkel wollte erst widersprechen, seufzte dann aber und nickte.

„Dann bring mich sofort zum Sultan."

„Ari.“ Red berührte sie fast liebevoll am Arm. „Wenn ich das tue, denk bitte daran, dass du nichts von meinem Vater oder Asmodeus zu befürchten hast. Ganz gleich, was sie sagen oder wie sie sich benehmen mögen, sie werden dir nichts tun. Sie können es nicht.“

Gleichermaßen verwirrt und misstrauisch sah Ari ihn an. Was war das denn nun wieder für eine Geschichte? „Wovon redest du? Was willst du mir damit sagen?“

Er schüttelte den Kopf und lächelte bitter. „Ich darf dir das nicht verraten, Ari. Die Loyalität zu meinem Vater verbietet es mir. Aber ich habe Sala versprochen, dass ich alles tue, was in meiner Macht steht, um dich zu beschützen. Deshalb noch einmal: Du kannst dich im Palast meines Vaters frei bewegen, ohne fürchten zu müssen, dass er dir etwas tut – dir persönlich, heißt das.“

„Aber anderen Menschen, die mir etwas bedeuten, kann er Schaden zufügen, ja?“ Ari klang traurig. „Dir zum Beispiel?“

Red blinzelte erstaunt. Dann breitete sich ein Lächeln auf seinem attraktiven Gesicht aus. „Keine Sorge, Kleine, mir tut er nichts. Willst du damit andeuten, dass ich dir noch etwas bedeute?“

„Genauso viel wie ich dir“, lautete Aris rätselhafte Antwort.

Red schnaubte ganz und gar unköniglich. Dann nahm er ihre Hand. „Bist du bereit?“

20. KAPITEL

MANCHE PUPPEN LASSEN GERN MIT SICH SPIELEN, ANDERE BLEIBEN LIEBER IM SCHRANK

Das ungestüme Verlangen war einstweilen gestillt, und nun wurden ihre Küsse sanfter, tröstlicher. Charlie hielt Fallon im Arm, eine Hand auf ihren Hüften, sie hatte die Beine um seine Hüften geschlungen. Sie saß auf dem Billardtisch in der Bibliothek ihrer Eltern und fühlte sich warm an, warm, lebendig und süß. Und sie roch nach irgendeiner Blumenart. Das musste ihr Shampoo sein. Eine Fallon hatte keine Zeit für Albernheiten wie Parfum, ganz anders als Ari, die immer leicht nach Vanille duftete.

Schnell bemühte Charlie sich, Ari aus seinen Gedanken zu verbannen. Er war so erleichtert gewesen, nachdem Fallon endlich wieder da war. Glücklicherweise hatte sie bei den Kämpfen in Connecticut keinen Kratzer abbekommen.

Weil sie Jai versprochen hatte, auf ihn und Ari zu warten, hatte sie sich zunächst geweigert, das gemietete Haus in der Nähe der Schule zu verlassen. Doch dann tauchte Red bei ihr auf und berichtete, was inzwischen geschehen war. Daraufhin fuhr Fallon nach New Jersey, um den anderen mitzuteilen, was sie erfahren hatte: Der White King hatte sich Jai geschnappt, Ari befand sich deshalb auf dem Weg nach Mount Qaf und wollte Azazil um Hilfe bitten.

Seitdem waren Tage ins Land gegangen, und sie hatten nichts mehr gehört. Der Glass King war bei den Roes geblieben. Allerdings hatte Charlie nie allein mit ihm sprechen können, weil entweder Trey oder Fallon bei ihm waren, daher herrschte an der Rachefront komplette Windstille. Wenn er ehrlich war, musste Charlie zugeben, dass er ganz dankbar für diese kleine Verschnaufpause war. Nach all dem Chaos und den wilden Gefühlsstürmen und der Erkenntnis, dass ihm nichts so viel bedeutete wie die Macht des Smaragds, hatte er plötzlich Angst. Angst vor sich selbst.

„Mmm", machte Fallon und löste ihre Lippen nach einem langen Kuss von seinen. „Wo bist du eben gewesen? Einen Moment lang warst du ganz weit weg."

„Ich denke zu viel." Charlie zuckte entschuldigend mit den Schultern.

„An Ari?", fragte sie leise, und man merkte, dass sie das traf.

Charlie plagte plötzlich das schlechte Gewissen. Er wollte Fallon nicht verletzen. In seiner Vergangenheit war es für ihn ganz normal gewesen, mit irgendwelchen Mädchen ins Bett zu gehen und danach einfach abzuhauen. Doch so war es bei Fallon nicht. Sie waren nun schon seit Wochen zusammen, und trotzdem langweilte sie ihn nicht. Ganz im Gegenteil. Mit jedem Tag faszinierte sie ihn mehr. Nur leider versetzte es ihm immer noch einen bösen Stich, wenn er Ari sah. Daran hatte sich bislang nichts geändert. Aber er wollte damit abschließen. Dafür brauchte er allerdings mehr Zeit. „Ich mache mir nur Sorgen", versuchte er Fallon zu beruhigen. „Aber ich bin unheimlich froh, dass dir nichts passiert ist."

„Charlie …" Fallon holte tief Luft. „Ich … Ich glaube, ich mag dich wirklich."

Charlie hatte schon mit dem Schlimmsten gerechnet, als sie so herumdruckste. Erleichtert schaute er sie an. „Du bedeutest mir viel, Fallon. Ich wüsste nicht, was ich die letzten Wochen ohne dich gemacht hätte."

„Echt?" Sie grinste nun wieder frech.

„Echt."

„Sehr gut. Dann wirst du ja nichts dagegen haben, wenn ich dich bei deiner Jagd auf die Labartu begleite!"

Das war wie ein Eimer eiskaltes Wasser. Charlie erbleichte bei dem Gedanken, dass Fallon sich irgendwo in der Nähe dieses Miststücks aufhalten könnte, das Mikey ermordet hatte. Kam gar nicht infrage! Er würde sie auf gar keinen Fall mitnehmen. Schon deshalb, weil er sich bei dieser Mission in einen ganz anderen verwandeln würde, und so sollte keiner seiner Freunde ihn erleben.

„Nein", erklärte er kühl und bestimmt, dann trat er einen Schritt zurück.

Fallon umschlang ihn mit ihren Beinen, um ihn festzuhalten. „Schließ mich da nicht aus, Charlie. Ich kann dich nicht davon abhalten, aber ich kann wenigstens dafür sorgen, dass du es lebend überstehst."

„Dafür brauche ich dich nicht." Er befreite sich aus ihrer Umklammerung und machte eine wegwerfende Handbewegung. „Außerdem habe ich keine Lust, mir auch noch Sorgen darüber zu machen, ob man dich auch vors Dschinngericht zerrt."

„Das ist doch Selbstmord, Charlie! Ich verstehe, dass du dich rächen willst, aber was ist mit all den Menschen, denen du wichtig bist? Mit mir, mit Ari … ja, sogar Trey! Und hast du eigentlich in letzter Zeit mal mit deiner Mutter gesprochen? Hast du ihr gesagt, dass sie nun auch noch ihr letztes Kind verlieren wird?"

„Halt die Klappe!", zischte er und schloss die Augen vor der Wahrheit. Es tat zu weh. „Ich brauch diesen Mist nicht. Nicht von dir! Ich dachte schon, du würdest mich verstehen!"

„Das tue ich doch! Ehrlich!" Fallon sprang vom Tisch und ging zu ihm. „Ich will nur nicht, dass du stirbst."

Charlie stöhnte. Wie sollte er ihr deshalb böse sein? Er seufzte und zog sie an sich. „Du musst mir vertrauen", erklärte er zuversichtlich und dachte dabei an den Smaragd. „Ich weiß, dass ich die Sache heil überstehe."

„Selbst wenn, danach bist du für den Rest deines Lebens auf der Flucht, du arrogantes Arschloch. Dann sehe ich dich nie wieder."

„Red keinen Mist, natürlich wirst du das. Wir treffen uns heimlich, das wird total heiß." Bei der Vorstellung musste sie kichern und versetzte ihm einen spielerischen Boxhieb gegen den Arm. Er grinste.

Plötzlich war der Raum von einer pulsierenden Energie erfüllt. Fallon machte sich schnell von Charlie los, und beide drehten sich um. In der Tür stand der Ehrfurcht gebietende Glass King und starrte Charlie ausdruckslos an. Sein Blick war fast gelangweilt. „Ich unterbreche euch ja nur äußerst ungern, aber ich habe Akasha aufgespürt … deine Labartu, Charlie."

Genau so hatte Ari sich die Welt der Dschinn immer vorgestellt. Nicht so wie die modern eingerichtete Suite, die Red ihr in seinem Teil von Azazils Palast zugewiesen hatte. Das Schlafzimmer, das Azazil ihr nun überlassen hatte, war ein Meer sinnlichster Farben und Stoffe. Außerdem gab es noch einen begehbaren Kleiderschrank, in dem lauter Sachen hingen, die sie auf Azazils Wunsch während ihres Aufenthalts hier tragen sollte.

In der Mitte des Raums stand ein niedriges Bett mit einem Seidenüberwurf und zahlreichen Kissen. Die bronzenen Möbel im marokkanischen Stil waren elegant im Zimmer verteilt. Der begehbare Kleiderschrank war vom Rest des Zimmers mit schweren, purpurfarbenen Damastvorhängen abgetrennt. Exotisch schöne Shaitaninnen lasen Ari jeden Wunsch von den Augen ab. Sie gingen ihr schrecklich auf die Nerven.

Tage.

Sie war schon tagelang in Mount Qaf.

Und es würden noch viele weitere folgen, fürchtete sie. Nachdem sie täglich in den Gärten des Palasts spazieren gegangen war und allabendlich mit Azazil und Asmodeus gespeist hatte, verlor sie schließlich die Geduld. Weil sie es sich aber nicht mit dem Sultan verderben durfte, hatte sie ausgesprochen höflich gefragt, ob er ihr freundlicherweise Jais Aufenthaltsort mitteilen könnte.

Azazil hatte die Hände samt dem goldenen Besteck darin gesenkt und sie seltsam angeschaut. In Aris Kopf schrillten schon alle Alarmglocken. Und sie sollte recht behalten. Azazil wollte mit ihr Katz und Maus spielen.

„Ja, ich weiß, wo Jai ist. Und dass dein lieber Freund Charlie der Labartu auf der Spur ist, weiß ich ebenfalls."

Ari klopfte das Herz bis zum Hals. Ungläubig starrte sie den Sultan an. In Azazils Gegenwart kam sie sich immer noch so vor, als wäre sie zu lange unter Wasser geblieben. Wenn sie ihn ansah, war es, als würde sie eine helle Kugel pulsierender Energie anschauen. Seine Aura hatte eine solche Kraft, das Ari überrascht war, dass sie sie nicht einfach hinwegfegte. Doch im Moment war sie nicht deshalb überwältigt, weil sie keinen klaren Gedanken fassen konnte, sondern wegen der Neuigkeiten. Nicht auch noch Charlie! Nicht jetzt, wenn sie nicht da war, um ihm zu stoppen. Ihn zu beschützen.

„Such dir einen von beiden aus." Azazil machte eine wegwerfende Handbewegung. „Dem helfe ich dann."

Wut war nicht mehr das richtige Wort für das, was Ari in diesem Moment empfand. Sie war todtraurig, fühlte sich betrogen, angewidert. Von ihm. Von sich selbst. Wie konnte jemand nur so grausam sein? Und wieso hatte sie nur wenige Minuten gebraucht, um zu antworten? Wieso hatte sie darauf überhaupt geantwortet? „Jai“, hatte sie geflüstert und wäre beinahe an ihren Schuldgefühlen erstickt.

Azazil hatte sie angelächelt, nur eine leichte Krümmung der Lippen. Er sah aus wie ein rücksichtsloser junger Mann. Allerdings konnte man einem jungen Mann verzeihen, dem Einsicht und Lebenserfahrung fehlten. Aber wie sollte das bei jemandem gehen, der so alt war wie die Erde? Hatte er nicht Jahrhunderte Zeit gehabt, um zu sehen, zu welch außergewöhnlichen Taten die Liebe beflügeln kann? Okay, andererseits hatte er auch Hunderte von Jahren Zeit gehabt, um zu sehen, wie leicht man die Liebe als Druckmittel verwenden konnte.

„Dann also Jai.“ Er lächelte Asmodeus an, der wiederum gleichmütig Ari musterte. „Ich schließe einen Pakt mit dir, Ari. Wenn du für immer hier bei mir bleibst, sorge ich dafür, dass allen beiden nichts passiert.“

Ari hätte Azazil fast mit offenem Mund angestarrt. „Aber wieso ....“ Doch dann fiel ihr auf, dass sie die Antwort schon kannte. Wieso hatte er sie zu einer Entscheidung gezwungen, wenn er ohnehin beide retten wollte? Weil es ihn amüsierte, den in ihr tobenden Gefühlssturm zu beobachten. Er genoss es, zuzuschauen, wie die Schuldgefühle sie auffraßen.

„Ich will regelmäßig informiert werden, was es über alle beide Neues gibt.“ Sie hob entschlossen das Kinn und schaute zwischen den beiden Unsterblichen hin und her. Azazil lächelte noch immer liebenswürdig. In Asmodeus’ Augen leuchtete jetzt etwas anderes als Langeweile auf.

„Abgemacht“, hatte Azazil zugestimmt.

„Dann bleibe ich also für immer.“

Natürlich war das ein verdammt dummes Tauschgeschäft gewesen, das war Ari nun auch klar. Drei Tage waren seitdem vergangen, und sie hatte absolut nichts von Jai oder Charlie gehört. Sie ließ sich auf das luxuriöse Bett fallen und starrte hinauf zur geschnitzten Decke, die mit Blattgold verziert war. Ausnahmsweise waren die Shaitane verschwunden, und sie konnte einen Moment allein genießen.

Sie drehte sich auf die Seite und dachte an Jai. Azazil hatte versprochen, dass ihm nichts Schlimmes widerfahren würde. Ob er also schon frei war? Und falls nicht, wurde er gut behandelt? Immer und immer wieder hatte Ari versucht, ihn telepathisch zu erreichen. Aber es war sinnlos. Er war zu weit entfernt. Und was war mit White? Er tat Jai doch nichts, oder? Bei der Vorstellung, wie White Jai folterte, schauderte Ari.

„Wenn du so weitermachst, bekommst du nur Albträume."

Ari setzte sich erschrocken auf. Auf der Chaiselongue saß plötzlich Asmodeus. Offenbar war sie so in Gedanken gewesen, dass sie ihn nicht hatte kommen hören. Heute trug er einen dunklen Seidenumhang, der perfekt zu seinen Haaren passte. Seine langen Beine steckten in schwarzem Leder, sein Oberkörper war nackt, wenn man von dem Wendelring um seinen Hals absah. Sein Blick schien sie zu durchbohren. Ari hasste es, wie sie sich in seiner Gegenwart fühlte. Angst mischte sich mit Unsicherheit und … Anziehung …

„Was willst du hier?", fragte sie böse. Sie musste nicht höflich sein. Red hatte ihr ja gesagt, dass Asmodeus ihr nichts tun konnte. Sieben Tage hatte sie hier nun schon verbracht. Sieben Tage in dieser seltsamen, dunklen, einsamen Welt. Trotz allem wünschte sie, Red würde zurückkommen.

„Begrüßt man denn so einen Gast?", schnurrte Asmodeus wie ein zahmes Kätzchen, obwohl er eher an einen großen Jaguar erinnerte. Wunderschön, aber ein Tatzenhieb reichte und …

„Wenn ich mich recht erinnere, wolltest du mich ermorden, als wir das letzte Mal allein waren."

„Nur ein Missverständnis.“

„Was willst du, Asmodeus?“

„Ich langweile mich, ich langweile mich immer, Ari. Ich dachte, du könntest mich ein bisschen unterhalten.“

Angst überfiel sie, und sie rutschte instinktiv ein Stück weiter weg.

Der Marid verdrehte die Augen. „Das meinte ich nicht. Ich habe einen Harem, da muss ich mir keine unwilligen Frauen ins Bett holen. Obwohl … es ist doch einige Zeit her, dass ich mir das letzte Mal eine Jungfrau genommen habe.“

Ari funkelte ihn böse an. „Verschwinde.“

„Aber ich möchte lieber bleiben.“ Er zuckte mit den Schultern. „Erzähl mir vom Siegel.“

„Das Siegel? Das musst du doch alles selbst wissen.“

„Nein. Ich will wissen, welchen Effekt es auf dich hat.“

Ari stand vom Bett auf. „Wieso sollte ich dir auch nur sagen, wie das Wetter draußen ist?“

Er war so schnell.

Eben hatte er noch lethargisch auf der Chaiselongue gesessen, jetzt stand er direkt vor ihr. Herrgott, er musste mindestens einen Kopf größer sein als sie. Sein Blick war sanft, als er Ari nun fast zärtlich eine Haarsträhne hinters Ohr strich. Sie zitterte, dachte an Jai und erbleichte. „Versuchst du, mich zu verführen, um so an Informationen zu kommen, Asmodeus?“

Wieder trat dieses seltsame Leuchten in seine Augen. „Du bist ein merkwürdiges Ding. Hast gar nichts von ihr. Und doch … ich hätte schwören können, dass ich sie damals gesehen habe. Aber nein, das kann gar nicht sein.“

„Wovon redest du?“

Er schüttelte den Kopf. „Vergiss es, ich plappere manchmal nur so vor mich hin.“

„Geh jetzt endlich, Asmodeus.“

„Warum denn? Hast du Angst, du könntest meinem Charme erliegen und den jungen Bitar betrügen? So, wie du es mit dem jungen Zauberer getan hast?“

„Wieso sollte ich jemanden betrügen, der so ein wunderbarer und loyaler Mensch ist wie Jai Bitar? Und dann auch noch mit einem seelenlosen, leeren Wesen wie dir?“

Asmodeus packte ihr Haar, riss ihren Kopf nach hinten und presste sich gegen sie. „Vorsicht“, flüsterte er, und seine Lippen waren Aris so nahe, dass er sie beinahe küsste. „Ich sagte doch, dass ich mich schnell langweile, und dann spiele ich gern meine Spielchen mit den Leuten. Versuch also besser nicht, mich wütend zu machen.“ Er ließ sie los und strich ihr noch einmal über die Wange. „Andernfalls könnte ich auf den Gedanken kommen, dass du und dein Ginnaye hübsche Spielfiguren sind.“

Er wandte sich um, ging hinaus und knallte die Tür zu. Zitternd sank Ari aufs Bett und kam sich vor, als wäre sie eben fast von einer Raubkatze gefressen worden.

21. KAPITEL

DIE BITTERE WAHRHEIT VERGISST MAN NICHT LEICHT

Unter dem Winterhimmel von Mount Qaf standen sich im Land Zubair zwei Dschinnkönige gegenüber. So ist es doch nicht immer gewesen, dachte Red leicht melancholisch, als er auf das kalte Profil seines Bruders schaute. Bevor Lilif sie alle gegeneinander aufgehetzt hatte, war White einer seiner engsten Vertrauten gewesen. Glass und White waren allerdings nie miteinander klargekommen, und bei ihren zahlreichen Auseinandersetzungen hatte Red immer wieder zwischen den Stühlen gesessen. Und genau das hatte Lilif am Ende ausgenutzt. Sie hatte White eingeflüstert, Red würde ja doch immer auf Glass' Seite stehen.

„Wo bist du gewesen?", fragte Red ruhig und starrte auf das Dorf, das sich den Berg hinunter in den Nebel hinein erstreckte. White war gerade erst nach Zubair zurückgekehrt, allerdings ohne Jai. Das hatte Red aber schon vorher gewusst.

„Unterwegs. Und ich werde dir den Ginnaye nicht geben, Bruder, vergiss es also gleich. Du hast Vater dabei geholfen, Ari in die Enge zu treiben, indem du diesen Jungen erst zum Zauberer gemacht und ihn dann auf die Spur der Labartu gesetzt hast ..."

„Und du hast Vater in die Hände gespielt, indem du Jai gekidnappt hast. Genau das hatte er nämlich auch vor. Nur bist du ihm zuvorgekommen."

„Vater hat den Ginnaye vielleicht mit einem Schutzzauber belegt, was jedoch noch lange nicht bedeutet, dass ich ihn laufen lassen muss. Er bleibt, wo er ist. Deshalb kannst du jetzt auch gleich wieder gehen."

Red ahnte Böses. Aris Träume und alles, was Kadeen ihm verraten hatte, ergaben langsam ein Bild. Red ahnte, worauf White es wirklich anlegte. Und dass Azazil entschieden hatte, Sala das Siegel von Asmodeus stehlen zu lassen … dahinter steckte auch mehr. Vielleicht schätzte er Azazils Gründe dafür sogar wirklich richtig ein. Einen Moment lang überlegte er, ob er White das nicht alles ins Gesicht schleudern sollte, um seine Arroganz zum Einsturz zu bringen. Vielleicht begriff er dann endlich, wie überlegen Azazil ihnen allen war. Doch stattdessen entschied er sich für eine andere Taktik. „Das Siegel verändert Ari. Jeden Tag gewinnt es mehr Kontrolle über sie. Kann sein, dass sie irgendwann nicht mehr tun kann, was du wünschst – weil sie nicht länger Ari ist."

„Wie ist das möglich?" White schüttelte ungläubig den Kopf. „Nein, du belügst mich schon wieder."

„Bruder, ich habe dich noch nie belogen! Mutter hat wirklich versucht, Glass zu ermorden, ja, sie wollte uns alle umbringen! Weil sie es bei Glass nicht geschafft hat, ist ihr Plan aufgeflogen. Deshalb hat sie als Nächstes gleich versucht, Asmodeus zu töten. Und wenn Vater ihn nicht beschützt hätte, wäre das sein Ende gewesen."

„Falsch! Asmodeus versuchte, unsere Mutter umzubringen. Wann ist er denn je nicht Vaters kleines Hündchen gewesen, das aufs Wort gehorcht? Er hat jeden Befehl des Sultans ausgeführt, selbst wenn das bedeutete, die eigene, ehemals geliebte Schwester zu ermorden."

Wie oft sollten sie diese Diskussion noch führen? Red drehte sich um und schaute seinem Bruder nun direkt in die Augen. „Ich habe mich immer gefragt, warum Mutter diese Welt aufgegeben hat. Inzwischen habe ich es wohl herausgefunden. Sie wollte jene, die sie liebte, nicht mehr wegen gewöhnlicher Menschen sterben sehen. *Das Später* hielt sie für einen Ort des Friedens für die Dschinn. Es war ihr nur leider egal, wie viele Dschinn auf dem Weg dorthin mit ihrer Existenz bezahlen müssten. Ihre Seele war einfach nicht für die Ewigkeit gemacht, White. Zu viele Jahrhunderte, zu viele Schmerzen … das hat sie krank gemacht und verändert. Ich glaube, dass es unserem Bruder Lucky ganz ähnlich geht. Nur ist er stark genug, sich in seinem Land zu verstecken, weit weg von all den Intrigen und Machtkämpfen. Lilif … hätte uns alle vernichtet, um die Balance zu zerstören."

Einen Moment herrschte Schweigen zwischen ihnen, zu hören waren nur die Dschinn, die sich weit unterhalb des Balkons unterhielten. Schließlich schaute White seinen Bruder mit undurchdringlicher Miene an, doch seine Stimme verriet, wie aufgewühlt er war. „Du kanntest sie nicht so wie ich", sagte er traurig. „Seit meiner Kindheit hat sie mich vor unserem Vater und seiner Janusköpfigkeit gewarnt. Ihr war klar, dass er eines Tages der Grund für die Apokalypse sein würde. Also hat sie mich zu einem Soldaten erzogen, einem Beschützer für uns alle."

„Die Welt ist noch immer da, Bruder, und seit Mutters Tod sind Jahrhunderte vergangen. Jahrhunderte."

White versuchte, seinen Bruder mit einer Geste zum Schweigen bringen. „Bitte, es ist die ewig gleiche Diskussion. Nicht schon wieder. Geh jetzt einfach."

Frustriert knurrte Red und marschierte zur Balkontür. Doch irgendein Teufel ritt ihn, und er drehte sich noch einmal um. „Ich habe eine Weile gebraucht, bis ich alle Puzzleteile zusammengesetzt hatte."

White warf ihm über die Schulter hinweg einen zögerlichen Blick zu. „Welche Puzzleteile?"

„Die Puzzleteile zu deinem Plan. Ich weiß jetzt, was du wirklich vorhast. Ich dachte, du wolltest mit der Macht des

Siegels unseren Vater in die Knie zwingen, um dann seinen Thron zu usurpieren. Inzwischen habe ich aber begriffen, wie blöd das von mir war. Du glaubst geradezu fanatisch an die Balance und würdest nie riskieren, sie durch so einen Schritt in echte Gefahr zu bringen. Nein. Hier geht es um Lilif. Du glaubst, dass sie noch lebt und Vater sie nur irgendwo versteckt hat. Ari soll ihm befehlen, dir Lilifs Aufenthaltsort zu verraten."

Whites Augen funkelten vor Hass, doch dieser Hass war nicht auf Red gerichtet, sondern auf ihren Vater. „Er hat ihre Essenz nicht zerstört, Red. Das war eine Lüge. Mit Aris Hilfe kann ich ihren Körper wiederfinden, und dann wird unsere Mutter zu uns zurückkehren. Mit ihr zusammen kontrollieren wir Vater und korrigieren die Abweichungen der Balance. Wir bringen das Goldene Zeitalter wieder zurück. Keiner der Brüder mischt sich mehr an den Tagen des anderen in die Schicksale ein. Ich habe wieder meine Donnerstage und du deine Dienstage."

Oh, diese Arroganz, diese blinde Arroganz! Red schaute seinen Bruder fast mitleidig an. „Diese Balance gibt es nicht mehr. Lilif hat versucht, uns unsere Essenz zu rauben und das Gleichgewicht zu vernichten. Als der Plan fehlschlug, erinnerte sie sich an etwas, das Azazil einmal gesagt hat: dass sie und Asmodeus die beiden Teile des gesamten Ganzen wären. Also beschloss sie, seine Essenz zu stehlen und sich damit zu einem so mächtigen Wesen wie Azazil zu machen. Du hast ihre Arroganz geerbt, White. Und du bist ein Narr, denn nur ein Narr kann glauben, Sala wäre es gelungen, Asmodeus zu verführen. Er hat sie das Siegel stehlen lassen, weil Vater es ihm befohlen hatte."

White flog herum und ballte die Fäuste. „Du lügst!", donnerte er.

„Nein. Er wollte, dass du es bekommst. Und nun frage ich mich nur … *warum*? Warum, White?“ Red glaubte, dass er sich auch das bereits zusammengereimt hatte. Ganz so viele Informationen wollte er jedoch nicht an White weitergeben. Im Moment sollte sein Bruder nur begreifen, dass er mit dieser Situation überfordert war, dass er nie eine Chance hatte und auch nie eine haben würde.

Der aber wiederholte nur: „Du lügst!“ Dann drehte er sich um und starrte blicklos auf die Berge. „Geh jetzt endlich. Und richte deiner kostbaren Nichte aus, dass ich ihr den Ginnaye nur gebe, wenn sie dafür meine Bedingungen erfüllt.“

22. *KAPITEL*

GEBORGTER BERNSTEIN

Wut. Sie brodelte unter der Oberfläche. Warten, warten. Was hatte das mit einem Vulkan zu tun – brodelnde Wut? Oder war das eher eine Küchenmetapher? Während sie sich von Asmodeus tiefer und tiefer in die Kaverne führen ließ, wusste sie irgendwann die Antwort auf diese Fragen. Auch verdrängter Zorn gärte weiter und wartete nur darauf, dass er bei nächster Gelegenheit wieder an die Oberfläche kam. Danach konnte nichts mehr den Strom heißer Lava aufhalten, den der Vulkan ausspuckte.

Aris Wut – auf sich selbst, auf Azazil, auf diesen Marid vor ihr – brodelte jedenfalls jeden Tag stärker. Und ihr Zorn hatte das Siegel aufgeweckt. Ari kam es vor, als wäre sie von Kopf bis Fuß in seine Dunkelheit getaucht und würde bei jedem Schritt durch den flüssigen schwarzen Teer seiner Bosheit waten. Die Einflüsterungen des Siegels wurden immer lauter und wollten Ari dazu treiben, seine Macht zu nutzen. *Du kannst Azazil einfach befehlen, dich gehen zu lassen!*

Mein Gott, was war sie doch für eine Idiotin! Eine arme, hirnlose Idiotin! All die Versprechen, die sie sich selbst gegeben hatte – nie würde sie sich von den Dschinnkönigen und ihrem Vater manipulieren lassen, nie gegen die ausspielen lassen, die sie liebte. Aber ein Blick in Whites kalte Augen, als er Jai gekidnappt hatte, reichte, und sie verfiel in Panik. Und was war dabei herausgekommen? Jetzt ließ sie sich von Azazil benutzen.

Allein in ihrem Zimmer, quälte das Siegel sie mit seiner Paranoia und begann langsam, aber sicher, ihre eigenen Gedanken zu verändern. Doch wann immer sie in Asmodeus'

Nähe kam, erstarb das Gemurmel in ihrem Kopf, als könnte er das Siegel beruhigen. Um eine Weile Ruhe zu haben, hatte sie daher zugestimmt, mit Azazil und Asmodeus den seltsamen Palast und die umliegenden Ländereien zu besichtigen.

Zunächst waren sie hinunter zum Markt gegangen. Die Dschinnhändler und ihre Kunden wichen ängstlich vor Azazil zurück und senkten ehrerbietig die Köpfe, während er mit kühlem Gleichmut an ihnen vorbeiging. Er richtete kaum je das Wort an Ari, und falls doch, dann nur mit äußerst knappen Bemerkungen. Das weckte Aris Misstrauen, und sie fragte sich, welchen geheimen Grund er wohl hatte, sie überhaupt mitzunehmen. Doch mehr Angst als vor Azazil hatte sie noch immer vor dem Siegel. Sie spürte, dass sie sich langsam an seine Dunkelheit verlor.

In den schlimmsten Stunden der letzten Tage hatte sie sich schon gefragt, ob es überhaupt klug wäre, Mount Qaf noch einmal zu verlassen. Sie durfte Jai, Charlie und all die anderen, die sie liebte, nicht weiter in Gefahr bringen. Und inzwischen war sie eine Gefahr.

Ari blinzelte ein paar Tränen fort, holte tief Luft und unterdrückte die drohende Panikattacke. Um Asmodeus zu ärgern, verkündete sie, dass sic sich langweilte, und zwar im selben Ton, in dem er das ständig sagte. Das brachte ihr cin Lächeln von ihm ein, und er lächelte nicht oft. Und dann beschloss er, ihr die Minen zu zeigen, damit sie etwas Abwechslung hatte.

Die Bergarbeiter, selbstverständlich auch alles Dschinn, sahen ganz anders aus als ihre menschlichen Kollegen. Sie trugen bunte Hemden und Pluderhosen und unterbrachen ihre Arbeit, als Ari und Asmodeus am Eingang auftauchten. Bis dorthin hatten sie eine gute Stunde gebraucht. Über Bergpfade ging es hinunter, durch Nebelbänke hindurch und vorbei an Häusern, die Ari noch nie gesehen hatte. Je weiter sie ins Tal hinabkamen, desto kleiner wurden die Hütten. Über den Rand der in den Fels gehauenen Pfade zu schauen traute sie sich nicht, fragte sich aber doch, wie tief es dort wohl runterging. Als sie durch die Pforte schritten, erklärte Asmodeus ihr, dass die Minen jedes Jahr umzogen Dann ließ er sie kurz warten und unterhielt sich leise mit einem der Arbeiter, der ein Fass voller glitzernder Smaragde trug. Fasziniert starrte Ari die wunderbaren Steine an, bis ein Hüsteln sie zurück in die Realität holte. Sie schaute hoch und stellte fest, dass Asmodeus sie angrinste.

„Komm gar nicht erst auf die Idee, ein paar davon einzustecken." Er zeigte auf eine große Dschinniya. Sie war muskulös, ganz in Schwarz gekleidet und erinnerte Ari entfernt an japanische Ninja. Sie schaute sich um. Unter den farbenfroh gekleideten Arbeitern entdeckte sie jetzt noch mehr dieser schwarzen Gestalten.

„Wachen", sagte Asmodeus und nahm sanft ihren Arm. Die Arbeiter, die sie passierten, huschten schnell vorbei und verneigten sich dabei vor ihm. „Sie sorgen dafür, dass niemand die Smaragde stiehlt. Es sind Dschinn, deren Aufgabe es ist, Schätze zu bewachen."

„Schätze …" Ari musste sofort an Teruze denken, den Dschinn, der Luca Bitars Schätze bewachte. Und das erinnerte sie natürlich an Jai. Sie vermisste ihn so sehr. Die Sehnsucht war so stark, dass sie sich wie ein bohrender Schmerz in ihrer Brust anfühlte. Wie gern hätte sie den Kopf auf seine Schulter gelegt und den Duft seines exotischen Aftershaves eingeatmet, seine Arme um ihre Taille gespürt, seine Lippen auf ihren. Verfluchtes, teuflisches Siegel! Seinetwegen würde sie Jai vielleicht nie mehr wiedersehen.

Asmodeus warf ihr einen Blick zu, als wüsste er, was in ihr vorging, doch er sagte nichts dazu. Ari folgte ihm, und die starken Emotionen von eben verschwanden. Jetzt fühlte sie sich nur noch abgestumpft und spürte gar nichts mehr. Dunkelheit umfing sie, als Asmodeus ihr voran in eine Höhle ging. Mit einer Handbewegung zauberte er Licht. Jetzt war es also so weit. Sie befand sich allein mit Asmodeus in einer Höhle. Ihr nächster verhängnisvoller Fehler.

„Jedes Mal, wenn ein Smaragd aus dem Felsen geschlagen wird“, sagte er und strich über eine der Wände, „erscheint ein anderer an derselben Stelle.“ Er schaute Ari an und bedachte sie mit einem so entwaffnend jungenhaften Lächeln, dass sie gleich misstrauisch wurde. „Es ist eines der Mysterien dieser Welt.“

Warum war er mit ihr hergekommen? Red hatte ihr versichert, dass Asmodeus ihr nichts tun konnte. Andererseits hatte Red sie auch oft genug belogen. Es musste also nicht stimmen.

„Eigentlich ist das unmöglich.“ Asmodeus schüttelte den Kopf und musterte sie dann.

„Was denn? Die nachwachsenden Smaragde?“

Er kniff die Augen zusammen und starrte Ari plötzlich mit einer Intensität an, dass ihr ein Schauder der Angst über den Rücken lief. „Ich habe da eine Theorie, die ich gern testen würde.“

Das klang ja gar nicht gut, nein, absolut nicht. „Eine Theorie?“, fragte sie. Am liebsten wäre sie vor ihm zurückgewichen, aber sie wollte dem Mistkerl nicht zeigen, dass er sie einschüchterte. „Was für eine Theorie?“

Er zuckte mit den Schultern, dann grinste er wieder. „Bevor du den Handel mit Azazil abgeschlossen hast, damit er für die Sicherheit von diesem Ginnaye garantiert, hat White deinen Bodyguard gefoltert.“

Ari taumelte zurück, als hätte sie ein Schuss getroffen. „Nein“, hauchte sie.

„Oh ja.“ Asmodeus kam langsam näher. „Er hat ihn gefesselt und dann zunächst mit den einfachen Sachen angefangen. Die neunschwänzige Katze hat ihm den Rücken zerschunden, bevor der sture Bock endlich einen Schmerzenslaut von sich gegeben hat …“

Nein. Ari schüttelte den Kopf, und die Höhle begann sich zu drehen. Nein.

„Und ich glaube, du bist gerade zum ersten Mal über den Markt spaziert, als White den Teer hervorgekramt hat. Das muss sehr wehgetan haben …“

„Hör auf“, flüsterte sie heiser und spürte, wie das Siegel versuchte, die Kontrolle zu übernehmen. „Du lügst …“

„Dann hat er ihm Nägel in die Füße getrieben. Und vergiss nicht, wie furchtbar Hunger sein kann …“

Lass mich heraus, Ari. Ich sorge dafür, dass er aufhört. Zusammen zwingen wir ihn dazu. Halt ihn auf! Halt IHN! AUF! HALT IHN AUF!

„… es war schon beeindruckend, wie White die Gestalt von Jais Vater angenommen und Jai dann mit einem Gürtel verprügelt hat. Er hat sich diese ganzen Kindheitstraumata zunutze gemacht, weißt du. Der Junge muss wirklich gelitten haben. Da fing er nämlich an zu schreien, ja, es gab sogar Tränen. Und du hast währenddessen als Ehrengast mitten im größten Luxus gesessen, ohne ihm zu helf…“

„Hör auf!“, schrie Ari so laut, dass die Höhlenwände zu vibrieren schienen. Und dann schien es plötzlich, als blickte sie durch fremde Augen und wäre unter den Gedanken und Gefühlen dieser Person begraben.

Asmodeus starrte sie mit weit aufgerissenen Augen an. „Ich wusste es.“

Die fremde Kreatur in ihr öffnete den Mund ihres gemeinsamen Körpers, und Ari konnte fühlen, wie sie triumphierte, als sie nun Asmodeus in die Knie zwingen wollte. Doch sie kam nicht mehr dazu, den Befehl auszusprechen. Wie ein schwarzer Blitz schoss Asmodeus auf sie zu, dann wurde es dunkel um sie.

Als Ari erwachte, lag sie auf einem sehr harten Boden. Ihr Kopf und ihre Schultern schmerzten. Stöhnend drehte sie sich auf die Seite und rollte sich zusammen. Es dauerte einen Moment, bis sie Azazils Gegenwart spürte. Seine Energie pulsierte durch die Höhle. Ari versuchte sich zu erinnern, was überhaupt passiert war, sah aber nur schemenhafte Bilder von Asmodeus und der Höhle in ihrem Kopf.

Jai!

Sie riss die Augen auf, und ihr fiel wieder ein, was Asmodeus alles gesagt hatte.

„Ganz ruhig", hörte sie Azazils Stimme. „Asmodeus hat dir Lügenmärchen über deinen Ginnaye erzählt. Mein Sohn hat ihm kein Haar gekrümmt, er hält ihn nur gefangen."

Hoffnung keimte in Ari auf. Sie drehte sich um und schaute Azazil an. Er saß auf einem gläsernen Sessel vor einem Kamin, in dem kein Feuer brannte. Ari schaute sich um – sie befanden sich im kleinen Salon, wie sie nun feststellte. Der Raum war nur spärlich möbliert, und in den hellen Felswänden glitzerten Smaragde. Dann bemerkte sie Asmodeus und bedachte ihn mit einem hasserfüllten Blick. Er kam aus seiner Ecke und stellte sich neben Azazil.

„Warum?", fragte sie ihn verbittert.

„Du hast die stärkste emotionale Reaktion auf Jai." Asmodeus klang wieder wie ein gelangweilter Schuljunge und zuckte mit den Schultern. „Ich musste die Kräfte des Siegels entfesseln, um etwas herauszufinden."

„Dann geht es Jai gut?“ Aris Herz klopfte bis zum Hals.

„Ja. Er wird noch gefangen gehalten, aber es ist ihm nichts passiert.“

Mühsam rappelte Ari sich auf und stellte sich hin. Noch immer regte sich das Siegel, und es fiel ihr nicht leicht, es zu beherrschen. Die Erfahrung in der Höhle war schrecklich gewesen, aber jetzt wusste sie wenigstens, was dieses Siegel wirklich war. Oder besser – wer es war. „Lilif“, flüsterte sie.

Asmodeus nickte spöttisch lächelnd.

„Ich verstehe das alles nicht“, erklärte Ari.

Azazil hob eine beringte Hand. „Als Lilif dem einzigen Wesen, das sie wirklich liebte, die Essenz rauben wollte, durfte ich nicht länger untätig bleiben. Das Problem aber war, mein liebes Siegel, dass Lilif genau wie ich, Asmodeus und meine Söhne Teil der Balance ist. Ich befürchtete, der Stoff, aus dem das Universum gewebt ist, könnte reißen, wenn ich sie töte. Also entnahm ich Lilifs Körper ihre Essenz und versteckte beide an einem Ort, wo sie niemals jemand finden würde. Der einzige meiner Söhne, der begriff, dass ihre Essenz noch existierte, war White. Ich bin dankbar für das Misstrauen zwischen ihm und seinen Brüdern. Deshalb hat er mit keinem von ihnen seine Vermutungen geteilt. Jahrhunderte zogen ins Land, und ich langweilte mich wohl ein wenig, vermute ich.“

Er zuckte mit den Schultern. „Und dann tauchte König Salomon auf. Natürlich wusste ich, dass es ihm vorbestimmt war, einen wichtigen Platz in der Religionsgeschichte einzunehmen. Etwas an ihm erinnerte mich an Lilif, als sie noch jung war. Sie war immer so hungrig gewesen, hungrig nach Macht und Einfluss. Manchmal besuchte ich den Ort, an dem ich ihre Essenz versteckt hatte, nur um sie in meiner Nähe zu spüren. Da kam mir eines Tages ein Gedanke. Ein Dschinn kann einem anderen die Essenz rauben und sie dann in einen anderen Körper pflanzen. Das wollte ich damals jedoch nicht. Es wäre gefährlich gewesen, weil sie eine ungeheure Macht hatte. Dennoch empfand ich es als Verschwendung, ihre Essenz nicht zu nutzen. Und so verband ich sie mit dem Siegel. Der Ring wurde durch meine höchsteigene Energie geschmiedet, und es war auch meine Energie, die ihre Essenz darin einsperrte. Nichts anderes auf der Welt hätte das vermocht. Jedenfalls spaltete ich ihre Essenz in Hell und Dunkel auf, damit Salomon die guten Dschinn mit dem Messingteil des Rings beherrschen konnte und die bösen mit dem Teil aus Eisen. Das war so schön und poetisch, Ari. Die Macht meiner Lilif war zurück in der Welt, aber von mir kontrolliert, so, wie ich es immer gewollt hatte. Die beiden unterschiedlichen Metalle des Rings dienen nur zu meinem eigenen Amüsement. Ich habe mich schon immer für das Konzept von Gut und Böse interessiert.

Leider versagte Salomon ebenso wie vor ihm Lilif. Er schaffte es nicht, meine Vision dieses Rings Realität werden zu lassen. Er hat ihn missbraucht.“ Seine Miene versteinerte. „Also schickte ich Salomon zum Sterben in die Wüste und ließ Asmodeus seinen Platz einnehmen. Er erfüllte Salomons Schicksal. Danach fragte ich Asmodeus, ob ich Lilifs Essenz wieder verstecken sollte oder ob er auf Dauer zum Hüter des Rings werden wollte.“

„Du weißt ja bereits, wie ich mich entschieden habe“, unterbrach Asmodeus ihn leise.

„Aber warum?“, fragte Ari entsetzt. „Und weiß mein Vater, was genau er mir mitgegeben hat?“

„Nein“, antwortete Asmodeus. „Ihm ist nicht klar, dass das, wonach er sucht, tatsächlich das Siegel selbst ist. Er hält es nur für ein Mittel zum Zweck. Und was deine andere Frage angeht … Meine Gründe gehen dich nichts an."

„Niemand weiß, dass Lilifs Essenz im Siegel steckte. Allerdings vermute ich, dass mein schlauer Sohn Red es inzwischen herausgefunden hat. Er ist darauf gekommen, nachdem er von deinen Träumen erfahren und anschließend einem alten Freund von mir einen Besuch abgestattet hat." Azazil sah Ari an, dann erzählte er weiter. „Whites Idee, ein Kind zu zeugen, das die Macht des Siegels in sich trägt, hat mich fasziniert, als ich davon erfuhr, das gebe ich zu. Er dachte, er würde sich nur ein Werkzeug beschaffen, um Lilifs Essenz und ihren Körper wiederzufinden. Ich hingegen wollte wissen, ob es möglich ist, Lilifs Essenz in einer aktiven Form der Balance zurückzugeben, ohne den Wahnsinn, der sie befallen hatte. Es war ein Experiment. Daher wies ich Asmodeus an, sich von deiner Mutter verführen und sie dann das Siegel stehlen zu lassen."

„Oh Gott." Ari fühlte sich, als hätte ihr jemand einen Tritt in die Magengrube verpasst. „*Ihr* habt dahintergesteckt. Von Anfang an!"

„Ich wollte dich für mich haben. Wollte sehen, ob ich nicht doch noch eine Sultanin bekommen würde, wie sie sein muss. Sie sollte Helles und Dunkles in sich vereinen. Zugegeben, in Lilif war die Dunkelheit immer etwas stärker, während in Asmodeus das Licht überwog. Dennoch gab es zwischen beiden immer nahezu ein Gleichgewicht. Zumindest so lange, bis Lilif sich der Dunkelheit vollkommen verschrieb und von ihr zerstört wurde." Er senkte den Kopf. „Asmodeus jedoch argwöhnte schnell, dass das Siegel versucht, dich zu dominieren. Wenn du wütend warst, wurden deine Augen schwarz wie die von Lilif. Ja, dein ganzes Wesen erinnerte ihn an sie. Also beschloss er, das Siegel in dir zu wecken und zu überprüfen, ob er mit seiner Vermutung recht hatte."

„Welche Vermutung?“

„Lilifs Essenz hat sich vom Siegel gelöst und kämpft darum, dich zu kontrollieren.“

„Wie ist denn das überhaupt möglich?“, flüsterte Ari. „Ich dachte, die Essenz wäre nur so etwas wie die magischen Kräfte.“

„Lilif ist aber kein gewöhnlicher Dschinn, Ari. Sie ist beinahe so alt wie ich. Inzwischen habe ich begriffen, dass kein Dschinn dieser Welt in der Lage wäre, ihre Essenz in sich aufzunehmen.“

„Und was bin ich nun? Ein fehlgeschlagenes Experiment?“

Er zuckte mit den Schultern. „Besser hätte ich es auch nicht formulieren können. Jetzt sollten wir die Essenz allerdings wieder aus dir herauslösen, bevor Lilif noch mehr Unheil anrichtet.“

Herauslösen? Das hieß … das hieß … die beiden würden sie töten. Oder nicht? Oh Gott, wie sie diese zwei Kerle verabscheute. Ari wollte Azazil zerstören, den Mistkerl in die Knie zwingen … und Lilif war nur allzu gern bereit, sie dabei zu unterstützen …

Als hätte Asmodeus die Bedrohung gespürt, vollführte er eine Handbewegung, und gleich danach spürte Ari, wie seine Magie sich manifestierte. Sie wich aus und hob die Hand. „Aufhören!“, befahl sie und sowohl Asmodeus’ als auch Azazils Miene verfinsterte sich.

Zu ihrer Überraschung kam Asmodeus trotz ihres Befehls einen Schritt auf sie zu. Die Macht des Siegels schien bei ihm zu versagen. „Stehen bleiben, Asmodeus!“, befahl sie verzweifelt.

Er ging weiter.

„Halt!“, befahl Azazil leise, und Asmodeus schaute seinen Herrn verwirrt an. „Das Siegel ist bei dir wirkungslos, wusstest du das nicht?“

Asmodeus schüttelte den Kopf. „Nein, Majestät, das wusste ich nicht."

Lächelnd stand Azazil nun auf. Ari konnte seine Selbstzufriedenheit nicht ertragen. „Gut, das ändert die Sache. Nicht für dich." Er bedachte Ari mit einem gleichgültigen Blick. „Aber für dich, Asmodeus. Ich wollte das Siegel eigentlich zerstören und Lilifs Essenz wieder verstecken. Aber … Das Siegel ist inzwischen eine Legende. Es befeuert die Fantasie der Leute. Mein Sohn hat um seinetwillen einen nahezu genialen Plan entwickelt, unter dem wir dann bedauerlicherweise alle leiden mussten. Doch hier haben wir meinen teuren Asmodeus. Der perfekte Bewahrer und Beschützer. Warum also übergebe ich es nicht dir zu treuen Händen? Das erscheint mir nur angemessen, schließlich ist es die Essenz deiner Schwester. Bei dir war das Siegel sicher – und das über Jahrhunderte. Offenbar gab es dafür einen guten Grund. Wie hättest du es denn gern, mein Freund? Ari als kleine Dienerin? Oder würdest du das Siegel lieber wieder als Ring um deinen Hals tragen?"

Asmodeus musterte Ari einmal nachdenklich von oben bis unten. Doch dann schüttelte er den Kopf. „Ich hätte lieber wieder den Ring zurück. Dieses Mädchen ist mir zu gefährlich."

Azazil nickte. Er schien Asmodeus' kryptische Bemerkung zu verstehen. „Keine Sorge, Ari", sagte der Sultan. „Die Essenz wieder aus dir zu entfernen könnte deinen Tod bedeuten. Vielleicht überlebst du es aber auch. Das kann man nicht vorhersagen. Man könnte also sagen, wenn man denn wollte, dass dein Schicksal im Moment noch unklar ist."

Ari trat einen Schritt zurück. Die Gedanken rasten durch ihren Kopf. Okay. Sie konnte nicht weiter mit Lilif in einem Körper leben. Das war ihr auch klar. Aber natürlich wollte sie nicht sterben. Ari atmete tief ein und aus und versuchte, sich zu beruhigen. Wenn sie sich opferte, würde Lilif wieder in den Ring gesperrt werden. Das war die Sache doch sicher wert? Und immerhin bestand ja wohl die Möglichkeit, dass sie es heil überstand. Danach konnte sie dann ein glückliches Leben führen.

Ari holte Luft und schaute den Sultan an. „Wenn ich sterbe, wirst du Jai retten und ihn unversehrt zu seinem Clan zurückschicken."

„Abgemacht." Er nickte.

Ari kniff die Augen zusammen. „Und ..."

„Und?" Azazil zog die Augenbrauen hoch.

„Wenn ich freiwillig mitmache und überleben sollte, gewährst du mir einen Wunsch."

„Ich dachte, das eben wäre schon dein Wunsch gewesen."

„Nein, das werte ich lediglich als Geste deines guten Willens."

Er lächelte. „Falls es dir um den Zauberer geht – wenn er die Labartu tötet, kann ich ihn nicht retten. Darauf habe ich keinen Einfluss."

Verdammt. Ari schluckte die Tränen hinunter. „Schön. Ich verlange trotzdem einen Gefallen, falls ich überlebe. Und du musst einen Eid leisten, dass du alles tust, was ich von dir verlange."

Asmodeus sah sie an, als hätte er jetzt fast so etwas wie Respekt vor ihr. Und Azazil schien sich endlich einmal gut zu amüsieren. „Ich schwöre es dir. Solltest du überleben, gewähre ich dir einen Wunsch – sofern dies in meiner Macht steht."

„Abgemacht."

Asmodeus stand plötzlich wie aus dem Nichts vor ihr. Seine glühende Hand bohrte sich in ihren Brustkorb, bevor Ari auch nur blinzeln konnte. Sie schauten einander in die Augen. Es

tut mir leid, glaubte Ari seine Stimme zu hören. Oder hatte sie sich das nur eingebildet? Er zog die Faust wieder zurück und öffnete die Hand – die leuchtende bernsteinfarbene Kugel darauf war das Letzte, was Ari sah, bevor sie das Bewusstsein verlor.

23. KAPITEL

NIMM MEINEN SCHILD, WENN DU IN DIE SCHLACHT ZIEHST

Zwei Jahre lang hatte die Labartu Akasha die USA nicht verlassen. Ursprünglich hatte Aris starke magische Aura sie angezogen, als sie zufällig auf der Spur eines ihrer Opfer in der Gegend war. Daraufhin war Akasha nach Sandford Ridge gekommen. Doch nachdem sie Mikey getötet hatte, hungerte sie nach neuen Opfern und einem Ortswechsel. Daher war sie recht schnell weitergezogen.

Wie der Glass King zu berichten wusste, hatte sie so ein paar Jahre lang einen Staat nach dem anderen abgegrast, war aber zwischendurch für drei Monate vom Radar verschwunden. Er vermutete, dass sie sich in Mount Qaf aufgehalten hatte. Danach war es für die Gilde, die hinter ihr her war, gar nicht so leicht gewesen, ihre Spur wieder aufzunehmen.

Akashas Blutdurst und Bosheit hatten Charlie hierhergebracht – in dieses Motelzimmer in Alief, Southwest Houston. Das Motel stand direkt am Freeway, und der Autolärm war das Einzige, was Charlie aus seiner Verzweiflung riss. Er hatte Fallon angelogen. Sie wollte unbedingt mitkommen, und da hatte er behauptet, er würde bei den Roes bleiben, solange es keine Neuigkeiten von Ari gab. Bevor Red ihm den Smaragd gegeben hatte, wäre das auch noch so gewesen. Nie wäre er einfach verschwunden, bevor er wusste, dass es ihr gut ging. Ja, er hätte früher vielleicht sogar versucht, sie mit einem Selbstmordkommando zu befreien.

Die Zeiten waren vorbei.

Heute konnte er an nichts anderes mehr denken als an seine Rache und die ungeheure Macht, die der Smaragd ihm verlieh.

Er wollte ihn unbedingt wieder einsetzen, und zwar so schnell es ging. Also hatte er Glass gebeten, ihn zum Aufenthaltsort der Labartu zu bringen. Mit dem *Peripatos* waren sie schließlich in einem kleinen dunklen Raum an der Route 59 in Houston gelandet. Dann war der Red King aufgetaucht und wollte alles kaputt machen.

Finster hatte er zu Glass gesagt: „Wir haben alles getan, worum Vater uns gebeten hat. Das reicht jetzt. Wir sind hier fertig."

„Aber ... wie soll das denn gehen?", hatte Charlie panisch gefragt. „Wir sind in Houston! In Houston! Wie zum Teufel soll ich Akasha denn ohne Hilfe in dieser riesigen Stadt finden?"

Genau das versuchte Red zu verhindern, begriff Charlie plötzlich. Bitter enttäuscht schaute er in Reds ausdruckloses Gesicht. Der Dschinnkönig wollte nicht, dass er Akasha fand. Bevor Charlie noch ein Wort sagen konnte, züngelten die Flammen des *Peripatos* empor, und die beiden Brüder waren verschwunden. Für diese Typen würde er immer nur der kleine Menschenjunge bleiben, dem sie ein paar magische Fähigkeiten verliehen hatten. Mehr nicht. Was ihm blieb, waren der Smaragd und alles, was er von Glass gelernt hatte. Das musste reichen.

Charlie hatte die Kreditkarte gezückt, das Motelzimmer bezahlt und auf alle möglichen Konsequenzen gepfiffen. Danach zauberte er sich ein Essen her, das ihm nicht gehörte, und machte sich auf die Suche. Den ganzen Tag lief er die Straßen auf und ab und hoffte auf einen glücklichen Zufall. Wenn er der Labartu nur nah genug kam, würde er sie fühlen. Wenn ...

Die schlimmsten Gegenden der Stadt hatte er gemieden. Auf keinen Fall wollte er einen Menschen töten müssen, der ihn mit gezückter Waffe um sein Portemonnaie zu erleichtern versuchte. Das fehlte gerade noch.

Die Suche war ihm völlig sinnlos vorgekommen.

Nichts.

Immer noch nichts.

Aber er durfte nicht aufgeben.

Er musste hierbleiben.

Ein ungeduldiges Klopfen an der Tür riss Charlie aus seiner Melancholie. Mit pochendem Herzen tastete er nach dem Smaragd in seiner Tasche, ging langsam zur Tür und schaute durch den Spion. Gleich darauf riss er wütend die Tür auf. Fallon schaute ihn böse an.

„Wie hast du mich gefunden?“

Verächtlich schnaubend schob Fallon sich an ihm vorbei, warf ihre Taschen aufs Bett und wirbelte dann zu ihm herum. „Glass hat mir gesagt, wo du steckst. Er passt noch immer auf meine Gilde und Trey auf.“

Stur schob Charlie das Kinn vor und schüttelte den Kopf. „Ich gehe hier nicht weg, bevor ich sie gefunden habe.“

Fallon nickte und setzte sich aufs Bett. „Das ist mir klar. Deshalb hab ich Verpflegung und genug Talismane und Steine dabei, damit wir im Zweifelsfall Nachschub besorgen können. Und auch alles andere, was wir sonst noch so brauchen.“

Was? Charlie zog fragend die Augenbrauen hoch.

Sie schnaubte wieder. „Ich weiß, dass du mich nur beschützen wolltest und deshalb einfach heimlich abgehauen bist. Übrigens war ich ganz schön sauer deshalb. Aber begreif doch freundlicherweise, dass ich dich auch nur beschützen will. Und deshalb denke ich auch gar nicht daran, dich allein zu lassen. Wenn du dieses Miststück fertigmachst, bin ich dabei.“

Seine Gefühle drohten Charlie zu überwältigen, und er konnte nur noch nicken. Dann schloss er langsam die Zimmertür und den Rest der Welt damit aus. Für einen Moment wenigstens wollte er mit Fallon allein sein. Mit Fallon, die aus dem Nichts aufgetaucht war und ihm neue Hoffnung gab.

„Du hast versprochen, sie zu beschützen."

Red wirbelte überrascht herum. Sala stand in der Tür seines Schlafzimmers. Es war ihr ganz offensichtlich egal, ob sie irgendeiner der Diener sah oder nicht. Jetzt kam sie herein, und Red ließ die Tür mit einer wütenden Geste zuschlagen. Bevor er ihr noch Vorwürfe machen konnte, bemerkte er Salas Gesichtsausdruck. Sie war völlig verzweifelt und gab ihm die Schuld daran.

Aber er hatte doch wirklich alles getan, um Ari zu retten! Er hatte sich sogar über die Anweisungen seines Vaters hinweggesetzt, ihm Dinge vorenthalten, ihn ausspioniert ... und war dabei auf die Wahrheit gestoßen.

Seufzend zuckte er mit den Schultern. „Ich habe Charlie sich selbst überlassen bei der Suche nach der Labartu. Ich glaube kaum, dass er so eine Chance hat, Akasha rechtzeitig zu finden. Was Jai angeht ... es stimmt. Ich kann ihn nicht finden. Mein Bruder und der Sultan haben mir jedoch versichert, dass ihm kein Haar gekrümmt wurde, was auch so bleiben wird."

Sala funkelte ihn an, und Red zuckte unter ihrem Blick zusammen. „Und Ari? Du wolltest sie beschützen!"

Red nickte. „Das tue ich auch immer noch. Bei meinem Vater in Mount Qaf ist sie sicherer aufgehoben als sonst irgendwo. Das Siegel und seine Kräfte sind sehr wichtig für ihn. Azazil wird auf sie aufpassen."

„Warum kann ich dann fühlen, dass mit ihr etwas nicht stimmt?", zischte sie wütend. „Sie stirbt, Red. Sonst kann ich sie immer hier spüren." Sala schlug sich gegen die Brust. „Aber das Band, das uns verbindet, wird dünn und brüchig."

Das *durfte* nicht stimmen. Red schüttelte den Kopf. „Nein, es kann Ari gar nichts passiert sein. Das weiß ich genau."

„Eine Mutter täuscht sich da nicht, Red." Sala schüttelte den Kopf, und eine Träne lief ihr über die Wange.

Jetzt bekam Red es mit der Angst zu tun. Was konnte Ari denn nur zugestoßen sein? Steckte White dahinter? Oder doch Azazil? Asmodeus?

Fluchend gab er das Rätselraten auf und ging zu Sala. Liebevoll wischte er ihre Tränen fort und flüsterte: „Versteck dich wieder im *Mantellus*. Ich komme sofort zu dir, wenn ich weiß, was los ist."

„Was hast du vor?"

„Ich hole meinen Heiler und nehme ihn mit in den Palast meines Vaters."

24. KAPITEL

DIE NACHT IST IMMUN GEGEN DEN TAG, ABER SÜCHTIG NACH LICHT

Sie saßen einander in Michael Roes Trainingshalle gegenüber. Fallon war schon gegangen, und Jai hatte die Übungen endlich für beendet erklärt.

Doch statt wie sonst nun sofort nach oben zu verschwinden und vor dem Abendessen schnell noch zu duschen, genossen Ari und Jai diesen seltenen Moment allein. Jai setzte sich neben die Flügeltüren auf den Boden und lehnte sich gegen die Wand, die Arme locker auf den Knien. Ausnahmsweise wirkte er mal ganz entspannt. In den letzten Wochen hatte er Ari ganz schön gescheucht. Sie wusste natürlich, dass er das nur tat, damit sie in der Lage war, sich möglichst effektiv zu verteidigen. Wie nötig das war, darüber wollte Ari lieber nicht nachdenken. Das ertrug sie einfach nicht.

„Du liebst deinen Job als Ginnaye wirklich, oder?", fragte sie ihn.

„Es ist das Einzige, worin ich wirklich gut bin."

Ari bekam Gewissensbisse. „Und meinetwegen kannst du deinen Job jetzt nicht ausüben", murmelte sie mit gesenktem Kopf.

„Aber das tue ich doch, Ari."

„Du weißt schon, was ich meine."

Als er schwieg, sah Ari ihn an. Er runzelte die Stirn. „Das ist wirklich nur ein Job, Ari."

Sie lachte freudlos. „Das hättest du vor zwei Monaten niemals behauptet. Vor zwei Monaten war deine Aufgabe dein ganzes Leben."

Jai stand auf und setzte sich dann neben sie. Ari schlang ein

Bein um seinen Rücken. „Hör mal, Ari, ich habe meinen Job als Ginnaye so geliebt, weil ich nur durch ihn Anerkennung in meinem Clan bekommen konnte."

„Dann ist es wirklich in Ordnung für dich, hier bei der Gilde zu leben?"

Sanft strich er ihr über die Wange und vergaß dabei völlig, was er gerade noch hatte sagen wollen. Langsam ließ er die Hand über ihren Hals und hinunter zum Schlüsselbein gleiten. Aris Atem ging schneller, ihre Brust hob und senkte sich, während sie sich wünschte, er würde weitermachen. Sie schaute ihn erwartungsvoll an.

Doch er blinzelte, räusperte sich und kam offenbar wieder zu sich. Sein Blick löste sich von ihren Brüsten, und er sah ihr in die Augen.

„Und warum fragst du mich das alles?" Seine Stimme klang tiefer als zuvor. „Als du mich gefragt hast, ob ich mit zu den Roes komme, habe ich dir meine Antwort doch schon gegeben. Ich würde alles tun, um dich zu beschützen."

„Trotzdem kannst du ja dein altes Leben vermissen."

„Das stimmt", gab er zu. „Ich war gern Bodyguard. Und dann kamst du und hast das geändert."

Ari musste über den bedeutungsschwangeren Ausdruck in seinen Augen lächeln, obwohl sie Schmetterlinge im Bauch hatte. „Weißt du, was sich noch geändert hat?"

„Was denn?"

„Du bist nicht mehr so lakonisch."

Jai lachte. „Lakonisch, ja? Das trifft es wohl. Tja jedenfalls scheine ich langsam besser zu werden, was diesen ganzen Beziehungsmist angeht."

Jetzt lachte Ari laut los. „Solange du das als Mist bezeichnest, muss du aber noch eine Menge lernen."

Die beiden lächelten sich fröhlich an.

„Ich glaube, wir müssen los", sagte Jai nach einem Moment leise.

Nein, das fand Ari ganz und gar nicht. Sanft strich sie über den Dreitagebart auf seinen Wangen. „Du solltest dich mal wieder rasieren", flüsterte sie, hätte ihn aber am liebsten sofort geküsst, auch wenn seine Stoppeln ihr das Gesicht zerkratzten.

Jais Augen wurden jetzt ganz dunkel, ein Phänomen, das Ari inzwischen zu deuten wusste. Er begehrte sie ebenso sehr wie sie ihn. Sie brauchte seine Nähe. Langsam legte sie den Arm um seinen Nacken und schmiegte das Gesicht an seine Wange wie ein Kätzchen, das sich ankuschelte.

Jai atmete schneller, schlang ebenfalls den Arm um sie und massierte leicht ihren Rücken. Sie wandte den Kopf, nahm den würzigen Duft seines Aftershaves wahr und küsste dann zärtlich seine Wange, seinen Mundwinkel, sein Kinn. Jai hielt sie fester.

„Ich vermisse dich", flüsterte sie.

„Ari ..." Jai stöhnte auf, doch in diesem Moment wich sie zurück und schaute ihn verlangend an. „Was?", fragte er und streichelte ihren Rücken.

„Runter mit dem Shirt", befahl sie leise, mit rauchiger Stimme. Sie mochte, wie sich das anhörte.

„Was?"

„Ich will dich ansehen, Jai. Ich vermisse dich. Alles an dir."

„Ich soll mich hier ausziehen? Wo man uns jederzeit überraschen kann?"

„Wenn jemand reinkommt, wird er nur denken, wir würden trainieren. Ich habe schon oft gesehen, wie du mit freiem Oberkörper trainierst."

Jai machte keinen sonderlich überzeugten Eindruck, stand dann aber mit der Geschmeidigkeit einer Katze vom Boden auf. Ari bewunderte ihn und verzehrte sich gleichzeitig nach ihm. Sie fand die kraftvolle Eleganz jeder seiner Bewegungen unglaublich heiß. Jetzt starrte er auf sie herunter, und Ari konnte kaum noch atmen. In diesem Moment war er absolut auf sie konzentriert. Quälend langsam streifte er sein T-Shirt über den Kopf und legte ihr einen Mini-Striptease hin. Sie konnte sich gar nicht an ihm sattsehen. Es war so viele Wochen her, seit sie ihn halb nackt hatte bewundern können, und in der Zeit hat sie fast vergessen, wie muskulös er war. Jai hatte den Körper eines Kriegers. Unglaublich schön. Ari nahm seine Hand und stand auf.

„Und jetzt?“, fragte er rau.

„Ich will dich fühlen.“

Es leuchtete in seinen Augen auf; er schien sich allerdings plötzlich zu überlegen, ob das jetzt wirklich so eine gute Idee war. Schließlich nickte er. „Okay.“

Erregt ließ Ari die Finger über seine Bauchmuskeln gleiten, die unter ihrer Berührung zuckten. Jai zitterte, und Ari überwand endlich all ihre Unsicherheit wegen ihrer Unerfahrenheit. Offensichtlich änderte das nichts an ihrer Wirkung auf ihn. Mutiger geworden, zeichnete sie mit den Fingern die Umrisse seines Sixpacks nach. Seine bronzefarbene Haut fühlte sich an wie Seide. Seide, dic man über Stahl gespannt hatte. Das hatte sie einmal in einem von Rachels schmalzigen Liebesromanen gelesen, aber, oh Gott, hier war die Metapher Wirklichkeit geworden. Auf einmal fand sie es schwierig, ruhig zu atmen. Sie ließ die Finger weiter wandern, bis sie bei seinen Brustwarzen angelangt war. Jai sog scharf die Luft ein, und Ari schaute ihm in die Augen. Das flackernde Leuchten darin jagte ihr ein Prickeln über den Rücken. Sie hauchte ihm zarte Küsse auf den Hals und stellte zufrieden fest, dass er ebenfalls schwer atmete.

Vorwitzig glitt sie mit den Fingern tiefer, immer tiefer, bis sie seine Jeans erreichte. Während sie seinen Bauch darüber liebkoste, küsste sie eine seiner Brustwarzen und leckte darüber. Jai fluchte, nahm sie bei den Ellbogen und zog sie an sich. Doch bevor mehr passieren konnte, hörten sie Schritte auf der Treppe. Die beiden erstarrten kurz, dann schob Jai Ari von sich. Gleich darauf pulsierte seine Magie durch den Raum, und er hatte sein T-Shirt wieder an.

„Seid ihr bald fertig?", rief Caroline und steckte den Kopf durch die Tür. „Das Essen ist fertig."

Ari wurde rot, brachte aber ein Lächeln zustande. „Klar, wir kommen gleich."

„Sehr gut." Caroline lächelte ebenfalls und ging dann wieder.

Jai warf Ari einen undurchdringlichen Blick zu, den sie absolut nicht deuten konnte. „Bist du sauer?"

„Nein … ich … will dich. Jetzt."

Ari grinste. „Hm, klingt doch gut, oder?"

„Nein, Ari." Er musste lachen, ging an ihr vorbei und achtete darauf, sie auf gar keinen Fall zu berühren. „Falscher Ort, falsche Zeit."

Sie folgte ihm. „Tja, da bin ich anderer Meinung. Ich fand es nämlich ziemlich aufregend. Kann sein, dass Ort und Zeit dabei eine Rolle gespielt haben."

„Vielleicht. Aber wenn wir die Sache geheim halten wollen, fällt Striptease von jetzt an aus, okay?"

Ari zog einen Schmollmund. „Das höre ich aber gar nicht gern."

Lachend schüttelte er den Kopf.

„Ich liebe das", gab Ari zu.

Jai blieb auf dem Treppenabsatz stehen und runzelte fragend die Stirn. Weil sie langsam in Hörweite der anderen kamen, fragte er telepathisch: **Was denn?**

Dein Lachen. Du kannst dir gar nicht vorstellen, was ich dabei fühle.

Ari, bisher hat mich noch nie jemand …

Was?

Mich hat noch nie jemand so angesehen, wie du es tust. Ich kann gar nicht glauben, dass eine Frau wie du so auf mich reagiert.

Eine Frau wie ich?

Du bist alles für mich, gab er zu. **Das weißt du doch, ja?**

Dann sag mir, dass du mich liebst, dachte sie, nickte jedoch lediglich. **Und du bist alles für mich. Wenn ich dich ansehe, vergesse ich, dass ich in dem schlimmsten Mist meines Lebens stecke.**

Jai schnaubte und schüttelte den Kopf. **Und du behauptest, ich wäre unromantisch.**

Sie schnitten beide eine Grimasse, danach stellte sich Ari auf die Zehenspitzen und gab Jai einen schnellen Kuss. **Du musst dich wirklich rasieren.**

Statt zu antworten, küsste er sie auf die Stirn. **Musik in meinen Ohren.**

Ari glaubte, ihre Brust würde vor Schmerz explodieren, als sie Luft holte. Oh Gott, das fühlte sich an, als ob jemand auf sie geschossen hatte. Was war nur passiert? Wo war Jai? Wieso war es dunkel? Sie waren doch eben noch zusammen zum Abendessen gegangen … „Jai?“, murmelte sie und streckte eine Hand nach ihm aus.

„Nein, Ari, ich bin es.“

Die Stimme ihres Onkels brachte die Erinnerung an ihr Leben zurück, an alles, was geschehen war seit jenem Abend in der Turnhalle bei den Roes. An den Wald, wo Jai ihr seine

Liebe gestanden hatte, an die Highschool, an Jais Entführung, ihren Handel mit Azazil ...

Dann sah sie wieder Asmodeus vor sich, der die Faust aus ihrer Brust zog, und die Bernsteinkugel, die er mit seinen Fingern umschloss.

Ari schlug die Augen auf und rang nach Atem.

Der Red King und ein Mann mit silbrigem, kinnlangem Haar hatten sich über sie gebeugt. Es war der Heiler ihres Onkels. Er hatte sie schon zweimal gerettet. Nach der *Haqeeqah* und dann, nachdem Dalí ihr so viel Blut abgenommen hatte. „Red?", krächzte sie und merkte, dass ihre Kehle völlig ausgedörrt war. Sie wollte sich bewegen, doch die Schmerzen waren einfach zu schlimm. Erstaunt stellte sie fest, wie anders ihr Körper sich auf einmal anfühlte. Es kam ihr vor, als hätte bisher jemand einen Teil ihres Gewichts mit getragen, und dieser jemand war nicht mehr da.

Das Siegel.

Lilifs Essenz ...

Sie war fort.

„Ich lebe", brachte Ari mühsam heraus und wollte sich aufsetzen. Red half ihr dabei. Sie hatte auf einer Matratze mit Seidendecken und einem Berg von Kissen gelegen. Ah, sie befand sich in ihrem Zimmer in Azazils Palast.

Oh Gott, sie war noch immer im Palast!

„Ich habe überlebt?"

„Ja." Red lächelte, und Ari hätte schwören können, dass er erleichtert wirkte. „Du bist nur noch Ari, nicht mehr das Siegel. Nur ein Dschinn." Er runzelte auf einmal die Stirn. „Ja, nur ein Dschinn. Möglicherweise eine Ifrit wie deine Mutter, aber da bin ich mir noch nicht sicher. Und ich kann auch nicht beurteilen, wie viel Macht du von deinem Vater geerbt hast. Das müssen wir abwarten."

Ari bekam kaum mit, was ihr Onkel da sagte, dafür war der Schmerz in ihrer Brust zu stark. Sie stöhnte und befühlte vorsichtig ihre Wunde. Die Stelle war noch etwas empfindlich, aber als Ari nachsah, konnte sie keine Narbe erkennen. Es war lediglich ein Bluterguss übrig geblieben, wo Asmodeus' Hand in ihren Brustkorb eingedrungen war.

Wie ekelhaft und grauenvoll das gewesen war.

Nach diesem Erlebnis brauchte sie definitiv eine Therapie. Ari rieb über die Stelle und schaute dann wieder Red und seinen Begleiter an. Azazil hatte gesagt, dass nicht klar war, ob sie überleben würde … „Hast du mich gerettet?"

„Du brauchtest ein bisschen Hilfe. Ich glaube nicht, dass du am Ende gestorben wärst, aber das Trauma hatte zur Folge, dass sich dein Bewusstsein vom Körper abgespalten hat. Danach konnten sie sich erst mal nicht wieder verbinden, und es ist durchaus möglich, dass du ins Koma gefallen wärst, wenn Seine Hoheit nicht nach mir geschickt hätte."

Aris Blick wanderte zu ihrem Onkel. „Und schon wieder hast du mein Leben gerettet. Was soll ich nur von dir halten, Red?", fragte sie mit zitternder Stimme.

„Jedenfalls sollte klar sein, dass ich dir nicht nach dem Leben trachte", gab er amüsiert zurück.

„Und Azazil hat dir gestattet, mich behandeln zu lassen?"

„Ihm war es wohl egal, was jetzt aus dir wird. Er hat dich deinem Schicksal überlassen …"

„Darf ich dann jetzt gehen?"

„Du hast meinem Vater ein Versprechen gegeben, Ari, und wir müssen erst herausfinden, ob er dich davon entbindet. Lass mich mit ihm sprechen, während Kit dich untersucht und dir etwas zu essen gibt. Du wirst all deine Kraft brauchen, falls mein Vater dich gehen lässt."

Der wird mich schon laufen lassen, dachte Ari böse, sie

hatte ihn ja schwören lassen, dass er ihr einen Wunsch erfüllen würde, falls sie überlebte. Aber erst sollte Red mit ihm reden. Man musste einen Joker ja nicht umsonst einsetzen. „Okay."

Nachdem ihr Onkel gegangen war, wandte sie sich an den Heiler. „Kit, richtig? Ein sehr ungewöhnlicher Name … jedenfalls für Mount Qaf."

Er lächelte und sah dabei nicht älter aus als Ari selbst. „Meine Mutter ist ein großer Fan von Christopher Marlowe, aber sein Vorname war ihr zu vulgär. Also habe ich stattdessen seinen Spitznamen bekommen."

Ari lächelte. „Ich kann dir nur danken. Und das nicht zum ersten Mal."

„Keine Ursache."

„Dann kommst du wohl aus England?"

„Hört man das an meiner Aussprache?"

„Ein bisschen." Ari nickte.

„Ja, ich bin aus England und stamme aus einer Dschinnfamilie, die besondere Talente in der Heilkunst besitzt. Als meine Mutter begriff, über welche Fähigkeiten ich auf diesem Gebiet verfüge, sprach sie beim Red King vor, in dessen Diensten ich seither stehe."

„Deine Mutter hat dich absichtlich in diese Schlangengrube geschubst?"

Das war offenbar eine unpassende Bemerkung. Kit wirkte auf einmal verschlossen. „Es ist eine große Ehre, von einem Dschinnkönig zu seinem persönlichen Heiler ernannt zu werden. Zuvor hatte seit Jahrhunderten niemand von uns mehr an einem königlichen Hof gearbeitet."

Ari stöhnte nur, und es war ihr egal, ob Kit beleidigt war. „Ich kann euch alle einfach nicht begreifen."

Der Heiler beschloss, das zu ignorieren. „Genug von mir. Ich muss dich untersuchen, Ari. Steh bitte auf."

Er wies sie an, Arme und Beine zu bewegen, um zu sehen, ob sie vielleicht versteckte Verletzungen davongetragen hatte. Aber abgesehen von ihrer bleischweren Müdigkeit ging es Ari gut. Möglicherweise sogar besser als je zuvor. Sie berührte ihre Brust, wo sie früher die Dunkelheit des Siegels gefühlt hatte. Sie war fort.

Vor Erleichterung traten Ari Tränen in die Augen – nicht nur, weil sie Lilif endlich los war, sondern auch, weil sie nicht mehr diese Macht hatte, für die andere bereit waren, über Leichen zu gehen.

„Hier." Kit reichte ihre eine Schüssel mit Brühe. „Die gibt Kraft."

„Danke." Ari nahm das Gefäß. „Für alles."

Er neigte den Kopf, dann saßen sie schweigend beisammen, bis Ari die Brühe ausgelöffelt hatte. Ja, es stimmte. Sie fühlte sich wirklich schon besser. Kaum hatte sie die Schüssel auf dem Boden abgestellt, kündigte das vertraute Knistern und Zischen einen Besucher an.

Im nächsten Moment erschien Asmodeus. Er war ganz in Schwarz gekleidet und trug das Siegel an einem Lederband um den Hals. Anders als die Imitation zuvor, pulsierte der echte Ring mit einer deutlich wahrnehmbaren Energie. Der Marid warf einen kurzen Blick auf Kit, dann schaute er Ari an, deren Herz auf einmal raste.

Als sie noch die Macht des Siegels in sich getragen hatte, war sie in Situationen wie dieser etwas selbstsicherer gewesen. Jetzt hatte sie einfach nur Panik. Sie verfügte ja nur noch über die Magie eines ganz normalen Dschinns und die Fähigkeiten, die sie im Training mit Jai erworben hatte.

„Lass uns allein", befahl Asmodeus dem Heiler. Es war eine gewöhnliche Anweisung, für die er nicht die Kraft des Siegels benutzte. Kit wirkte zwar eingeschüchtert, aber er schüttelte den Kopf.

„Seine Hoheit, der Red King, hat mir befohlen, während seiner Abwesenheit auf die junge Dame aufzupassen. Ich stehe in seinen Diensten, nicht in Euren."

Ari konnte nicht glauben, wie viel Mut Kit hatte. Asmodeus machte einen drohenden Schritt auf den Heiler zu. Ari sprang auf und stellte sich zwischen die beiden. **Geh und hol Red,** bat sie Kit dann telepathisch. Sie wollte auf keinen Fall, dass ihm etwas passierte. Erst schien er sich weigern zu wollen, doch nach kurzem Zögern nickte er und floh aus dem Zimmer. Ari blieb mit Azazils Statthalter allein. Entschlossen straffte sie die Schultern.

„Immer noch eine kleine selbstlose Närrin", spottete er.

Ari funkelte ihn wütend an und verschränkte die Arme vor der Brust. In den letzten Wochen hatte sie Asmodeus ein wenig kennengelernt und wusste, dass man ihm gegenüber keine Angst zeigen durfte. „Willst du noch mal versuchen, mich umzubringen, Asmodeus?"

„Aber nein, nur keine Angst, Ari. Wenn ich dich töten wollte, wäre das schon geschehen."

„Was willst du dann?"

„Ein bisschen Dankbarkeit?" Er bedachte sie mit einem anzüglichen Lächeln, und Ari stellte entsetzt fest, wie attraktiv sie ihn fand. „Immerhin habe ich dich vor Lilif gerettet."

Misstrauisch beäugte Ari ihn. Er wirkte verändert. Ein wenig glücklicher vielleicht. Glücklicher? Nein. Das traf es nicht. Sie glaubte nicht, dass er zu so etwas wie Glück fähig war. Dennoch war er nicht mehr der Inbegriff der Düsternis. Lag es daran, dass er das Siegel wieder um den Hals trug? Brachte Lilifs Energie ihn wieder ins Gleichgewicht?

„Ich wäre fast ins Koma gefallen, wenn Red mir nicht seinen Heiler geschickt hätte", sagte sie aufgebracht. Hatte Asmodeus sich wirklich bei ihr entschuldigt, bevor er ihr die Hand in die Brust gestoßen hatte? Oder war das nur in ihrer Fantasie passiert? Und falls er es getan hatte … warum dann?

„Aber immerhin habe ich ihnen erlaubt, dich gesund zu machen", erwiderte Asmodeus. „Ich hätte sie aufhalten können, doch das habe ich nicht getan."

„Wie überaus großzügig! Und wieso nicht, wenn ich fragen darf? Hast du nicht selbst gesagt, ich wäre gefährlich?"

Er kam noch einen Schritt näher. „Du bist so jung, kaum mehr als ein Kind", sagte er. „Aber ich habe lange genug gelebt, um zu wissen, wenn jemand nur Ärger bringt. Und du bist so jemand."

„Ärger?"

Er nickte, und ein grausames Lächeln umspielte seine Lippen. „Deine ungewöhnliche Schönheit hast du von deiner Mutter, aber du bist noch mächtiger als sie. Du kämpfst selbst, wenn du dich fürchtest, und hältst deine Gefühle nicht im Zaum. Das verleiht dir allerdings große Integrität, und Mut besitzt du obendrein."

Ari bemühte sich, nicht zu erröten, und wich unwillkürlich zurück, als hätte ihre Intuition schon begriffen, was ihrem Verstand noch nicht klar war. „Ich dachte, das wären alles Eigenschaften, die du verabscheust?"

„Im Gegenteil", sagte er leise und mit tiefer Stimme. Ari erschauerte. „Jemand wie du hat mich schon immer fasziniert."

„Wieso das?"

„Weil du mich daran erinnerst, wie ich selbst einst war."

Plötzlich empfand Ari Mitleid mit ihm. „Kannst du denn wieder so werden?"

Asmodeus verzog den Mund zu einem Grinsen. „Wie unschuldig du doch bist, liebe Ari. Nein, das kann ich nicht. Seit ich Lilif verloren habe, musste ich Dinge tun, die meine Seele verändert haben. Es gibt kein Zurück mehr."

„Nein, wohl nicht", stimmte sie zu. „Aber dafür eine Zukunft. Du könntest versuchen, dich wieder mehr so zu verhalten wie der alte Asmodeus. Ich habe dich in meinen Träumen gesehen damals. Du warst weise, manchmal sogar mitfühlend und geradezu liebenswürdig ..."

Sein dunkler Blick wurde ernst, und Ari fragte sich verzweifelt, wo Red blieb.

„Siehst du", murmelte Asmodeus. „Da geht der Ärger schon los."

„Was willst du, Asmodeus? Was tust du hier?"

Es blitzte in seinen Augen auf. Ari kannte diesen Blick. Sie kannte ihn von Charlie und von Jai. Bei Charlie kam er zu spät, aber bei Jai war sie unendlich glücklich gewesen, als er sie so angesehen hatte. Und obwohl sie Asmodeus fürchtete, schmeichelte es ihr auch, dass ein Unsterblicher sie begehrte, das konnte sie nicht abstreiten.

„Ein kleiner Vogel hat mir zugeflüstert, dass du abreist." Wieder kam er näher. „Azazil gestattet dir, ins Reich der Sterblichen zurückzukehren. Da wollte ich mich noch gebührend von dir verabschieden." Seine Energie ließ die Luft fast knistern. So unangenehm es ihr auch war, musste sie sich doch eingestehen, dass es eine gewisse Anziehung zwischen ihnen gab. Das war allerdings auch schon alles, und mehr würde nie daraus werden.

„Dann auf Wiedersehen, Asmodeus. Leider kann ich nicht behaupten, dass es mir ein Vergnügen war."

Er grinste, strich ihr über die Wange und umfasste fest ihr Kinn. „So hatte ich mir unseren Abschied allerdings nicht vorgestellt."

Mit letzter Verzweiflung rief Ari: „Asmodeus, du bist der Bruder meiner Großmutter!"

Jetzt lachte er laut. „Dazwischen liegen so viele Generationen. Das sind Verwandtschaftsverhältnisse, die die Dschinn mit ihrem langen Leben nicht anerkennen. Wir sind anders als die Sterblichen mit ihren merkwürdigen Vorstellungen und ihrer lächerlich kurzen Existenz. Das gilt besonders, wenn wir nicht mehr wollen als einen Kuss zum Abschied."

„Vergiss es." Ari versuchte zu entkommen, aber Asmodeus packte sie.

„Es ist doch nur ein einziger Kuss, Ari." Er wirkte belustigt. „Dein Ginnaye muss davon nie etwas erfahren."

„Aber ich würde es wissen, und das reicht." Sie drehte ruckartig den Kopf weg und befreite ihr Kinn aus seiner Hand. Leider half das nichts, weil Asmodeus sie nun umarmte und an sich presste.

„Wie verdammt moralisch."

„Lass mich los."

„Küss mich."

„Nein."

Entsetzt bemerkte Ari, dass jetzt der Messingteil des Rings zu leuchten begann. Nein! Dieser Mistkerl!

„Küss mich!", befahl er.

Ari erstarrte und konnte es nicht glauben, denn sie fühlte … absolut nichts. „Sag das noch mal", flüsterte sie.

Asmodeus sah sie an, als würde er etwas ahnen. „Küss mich!", befahl er noch einmal lauter.

Ari stieß ihn fort, und er ließ sie erstaunt los. „Funktioniert nicht!" Sie grinste triumphierend. „Bei mir hat das Siegel keine Wirkung."

Asmodeus schnippte mit den Fingern. Sofort klopfte es, und ein männlicher Shaitan kam herein. „Gebieter?"

Asmodeus ging zu dem Diener hinüber, zauberte aus dem Nichts einen kurzen, gebogenen Dolch hervor und hielt ihn dem Shaitan hin. „Schneid dir die Kehle durch." Die Augen des Mannes weiteten sich vor Entsetzen, aber er griff mit zitternden Fingern nach dem Dolch.

„Nein!", schrie Ari, doch es war zu spät.

Die Klinge durchtrennte die Haut, Blut spritzte, dann fiel der leblose Körper des Shaitan zu Boden. Asmodeus drehte sich wieder zu Ari um. „Jetzt wissen wir, dass das Siegel seine Macht nicht verloren hat."

„Warum?", schrie Ari angewidert. „Du musstest ihn doch nicht gleich umbringen!"

Asmodeus ignorierte die Frage, kam zurück und griff Ari grob am Arm. „Wie schaffst du es, dich dem Siegel zu widersetzen?"

„Möglicherweise genau wie du", antwortete sie aggressiv. Oh Gott, wenn sie doch nur weit, weit weg wäre! Wie sehr sie sich in diesem Moment nach Jai sehnte! „Du hast das Siegel Jahrhunderte um den Hals getragen, in mir hat es achtzehn Jahre gewohnt. Überleg mal!"

Es leuchtete gefährlich in den Augen des Marids auf. „Du wirst den Palast jetzt nicht verlassen."

„Was?", zischte Ari und versuchte, sich loszumachen. „Vergiss es!"

In diesem Moment trat Red endlich aus den Flammen des *Peripatos*. Böse sah er Asmodeus an, der Ari so offensichtlich belästigte. „Lass sie los, Asmodeus."

„Das Siegel hat keine Wirkung auf sie. Sie wird hierbleiben, bis ich weiß, warum."

„Irrtum!" Red schubste Asmodeus weg und stellte sich vor Ari. „Azazil sieht ihr Versprechen als erfüllt an. Das hat er mir gesagt. Daher kannst du sie nicht gegen ihren Willen hierbehalten." Red schaute Ari über die Schulter hinweg an. „Willst du hierbleiben?"

„Nein, verdammt!“

Mit triumphierendem Lächeln erklärte Red: „Tja, Pech gehabt, Asmodeus.“

„Die Sache ist noch nicht aus der Welt.“ Drohend starrte er Ari an. Oh Gott! Für einen Augenblick hatte Ari geglaubt, ihr Albtraum hätte endlich ein Ende, aber da hatte sie wohl falsch gelegen.

Der Marid ging vor ihnen in den Flammen des *Peripatos* auf und verschwand aus dem Zimmer. Red musterte den toten Shaitan.

„Tut mir leid“, flüsterte Ari. „Ich konnte es nicht verhindern.“

Red vollführte eine Handbewegung, und die Leiche des Mannes verschwand. Ungerührt drehte ihr Onkel sich dann zu ihr um. Ari konnte noch immer nicht fassen, wie eiskalt sie alle waren. Das Leben des Shaitans hatte für sie keinerlei Bedeutung. „Nicht deine Schuld.“ Red musterte sie einen Moment „Du kannst dem Siegel widerstehen?“

„Ja, scheint so.“

„Okay.“ Er runzelte besorgt die Stirn. „Lass uns das bitte geheim halten, das könnte nämlich ungeahnte Konsequenzen haben. Bereit zur Abreise?“

„Und ob!“

„Mein Vater hat angedeutet, dass Jais Clan wissen könnte, wo wir ihn finden“, erklärte Red jetzt.

„Das ist ja fantastisch!“, rief Ari erleichtert. „Worauf warten wir dann noch?“

„Ari, halt!“ Red fuhr sich übers Haar und wirkte auf einmal fast nervös. „Ich habe Glass von Charlie abkommandiert. Er hilft ihm nicht mehr bei der Jagd auf die Labartu. Wir haben Charlie in einem Motel in Houston zurückgelassen, weil wir sicher waren, dass er es allein nicht schaffen wird, sie zu finden.“

Völlig erstaunt antwortete Ari leise: „Danke. Ich weiß das zu würdigen, was allerdings nicht heißt, dass ich dir verziehen hätte. Oder dir wieder vertraue."

„Ich bin nicht …" Er seufzte. „Darum ging es mir nicht. Mein Vater ist alles andere als beglückt, weil ich meine Aufgabe nicht zu Ende gebracht habe. Er sorgt gerade dafür, dass Charlie und Akasha aufeinandertreffen."

Ihre Angst war wieder da. „Um sich an dir und mir zu rächen."

„So ist er eben. Ich kann es nicht ändern."

„Okay …"

„Das ist allerdings nicht das einzige Problem. Ich befürchte auch, das White seinen Zorn an Jai auslässt, wenn er erfährt, dass du nicht mehr das Siegel bist."

Es dauerte einen Moment, bis Ari das wirklich begriffen hatte. Entsetzen packte sie. „Soll das heißen, ich muss jetzt entscheiden, wem von den beiden ich zuerst helfe? Und der andere stirbt dann vielleicht in der Zwischenzeit?"

Red nickte und schaute sie bedauernd an. „Ich kann nichts für Charlie tun, Ari. Andernfalls müssen wir mit einer noch schlimmeren Vergeltungsmaßnahme meines Vaters rechnen."

„Oh Gott!" *Denk nach, los!* „Was ist mit meiner Mom? Kann sie Charlie helfen?"

Red schüttelte entschieden den Kopf. „Nein, ich kann … ich werde sie nicht einer solchen Gefahr aussetzen. White könnte sie dabei entdecken und …"

„Schon gut", flüsterte Ari resigniert. „Ich verstehe." Sie holte tief Luft und nickte. Schließlich fällte sie eine bittere Entscheidung. „Ich muss die Roes benachrichtigen. Das ist im Moment wohl unsere einzige Chance. Kannst du das denn wenigstens für mich erledigen, Red?"

Red nickte, als hätte er das schon erwartet. „Dann ist deine Entscheidung also gefallen. Die Roes kümmern sich um Charlie, du suchst Jai."

Ari hatte einen Kloß im Hals. „Ich bin nicht stolz darauf, aber so ist es, ja."

„Es tut mir leid, Ari."

Kopfschüttelnd dachte sie an die möglichen Konsequenzen ihres Entschlusses. „Mir auch."

25. KAPITEL

WIE ICH FAND, WAS ICH VERLOR

Wie viele Tage waren inzwischen vergangen? Oder sollten es nur Stunden gewesen sein? Wochen? Monate? Alles war schwarz, und diese Dunkelheit war wie eine leere Leinwand, auf die der Gefangene die Bilder in seinem Kopf projizierte – Bilder von Ari, seinem Vater und der Mutter, deren Gesicht er nicht einmal kannte. Die Erinnerungen quälten ihn. Seine Ängste erstickten ihn. Immer wieder glaubte er, Aris Leiche vor sich zu sehen. Dann schrie er seinen Kerkermeister an, flehte darum, freigelassen zu werden, bis er heiser wurde. Er konnte Ari nicht mehr orten. Die Flasche musste seine Energie festhalten, jedenfalls hoffte Jai, dass das der Grund war und nicht …

Die Ungewissheit war das Schlimmste. Sollte er je wieder aus dieser Flasche herauskommen und herausfinden, dass Ari tot war …

Jai bekam keine Luft mehr.

Wie sollte er das jemals überwinden? Jetzt sah er in der Dunkelheit ihr Lächeln vor sich und fasste sich an die Brust, wo ihn ein stechender Schmerz durchbohrte. So war das also, wenn man jemanden wirklich liebte. Der Gedanke daran, wer ihn hier festhielt, trieb ihm Tränen in die Augen: Tränen, die er nicht geweint hatte, seit er ein kleiner Junge war. Es waren die, die ihn eigentlich hätten beschützen sollen. Oh verdammt, wenn er doch nur auf seine innere Stimme gehört und sich von Ari ferngehalten hätte. Er wollte niemanden so sehr lieben. Niemals.

Doch jetzt war es zu spät. Es gab kein Zurück mehr. Verdammt, er musste irgendwie hier raus, er musste sie retten …

Ari stand in der Empfangshalle der Bitars mit dem schwarzweißen Marmorfußboden und wartete. Schließlich hörte sie Schritte. Vor Aufregung zog sich ihr Magen zusammen. Na großartig – es war ausgerechnet Nicki Bitar. Jetzt musste sie diese Psychopathin um Hilfe bitten. Und nicht einmal Red war bei ihr, der Jais Stiefmutter bestimmt sehr effektiv unter Druck gesetzt hätte. Der war bei den Roes, um ihnen mitzuteilen, wo sie Charlie und Fallon finden konnten.

Nicki sah so großartig aus wie immer, und Ari hätte der irischen Schönheit am liebsten die Augen ausgekratzt. Diese verdammte Hexe! Es war unglaublich, was sie Jai angetan hatte, und dabei kannte Ari nur Bruchstücke aus seiner Kindheit. Nicki blieb ein paar Schritte vor Ari stehen und bedachte sie mit einem hässlichen Lächeln.

„Was willst du?"

„Ich muss mit Luca sprechen."

„Er ist nicht zu Hause."

Verdammt. Ari versuchte, nicht in Panik zu geraten. Sollte sie sich einfach weigern, zu gehen, bis Jais Vater zurückkam? Bei ihm konnte sie sich wenigstens darauf verlassen, dass sein Ehrgefühl ihn dazu zwingen würde, ihr zu helfen. Nicki hingegen war eine so herzlose Kuh, wenn es um ihren Stiefsohn ging, da war jedes Wort sinnlos.

„Jai wurde entführt", erklärte sie dennoch. „Ich habe Grund zu der Annahme, dass Luca mir bei der Suche helfen kann."

„Er soll dir helfen?" Nicki schüttelte den Kopf, und ein hasserfüllter Ausdruck trat in ihre Augen. „Wir werden auf keinen Fall zulassen, dass unser Clan wegen dieses Abschaums in einen Krieg verwickelt wird."

„Passen Sie auf Ihren Ton auf", zischte Ari und ging drohend auf Nicki zu. Zufrieden bemerkte sie, wie Nicki zurückwich. Sie hatte Angst. Natürlich. Ari lächelte böse. Sie glaubte ja noch, das Siegel vor sich zu haben. Bevor eine von beiden noch etwas sagen konnte, öffnete sich eine der großen Flügeltüren am Eingang, und Luca kam herein. Er sah überraschend müde und erschöpft aus. Als er Ari erblickte, wirkte er ungeheuer erleichtert.

„Luca." Nicki marschierte an Ari vorbei zu ihrem Mann. „Ich hatte dich noch gar nicht erwartet."

„Warum hast du mich nicht angerufen und Bescheid gesagt, dass Ari hier ist?", sagte er vorwurfsvoll.

„Sie ist eben erst gekommen, und ich wollte mich gerade bei dir melden."

„Lüge!", rief Ari aufgebracht.

Luca schüttelte Nickis Hand ab und kam mit großen Schritten auf Ari zu. „Wir haben ihn, Ari."

Ihr blieb der Mund offen stehen. Das war wirklich das Letzte, womit sie gerechnet hätte. „Was?", hauchte sie ungläubig. War das jetzt ein Grund zur Hoffnung oder der nächste Horror?

„Der White King hat mir befohlen, Jai in eine Flasche zu sperren und ihn von Teruze bewachen zu lassen."

Ari wirbelte herum und wollte loslaufen, doch Luca packte sie mit eisernem Griff am Handgelenk. „Ari, Teruze ist sehr alt. Er wird dich töten, wenn du es wagst, Jai zu befreien."

„Dann entbinde ihn von seiner Pflicht!", schrie Ari. Herrgott, Jai war sein Sohn! Wie konnte er ihm das antun? Sie ballte die Faust und musste sich beherrschen, Luca nicht ins Gesicht zu schlagen.

„Das kann ich nicht." Sein Ton war flehend, und er schien plötzlich gar nicht mehr der Mann zu sein, den sie kannte und verabscheute. Er wirkte alt und müde. „Nur ich kann Teruze Befehle erteilen, und so kann auch nur ich Jai befreien. Der

White King hat geschworen, den gesamten Clan zu zerstören, falls ich Jai aus freien Stücken herauslasse. Ich weiß, dass Jai und ich uns nicht sehr nahestehen, aber glaub mir – ich hätte ihm das freiwillig nie angetan. In eine Flasche eingesperrt zu sein ist wie Einzelhaft. Und das wochenlang! Ich habe die ganze Zeit gewartet, dass du oder der Red King hier auftauchen und mir befehlen, ihn freizulassen. Nur so würde ich meinen Eid nicht brechen. Er ist immer noch mein Sohn, Ari! Du musst mir glauben – ich habe das nicht gewollt! Befiehl mir, ihn zu befreien! Befiehl es mir!"

„Das kann ich nicht." Ari stockte der Atem. „Asmodeus hat mir das Siegel aus der Brust gerissen. Er hat es jetzt."

„WAS?" Whites Gebrüll hallte durchs gesamte Haus, als er aus dem *Mantellus* stieg und auf Ari zuschritt. Einen Moment lang war sie erstaunt, dass sie ihn nicht hatte fühlen können, aber sie war eben nicht mehr das Siegel. Ihr fehlte jetzt die Fähigkeit, die Gegenwart eines Dschinn zu fühlen, der sich im *Mantellus* verbarg. Oh nein, das wurde alles immer schlimmer. „Ich habe mich schon die ganze Zeit gefragt, wozu du dieses Theater aufführst. Du hättest meine Energie doch fühlen müssen! Was ist hier los?"

Luca stellte sich vor Ari, aber eine Handbewegung des White King reichte, und er flog gegen die Wand. Nicki lief zu ihm, und Ari wartete entsetzt ab, ob er noch lebte. Erleichtert hörte sie, dass er aufstöhnte. Sie wandte sich um und sah ihrem Vater in die Augen. Er bebte vor Zorn. Mit seinem ewigen Pokerface war es vorbei. Seine Gefühle überwältigten ihn.

Gut!

White hatte ihr so viel genommen, da war es befriedigend, ihn jetzt so außer sich zu erleben. Doch als er einen Schritt auf sie zukam, musste Ari all ihren Mut zusammennehmen, um nicht zurückzuweichen. „Die beiden haben die ganze Zeit mit dir gespielt“, sagte sie leise zu ihm. „Azazil hat Asmodeus angewiesen, sich von Sala verführen zu lassen. Er kannte deine Pläne und wollte, dass du sie ausführst.“

„Lügnerin“, stieß er hervor, aber er klang nicht so überrascht, wie Ari erwartet hatte. Ob er das alles schon einmal gehört hatte? „Warum sollte sich Azazil ein Siegel in menschlicher Gestalt wünschen?“

Ari hatte seinen blinden Glauben an Lilif jetzt endgültig satt. Vielleicht brachte ihn die Wahrheit ja wieder zu Verstand. „Lilif wollte *das Später*, das war ihr großes Ziel, auch wenn du es nicht wahrhaben willst. Und ich muss es schließlich am besten wissen. Das Siegel ist nämlich nichts anderes als die Essenz deiner Mutter. Also genau das, wonach du so lange gesucht hast. Du hattest sie schon gefunden, sie dann aber bei meiner Zeugung in mich eingepflanzt.“

White kniff die Augen zusammen, und Ari wartete einen Moment, bis sie sicher war, dass er sie nicht angreifen würde. Erst dann fuhr sie fort.

„Azazil dachte, dass auf diese Art vielleicht eine Dschinniya geboren werden würde, die zwar über Lilifs Macht verfügt, aber nicht dem gleichen Wahnsinn verfällt. Er wollte die alte Balance wiederherstellen. Doch der Schuss ging nach hinten los. Ich bekam ständig diese Visionen. Es waren die Erinnerungen von Lilif, ihre Essenz besteht nämlich nicht nur aus ihren Kräften. Genau genommen *ist* sie Lilif. Und sie hat versucht, meinen Körper zu übernehmen. In diesen Erinnerungen habe ich auch dich gesehen … Sie hat dich manipuliert, sie ha…“ Sie keuchte auf, als die große Hand des Dschinnkönigs sich blitzschnell um ihren Hals legte. Panisch wollte sie sie wegziehen, doch der White King hob Ari hoch und hielt sie vor sein Gesicht.

„Du lügst“, presste er hervor. „Sie haben dich mit ihren Lügen vergiftet. Diese Visionen haben sie dir geschickt.“ Er schüttelte sie wie eine Stoffpuppe, und Ari verlor fast das Bewusstsein. „Gib mir einen Befehl! Los!“

Wie denn? Ari rang nach Luft, ihre Nägel krallten sich in Whites Hand, und sie trat nach ihm. Abrupt ließ er sie los. Sie fiel auf die Knie und begann zu würgen. „Gib mir einen Befehl!“

„Ich kann nicht“, brachte sie mühsam hervor.

„Gib mir einen Befehl, Ari!“

„Ich befehle dir, endlich deine verdammte Klappe zu halten!“, schrie sie, und ihre Stimme brach.

Alle warteten gebannt. Luca stand inzwischen wieder auf den Füßen, Nicki flatterte besorgt um ihn herum. Er schaute Ari an, und sie spürte, dass er ihr helfen wollte. Sie schüttelte kaum merklich den Kopf. Luca sollte sich hier besser nicht einmischen.

„Es hat nicht funktioniert“, flüsterte White endlich ungläubig. „Es hat nicht funktioniert.“

Völlig fassungslos und wie erstarrt schaute er sich in der Halle um. Ari versuchte, sich an ihm vorbeizuschieben, um zu Jai zu kommen, doch plötzlich starrte ihr Vater sie wieder an. „Damit hast du jeden Nutzen für mich verloren“, erklärte er leise.

Ari wusste, was jetzt kommen würde, hob die Arme und konzentrierte ihre Energie gerade noch rechtzeitig, um seine erste Attacke abzuwehren. Dann rannte sie los. White war schneller. Wieder legte sich eine Hand um ihren Hals, und er schleifte Ari zur Tür. Seine Augen waren vollkommen leer und kalt.

Ari presste alle Energie in ihre Finger, die die Hand umklammerten, die ihr die Luft abdrückte. Sie schickte messerscharfe Schmerzen in Whites Arm, in seinen ganzen Körper und zielte auf sein Herz. Sie begann zu schwitzen, während sie angestrengt versuchte, seine Abwehrmagie zu überwinden. Doch sie schaffte es nicht. Er war zu überlegen. Immerhin hatte sie es mit einem der unsterblichen Dschinnkönige zu tun. Und sie würde jetzt sterben. Nur jetzt nicht panisch losschreien. So wollte sie nicht enden. Nicht nach allem, was White ihr angetan hatte.

Schachmatt, übermittelte sie ihm laut und deutlich. Ja, er hatte sie endgültig geschlagen, aber sie würde mit Würde untergehen.

Er schaute sie an. Ari bekam keine Luft mehr, und schwarze Funken tanzten vor ihren Augen. Plötzlich veränderte sich sein Blick, das hätte Ari schwören können. Es war fast, als würde er sie jetzt erst wiedererkennen. Whites Griff lockerte sich, und Ari konnte besser atmen. In diesem Moment züngelten Flammen empor. Der Dschinnkönig zuckte zusammen, sein Körper verkrampfte sich, und er ließ Ari los. Dann stöhnte er vor Schmerz.

Ari prallte auf den Boden. Ihr Vater wirbelte herum, um sich seinem Angreifer zu stellen. Keuchend und hustend hob Ari den Kopf und erstarrte entsetzt.

Sala.

Die Macht der *Haqeeqah* in Salas Händen wehte ihr Haar nach hinten und blähte den Rock ihres blauen Kleides. Mit wildem Blick funkelte sie White an, der langsam auf sie zukam. „Du wirst meiner Tochter nie wieder etwas tun!“, zischte sie.

„Mom!“, krächzte Ari. „Verschwinde hier!“

„Flieh, Ari, flieh!“, schrie Sala verzweifelt. „Er wird dich umbringen. Das kann ich nicht zulassen. Hol jetzt Jai und dann raus hier! Los!“

„Nein", flüsterte Ari. **RED! ER HAT SALA!**

Als hätte er gefühlt, mit wie viel Energie Ari ihr SOS hinaus in die Welt geschickt hatte, warf White ihr einen Blick über die Schulter zu. Diesen unbedachten Moment nutzte Sala und warf die *Haqeeqah* nach ihm.

White wich mit ungeheurer Schnelligkeit aus, die *Haqeeqah* verfehlte ihn und brach durch die Wand. Gleich darauf hatte White Sala gepackt und presste sie an sich. Sein Mund war direkt an ihrem Ohr, und man hätte sie für ein Liebespaar halten können.

„Flieh, Ari", flüsterte Sala und zuckte zusammen, als White ihr etwas zuflüsterte. Mit letzter Kraft sprang Ari auf, rannte auf die beiden zu und schickte eine Salve Energie in Whites Richtung. Aber auch diesmal wich er aus, und zwar ohne Sala loszulassen. Ari sammelte ihre Energie, um noch einen Versuch zu unternehmen ... Es war zu spät.

White zog eine blutige Faust aus Salas Brustkorb, ihr nur noch schwach schlagendes Herz in der Hand. Sala brach leblos zusammen.

„NEIN!"

Ari hörte den Schrei, drehte sich um und sank erschöpft auf die Knie. Rotes und blaues Haar flog wie eine Wolke im Sturm an ihr vorbei. Dann starrte sie ihre Mutter an, schaute in ihre leeren Augen. Sie konnte es nicht fassen, wurde von unendlicher Trauer überflutet und fühlte sich, als wäre gerade ihr letzter Traum gestorben. Jetzt würde sie nie mehr eine Mutter oder einen Vater haben, die sie liebten.

Das war für immer vorbei.

Sala gab es nicht mehr.

Jemand fasste sie bei den Armen und zog sie beiseite. Schwach wandte sie den Kopf. Es war Luca, der sie wegschleppte. „Was machen Sie?", flüsterte sie.

„Ich bringe dich in Sicherheit." Er zeigte in die Mitte der Halle, und jetzt erst nahm Ari die chaotischen Szenen wahr, die sich dort abspielten.

Red und Glass griffen White an. Es sah aus wie auf einem Schlachtfeld. Ein Teil des Treppengeländers war abgebrochen. Dicke Risse waren in den Mauern aufgebrochen, als hätte man sie mit einer Abrissbirne bearbeitet. Glass und Red drückten White gegen den Fuß der Treppe. Red hob den Arm in die Höhe und ballte die Faust. Offenbar presste er White damit die Luft ab, der nun verzweifelt versuchte, eine unsichtbare Hand von seiner Kehle fortzuzerren.

„Bruder", flüsterte Glass, ohne dabei von White abzulassen. „Red, wir können ihn nicht ..."

Doch Red konnte ihn nicht hören. Sein Gesicht war wutverzerrt. „Ich zerstöre dich", brachte er keuchend hervor. „Für das, was du mir heute genommen hast, werde ich dich vernichten."

Plötzlich erschien ein weiterer Dschinnkönig mit dem *Peripatos* in der Halle. Er warf Ari einen kurzen Blick zu, dann ging er hinüber zu seinen Brüdern. „Nicht heute, Red", erklärte er gelangweilt. „Zwei gegen zwei – so könnten wir ewig weiterkämpfen."

„Verschwinde hier, Shadow." Red bleckte die Zähne. „Das geht dich nichts an."

„Doch, tut es zufällig."

Der Shadow King. Ari holte tief Luft. Vier Dschinnkönige auf einem Haufen. Es war ein Angst einflößender Anblick. Sie hätten alles und jeden zerstören können, der sich ihnen in den Weg stellte, und niemand vermochte sie aufzuhalten.

„Red." Glass legte seinem Bruder eine Hand auf die Schulter. „Ich verstehe dich leider nur zu gut, das weißt du. Aber das hier ist sinnlos. Du kannst ihn nicht töten."

Schweigend warteten alle auf Reds Entscheidung.

Mit einem angewiderten Knurren trat er schließlich einen Schritt zurück, und Glass folgte ihm. White keuchte und spuckte, genau wie Ari vorhin. Er warf Red noch einen bösen Blick zu, dann stand er auf und verschwand sofort in den züngelnden Flammen des *Peripatos*.

Der Shadow King maulte unmutig vor sich hin. „Vielen Dank, Shadow", äffte er Whites Stimme nach. „Dafür, dass du mir zu Hilfe gekommen bist." Er verdrehte die Augen. „Arrogantes Schwein." Er wandte sich zu Ari um. „Das war also einmal das Siegel. Du siehst genauso aus wie deine Mutter."

Bevor Red etwas auf diese gemeine Bemerkung erwidern konnte, ging auch Shadow in Flammen auf. Schweigen senkte sich über die Halle. An Lucas Hand machte Ari einen vorsichtigen Schritt in Reds Richtung. Er stand vor Salas Leiche und starrte sie ungläubig an. Mitfühlend hatte der Glass King den Arm um ihn gelegt. Ari liefen Tränen über die Wangen. Jetzt wusste sie, dass auch Dschinnkönige wirklich lieben konnten.

„Red", flüsterte sie. „Es tut mir leid."

Er antwortete nicht, schaute sie nicht einmal an. Machte er ihr Vorwürfe? *Oh Gott, bitte nicht!*

Weil sie Red im Moment natürlich unmöglich um seine Hilfe bitten konnte, wandte sie sich an Glass. „Ich brauche dich", sagte sie leise.

Stirnrunzelnd nickte er, ließ seinen Bruder aber nicht los.

„Jai ist hier in eine Flasche eingesperrt, aber Luca kann ihn nicht befreien, weil er White einen Eid geleistet hat. Er darf Jai nicht aus freien Stücken dort herausholen."

„Aus freien Stücken?", wiederholte Glass und seufzte, als er begriff, was das bedeutete. Er schaute Red an. „Ich werde

Ari helfen, Bruder. Und du solltest Sala wegbringen. Begrab sie an einem Ort, wo sie endlich Ruhe findet."

Ari schluchzte auf und begann vor Verzweiflung am ganzen Körper zu zittern. Ihre Mutter hatte sich für sie geopfert. War das umsonst geschehen? Hätte White seine eigene Tochter wirklich umgebracht? Wieder schluchzte sie laut.

Plötzlich spürte sie den Red King neben sich. Sein Gesichtsausdruck war streng, sein Blick ernst. Aris Klagelaute erstarben, und sie wartete atemlos, als der Dschinnkönig jetzt die Hand gegen sie erhob. Die Hand senkte sich langsam und ... umfasste ihre Schulter.

„Sie hat dich geliebt", sagte er mit schmerzerstickter Stimme. „Gib dir nicht die Schuld an ihrem Tod. Das hätte sie nicht gewollt. Und sie hätte auch nicht gewollt, dass *ich* es tue."

„Tust du es denn?"

„Ich wehre mich dagegen."

Seine Antwort versetzte ihr einen Stich, aber zumindest war er ehrlich.

„Geh mit Glass und Luca zu Jai", fügte er leise hinzu. „Ich habe Sala versprochen, sie an einen bestimmten Ort zu bringen, falls es hierzu kommen sollte. Jetzt werde ich mein Versprechen halten."

Ari nickte und ließ sich von Glass wegführen. Luca schritt ihnen voran in das Zimmer mit seinen Schätzen. Dann ging er zu der roten Flasche, in der Teruze saß, und murmelte etwas Unverständliches. Schließlich standen sie vor der grünen Flasche, in der Jai steckte. Lucas Energie erfüllte den Raum ... bis plötzlich Jai erschien. Er taumelte, und Luca sprang zu ihm, um ihn zu stützen. Jai blinzelte, als würde das Licht ihn blenden. Die Sachen, die er trug, waren zerknittert und schmutzig. Außerdem hatte er jetzt einen Bart und war kaum wiederzuerkennen.

Ari lief zu ihm, schlang die Arme um ihn und drückte ihn so fest an sich, dass er schwankte. Schwach erwiderte er ihre Umarmung.

„Ari“, flüsterte er. „Ari.“

26. KAPITEL

SINNLOS, JETZT NOCH NACH DEM SINN ZU SUCHEN

So kommen wir nicht weiter, Charlie", sagte Fallon und setzte sich neben ihn auf das Motelbett. „Hier in der Gegend gibt es keinerlei Auffälligkeiten. Keine Kinderleichen, keine Verschmutzung des Grundwassers. All das sind sonst Hinweise, dass sich eine Labartu in der Nähe aufhält. Vielleicht ist sie schon weitergezogen, oder sie treibt ihr Unwesen am anderen Ende von Houston. Oder Red und Glass haben gelogen …"

„Nee." Charlie schüttelte den Kopf und legte den Arm um sie. Es war wieder ein langer Tag gewesen. „Ich glaube, das Miststück weiß, dass ich hinter ihr her bin. Vielleicht versteckt sie sich und verwischt ihre Spuren. Oder Red erledigt das für sie. Er ist ja jetzt wohl dagegen, dass ich sie mir schnappe." Es klang bitter.

„Glaubst du nicht, dass das alles möglicherweise Wunschdenken ist?"

„Auf jeden Fall habe ich genug von der Warterei." Er drückte Fallon an sich, damit sie merkte, dass er nicht sauer auf sie war. Er war sauer auf … alles. Insbesondere auf sich selbst. Ohne den Smaragd hätte er längst alles getan, um Ari zu finden. Und dass da etwas nicht stimmte, wusste er. Wenn mit Ari alles okay gewesen wäre, hätte sie sich schon vor Tagen auf den Weg hierhergemacht, um ihn zur Vernunft zu bringen.

Charlie befühlte den Stein in seiner Hosentasche. Inzwischen war er vollkommen besessen von ihm, er brauchte ihn wie ein Junkie die Droge. Ja, es war ihm wichtiger, die Macht des Steins endlich wieder einsetzen zu können, als das Mädchen zu retten, das er liebte. Oh Gott, er war so kaputt. Verzweifelt versuchte er, den Smaragd zu verdrängen, aber es gelang ihm nicht. Am liebsten hätte er ihn ständig benutzt, nur um dieses Gefühl dabei zu spüren.

Fallons Handy empfing eine SMS, und der Signalton riss Charlie aus seinen trüben Gedanken. Sie lehnte sich über ihn, nahm sich das Telefon vom Nachttisch und tippte zweimal darauf.

„Oh Gott", hauchte sie.

„Was denn? Was ist los?" Charlie schaute auf den Touchscreen.

„Die ist von ihr – von Akasha." Fallon gab Charlie das Smartphone.

Du machst Jagd auf mich, habe ich gehört? J
Dann passiert dir dasselbe wie deinem Bruder, Junge.
Morgen um Mitternacht.
Sydney Marone Middle School
High Star Drive, Alief
Träum schön,
Akasha

„Was soll das?", fragte Fallon und nahm das Handy aus seiner zitternden Hand. „Wieso legt sie uns einen Köder aus?"

„Weil", murmelte Charlie, „Azazil es befohlen hat." *Er will mich loswerden und Jai auch. Ari soll niemand anderen mehr haben, der ihr helfen kann, damit sie auf ihn angewiesen ist.* Charlie krallte die Finger ins Laken, dann tastete er nach dem Smaragd. Hm, andererseits musste das bedeuten, dass es ihr gut ging, flüsterte ihm sein schlechtes Gewissen ein.

„Charlie …?"

Er hörte, dass Fallons Stimme zitterte, und hob den Kopf. „Denk nicht mal dran, jetzt doch auf einmal zu kneifen. Du hast gesagt, du kommst mit."

Fallon sah ihn böse an. „Daran musst du mich nicht erinnern, du Idiot."

„Du kannst jederzeit abhauen."

„Und du kannst dich mal ins Knie …"

„Hey!", fiel Charlie ihr ins Wort und streckte die Hand nach ihr aus. „Ich weiß, du markierst gern die Harte, aber das ist nur Show. Das ist mein Ernst, Fallon. Verschwinde, bevor es zu spät ist." Er streichelte ihr über das kurz geschnittene Haar und schaute in ihre wunderschönen großen Augen.

„Nee", sagte sie und zerrte ihn an seinem T-Shirt zu sich heran. „Ich würde mir nie verzeihen, wenn dir was passiert, du Arsch."

Er legte sich hin und zog Fallon auf sich. „Irgendwie kann ich gar nicht glauben, dass es jetzt wirklich passiert."

„Du bist ein Idiot."

„Ich weiß", gab er zu. „Aber wenn ich das nicht hinter mich bringe, wird es mich endgültig in den Wahnsinn treiben." Deine Rache oder der Smaragd, fragte sein Unterbewusstsein hämisch.

Fallon seufzte. „Ich hab wirklich Angst um dich."

„Und ich um dich."

„Brauchst du nicht. Von uns beiden habe ich die besseren Chancen, die Nummer zu überleben."

Charlie schnaubte. „Na danke!"

„Komm her." Fallon rutschte höher und streichelte seinen Nacken. Sofort schlang Charlie die Arme um ihre Taille und sah ihr in die Augen. Darin fand er nichts als ehrliche Angst um ihn. „Lenk mich ab, okay?"

Erleichtert stellte Charlie fest, dass sein Verlangen nach Fallon noch immer stärker war als der Sog, den der Smaragd auf ihn ausübte. Leidenschaftlich und verzweifelt begann er, sie zu küssen, und Fallon erwiderte seinen Kuss mit der gleichen Intensität. Sie streichelten einander, und schnell musste jedes Kleidungsstück weichen. Mit ihren Körpern drückten sie aus, was sie sich sonst nicht einzugestehen wagten.

Dass er sich desorientiert fühlte, war eine gelinde Untertreibung. Jai schaute von seinem Vater zu Ari und wieder zurück und versuchte zu verarbeiten, was sie ihm eben gesagt hatten. Die letzten zwei Wochen hatte er in Einzelhaft verbracht. Für jemanden, der eher ans Fliegen als ans Herumsitzen gewöhnt war, fühlte sich das an wie zwei Monate.

Und jetzt das …

Sein Vater entschuldigte sich gerade zum ersten Mal in seinem Leben bei ihm, und er sollte in diesem zerschundenen Zustand die Kraft finden, ihm zu verzeihen.

Und dann Ari …

Sie war nicht mehr das Siegel. Asmodeus hätte sie beinahe umgebracht. Der Red King hatte sie gerettet. Ihr Vater White hätte sie fast umgebracht. Sala war tot. Red kochte vor Zorn. Charlie steckte in Schwierigkeiten. Ari wollte sofort los, um ihm zu helfen.

Jai holte tief Luft. Er war so erschöpft, dass es mit dem Denken noch eine Weile dauerte. Dar erste Gedanke, der ihm in den Kopf kam: Nachdem Ari nun nicht mehr das Siegel war, musste er sie beim Training wesentlich härter rannehmen. Wenn sie nicht jedes Mal jemand gerettet hätte, wäre sie zweimal fast gestorben. In Zukunft musste sie in der Lage sein, sich selbst effektiv zu verteidigen.

Jai schüttelte den Kopf, um ihn klarzubekommen. „Charlie macht in Houston Jagd auf Akasha, und wir sollen dahin?"

„Du bleibst hier", befahl Luca, der plötzlich gar nicht mehr so demütig und zerknirscht wirkte. Nein. Sein Vater war wieder ganz der Alte und funkelte ihn angriffslustig an. „Du hast gerade die Hölle hinter dir, selbst der stärkste Ginnaye hätte Schwierigkeiten damit fertig zu werden. Jetzt musst du duschen, dich rasieren, brauchst etwas zu essen und dann eine Nacht Schlaf in einem richtigen Bett."

„Vater …", wollte Jai widersprechen, aber Luca schnitt ihm mit einer Handbewegung das Wort ab.

„Ms Johnson ist nicht mehr das Siegel. Damit ist dein Auftrag erledigt." Er schaute Jai und Ari fest an, und es lag etwas Drohendes in seinem Blick. Ari holte erschrocken Luft, als würde ihr das erst jetzt bewusst werden. Seufzend schaute Jai sie an. Ihm war das auch noch nicht aufgefallen. Nicht dass es irgendetwas geändert hätte.

Langsam stand er auf, nahm die Schultern zurück und bereitete sich innerlich darauf vor, sich seinem Vater zum ersten Mal in seinem Leben offen zu widersetzen. „Asmodeus hat Ari das Siegel aus der Brust gerissen, und sie ist dabei fast gestorben. Was hat sie dann gemacht, kaum dass sie wieder bei Bewusstsein war? Sie hat sich für mich entschieden, Dad. Sie ist hierhergekommen, um mich zu retten." Er sah Ari an und versuchte, ihr mit einem Blick die tiefe Liebe zu zeigen, die er für sie empfand. „Hier geht es auch nicht um Pflichtgefühl, sondern um Loyalität. Ehre. Ich tue das, weil sie mich fast so sehr liebt wie ich sie."

„Nein, genauso sehr", korrigierte Ari und zog die Augenbrauen hoch.

Jai lächelte. Ihm war klar, dass sein Vater von dieser Entwicklung zwar nicht sonderlich überrascht, aber dennoch enttäuscht war. Aber wie er erleichtert feststellte, war ihm nicht mehr wichtig, was sein Vater von ihm dachte. Hatte auch lange genug gedauert. Was Luca ihm diesmal angetan hatte, war der Tropfen gewesen, der das Fass zum Überlaufen brachte. Da spielte es auch keine Rolle, dass der White King Druck auf ihn ausgeübt hatte.

„Ari ist bestimmt ein nettes Mädchen", antwortete Luca und wählte seine Worte vorsichtig. „Aber du kannst unmöglich deinen Clan und deine Pflichten als Ginnaye aufgeben, um sie zu begleiten."

Jai starrte seinen Vater ungläubig an. Dieser Mann hatte einfach keinen Schimmer. „Ari hat sich vor mich gestellt, als man eine *Haqeeqah* auf mich abgefeuert hat. Sie war bereit, für mich zu sterben", betonte er, damit sein Vater wirklich begriff, was er ihm sagen wollte. „Du hast danebengestanden und zugeschaut, als Nicki mich jahrelang verprügelt hat. Und das vollkommen grundlos. Ja, du hast sogar selbst mitgemacht, um ihr zu beweisen, dass du sie mehr liebst als mich. Und das für eine Frau, die dir nicht mal treu war." Er schüttelte den Kopf, und sein Vater tat ihm plötzlich leid. „Ari ist nicht einfach nur ein nettes Mädchen, wie du es ausdrückst, sie ist meine Familie. Und zwar sehr viel mehr, als du es jemals warst."

Luca schaute ihn wortlos an.

„Ja …" Jai nickte erschöpft. „Ich bin fest entschlossen, alles für sie aufzugeben. Selbst, wenn ich nun einem kleinen Idioten hinterherrennen muss, der sich etwas wirklich Dämliches gewünscht hat." Als er Aris Blick bemerkte, zwinkerte er ihr zu. Ihr Gesichtsausdruck ließ ihn aber sofort wieder ernst werden. Jeder konnte ihr ansehen, wie sehr sie ihn liebte.

Es klopfte an der Tür, und Jai drehte sich um. Gleich darauf stand Trey im Zimmer.

„Trey?“

Die Miene seines Freundes verfinsterte sich bei Jais Anblick. Verunsichert fuhr Jai sich über den Bart. Er musste wirklich unbedingt duschen.

„Mann, Alter, du siehst echt fertig aus“, flüsterte Trey schockiert.

Jai schnitt ihm eine Grimasse. „Danke! Und was machst du hier?“

Trey räusperte sich. „Tja, also, Glass war bei mir und meinte, ihr könntet meine Hilfe gebrauchen.“

„Glass?“ Jai zog fragend die Augenbrauen hoch. „Du nennst ihn Glass?“

Trey zuckte mit den Schultern, als wäre es völlig normal, mit einem unsterblichen Dschinnkönig auf Du und Du zu sein. „Ari sagt doch auch Red zum Red King.“

„Ja, weil er mein Onkel ist“, gab Ari zurück und kräuselte besorgt die Nase. „Trey, pass besser auf. Riskier bloß nicht, dass er sauer wird, weil du keinen Respekt vor ihm hast.“

Trey lachte und zwinkerte. „Da mach dir mal keine Sorgen, Glass steht drauf, wenn ich respektlos bin.“

Verwirrt schaute Ari Jai an, der auf einmal ganz still geworden war. Verdammt. Er kannte seinen besten Freund besser als jeder andere und wusste, was dieser Blick zu bedeuten hatte. **Sag bitte nicht, dass du was mit einem Dschinnkönig hast?** Konnte Trey wirklich so bescheuert sein?

Dann sag ich es dir eben nicht, du Spielverderber, antwortete Trey, dessen Augen belustigt aufblitzten. **Zerbrich dir darüber mal nicht den Kopf. Du hast größere Sorgen.**

„Fallon ist bei Charlie“, erklärte Trey dann laut. „Die Roes sind unterwegs zu ihnen, aber mit dem *Peripatos* sind wir schneller. Außerdem kannst du Fallon ja orten, das hilft uns, falls die beiden nicht im Motel sind.“ Beunruhigt schaute er seinen Freund an. „Schaffst du das überhaupt?“

Jai nickte nur und zauberte sich mit einer Handbewegung den Bart weg. Seine Magie ließ die Luft um ihn herum schimmern, danach war eine Dusche nicht mehr nötig, und Jai hatte frische Sachen aus dem Schrank in seiner Wohnung an. Ein ausgiebiges Bad war zwar entspannender, aber heute musste es mal so gehen. Auf jeden Fall fühlte er sich etwas besser. Er nickte Ari zu, damit sie wusste, dass sie hundertprozentig auf ihn zählen konnte. „Okay, regeln wir das.“

27. KAPITEL

ZU FRÜH ZU KOMMEN IST SO UNHÖFLICH, WIE ZU SPÄT ZU SEIN

Es war sechs Uhr abends – noch sechs Stunden bis zum Treffen. Dem Treffen, das alles ändern würde. Das hoffte er jedenfalls. Charlie wurde langsam, aber sicher nervös, und ihm war ziemlich übel. Seufzend fuhr er sich mit einer Hand übers Haar, während er im Motelzimmer auf und ab lief. Wenn es doch nur schon losgehen würde. Jetzt sofort! Er brauchte das Gefühl des Smaragds in seiner Hand.

Er wollte endlich Frieden finden.

Er wollte, dass Mikey endlich Frieden fand.

Er wollte Mikey beweisen, dass er nichts vergessen hatte.

Die warme Nachmittagssonne brannte, als Charlie auf dem Parkplatz vor dem Baseballfeld auf Mikey wartete. Er hibbelte ungeduldig mit dem Bein und schaute auf die Uhr. Verdammt. Jetzt kam er zu spät, um Ari abzuholen. Wenn sie es nicht mehr rechtzeitig für ihren reservierten Tisch im Restaurant schafften, war der Abend ruiniert. Es sollte doch alles perfekt werden! Er hatte Aris sechzehnten Geburtstag minutiös durchgeplant. Dies war die Nacht der Nächte. Endlich würden sie ein Paar werden!

Wo zum Teufel steckte also sein kleiner Bruder?

Charlie beobachtete fluchend, wie die anderen Kinder vom Feld zu ihren Eltern auf den Parkplatz strömten. Offenbar hatte der Trainer überzogen. Inzwischen war allerdings fast das ganze kleine Team auf die Autos verteilt. Nur Mikey und ein paar andere Jungen fehlten. Charlie bekam plötzlich Panik. Ihm war doch wohl nichts passiert?

Er löste den Sicherheitsgurt, stieg aus und ging zum Spielfeld. Einige der Mütter lächelten ihn fragend an. Er trug Anzughemd und -hose und kam sich darin hier vor wie ein Idiot.

Als er Mrs Myer und ihre Tochter Jane entdeckte, blieb er stehen. Jane und Mikey waren befreundet. „Haben Sie Mikey gesehen?“

Mrs Myer sah ihre Tochter an, doch die schüttelte den Kopf. In Charlies Gegenwart bekam sie immer kein Wort raus. „Das war wohl ein Nein. Aber es sind noch ein paar Kinder auf dem Feld.“

„Danke.“

Charlie lief den Weg zum Spielfeld hinunter und knurrte halb wütend, halb erleichtert, als er Mikey sah. Er stand mit ein paar seiner Teamkollegen zusammen und alberte rum. Kleiner Penner, dachte Charlie. Mikey wusste genau, wie eilig er es heute hatte. Und da musste er unbedingt noch mit seinen Freunden Blödsinn machen? Und wo zum Teufel steckte eigentlich der Trainer?

„Schieb deinen Hintern hier rüber!“, brüllte Charlie.

„Mr Creagh!“, schimpfte eine vertraute Stimme. Charlie drehte sich um. Hinter ihm stand Mikeys Coach, der gerade beim Aufräumen war. „Pass auf deinen Ton auf.“

„Tut mir leid, Coach, aber ich hab es echt wahnsinnig eilig, und der kleine Sch…, Idiot weiß das auch.“

„Mikey!“, brüllte der Coach. „Komm in die Gänge!“

Mikey bewegte sich im Schleichtempo. Sobald er in Reichweite war, packte Charlie ihn am Kragen und schob ihn dann vor sich her.

„Hey, pass bloß auf!“, jammerte der Junge.

„Aufpassen?“, erwiderte Charlie. „Ich komme zu spät zu meiner Verabredung mit Ari, das weißt du auch. Und jetzt

steig verdammt noch mal ein!" Er sprang auf den Fahrersitz.

Um seinen Bruder zu ärgern, trödelte Mikey extra herum, bis Charlie frustriert die Hupe drückte. Mikey ging daraufhin einen Schritt schneller, aber nicht schnell genug, um Charlie zu besänftigen.

„Du bist echt ein Penner, Mikey", meinte Charlie, als sein Bruder sich endlich anschnallte.

„Und du ein Arschloch."

„Mikey …" Nachdem er einmal tief Luft geholt hatte, umklammerte Charlie das Steuerrad und fuhr los. „Ich habe dir gesagt, dass ich einen Tisch im Restaurant bestellt habe und du dich beeilen sollst. Nicht nur hat euer Trainer überzogen, du bist dann noch bei deinen Freunden hängen geblieben – trotz meiner Bitte."

„Du bist nicht Dad." Mikey zuckte mit den Schultern. „Du hast mir gar nichts zu sagen."

„Was ist eigentlich mit dir los?", fragte Charlie ungläubig.

„Ich hab's vergessen, okay? Kein Grund, mich von meinen Freunden wegzuzerren wie ein Baby. Das war peinlich!"

„Du hast dich ja auch benommen wie ein Baby."

„Ich? Du hast sogar vor meinem Trainer geflucht!"

„Und du hast Arschloch *zu mir gesagt." Charlie merkte, dass er die Nervosität wegen seines Dates mit Ari gerade an Mikey ausließ. Das war natürlich unfair.*

„Du bist ja auch ein Arschloch."

„So was sagt man nicht."

„Du sagst das dauernd."

Jetzt reichte es aber langsam. Charlie schlug wütend auf das Steuer. „Kannst du mal fünf Sekunden aufhören, dich wie ein Kleinkind zu benehmen? Sag mir jetzt lieber endlich, was du überhaupt hast." Charlie schaute zu Mikey hinüber.

„Nichts." Mikey zuckte mit den Schultern.

Charlie sah wieder auf die Straße und entdeckte plötzlich den Fahrradfahrer, der aus dem Nichts gekommen zu sein schien. Dann quietschten die Bremsen, Metall kratzte auf Metall, und Mikey schrie …

„Du machst mich ganz nervös, wenn du ständig auf und ab läufst." Fallon lehnte an der Badezimmertür und schaute Charlie finster an. „Hör auf damit!"

Charlie lächelte schwach, war in Gedanken aber noch immer bei seiner letzten Erinnerung an Mikey. Und was war das für eine schreckliche Erinnerung … Er begann wieder auf und ab zu laufen und schaute auf die Uhr. Viertel nach sechs. Oh Gott! In diesem Moment klopfte es, und er blieb abrupt stehen. Fallon sah ihn an. Beide waren sie wie erstarrt. Schließlich nickte Fallon.

Auf Zehenspitzen durchquerte Charlie das Zimmer und schaute durch den Spion. Dann runzelte er die Stirn. Niemand da. Langsam öffnete er die Tür, und in seinen Fingerspitzen leuchtete konzentrierte magische Energie. Ein Windstoß schien Charlie fast umzuwehen, dann zog eine Farbwolke an ihm vorbei ins Zimmer. Er wirbelte herum und starrte die magere Frau an, die plötzlich neben Fallon stand. Sie war blass, hatte rote Haare und gelbe Augen … Gelbe Augen?

„Sucht ihr mich?", erkundigte sie sich hämisch. Und während Charlie endlich begriff, dass es Akasha war, packte sie Fallons Kopf.

KNACK.

Fallons Genick war gebrochen, und sie sank leblos zu Boden. Ungläubig starrte Charlie auf die leere, seelenlose Hülle seiner Freundin. Ihm wurde schlecht, und er lehnte sich hilflos gegen die Wand.

„Jetzt kannst du dich für zwei Leute rächen, Jungchen."

Schwer atmend stellte Charlie sich aufrecht hin und steckte die Hand in die Tasche. Aber Akasha war zu schnell. Sie verwandelte sich wieder in einen Windstoß, verschwand und ließ Charlie mit Fallons Leiche allein.

Er schaffte es nicht, die Tote anzusehen, sondern schloss die Finger um den Smaragd. Bring mich zu ihr, flüsterte er in Gedanken, finde sie. Die Flammen des *Peripatos* verschluckten ihn, Charlie schloss die Augen und bereitete sich innerlich auf ein Blutbad vor.

28. KAPITEL

UND DA SAGT MAN, EIN HAUFEN SMARAGDE WÜRDE DAS EIGENE LEBEN NICHT ÄNDERN …

Ari stand daneben, während Michael Roe seine schluchzende Frau tröstete. Fallons Onkel Gerard und Jacob Ballendine legten ihre Leiche in eine mit Decken ausgelegte Holzkiste. Sie würden sie im *Mantellus* verbergen, damit sie sie unbemerkt aus dem Motel bringen konnten. Dafür brauchten sie einen ihrer mächtigeren Edelsteine.

Jai lege Ari die Hand auf die Schulter, doch sie spürte es kaum. Fallon war nicht mehr da … Das war einfach zu viel! Zu viele Verluste auf einmal. Zu tiefer Schmerz.

„Das ist nicht Charlie gewesen“, verkündete Trey und klappte sein Handy zu. „Glass hat mir eben bestätigt, dass Azazil Akasha hergeschickt hat. Sie muss Fallon …“ Mit wütend zusammengekniffenen Augen musterte er die Tote. „Sie hat Fallon umgebracht und dann Charlie gekidnappt. Oder Charlie ist gerade hinter ihr her.“

Carolines Schluchzen wurde langsam leiser, Aris eigene Trauer aber nur noch stärker, als sie sah, wie Gerard sich eine Träne wegwischen musste, als er die Kiste verschloss. Es schien unvorstellbar, dass sie Fallon nie wiedersehen sollte. Sie hatte die einzige Freundin verloren, die sie wirklich verstanden hatte …

Und was noch viel schlimmer war: Auch Charlie hatte Fallon verloren. Ari mochte sich gar nicht ausmalen, was er jetzt gerade durchmachte, was er wohl dachte und fühlte, wie er mit dem Tod seiner Freundin umging.

„Sie hat ihm wirklich etwas bedeutet“, flüsterte Ari mehr zu sich selbst. „Die beiden waren zusammen. Zusammen, zusammen. Oh Gott, er dreht bestimmt durch! Wir müssen ihn finden! Wir müssen ihn aufhalten!“

„Falls ihr ihn seht“, sagte Michael fast tonlos, „dann sagt ihm, dass er nicht zu uns zurückkann. Die Gilde bleibt ihm von jetzt an verschlossen. Seine Rachegelüste sind am Tod meiner Tochter schuld.“

Ari wurde blass. Selbst jetzt hatte sie noch das Bedürfnis, Charlie in Schutz zu nehmen. Fallon hatte gewusst, was sie tat, als sie Charlie nach Texas gefolgt war. Er war ihr wichtig gewesen, und sie wollte auf ihn aufpassen. Niemals hätte Charlie gewollt, dass ihr etwas zustößt. „Michael …“, begann Ari, wusste aber nicht, was sie sagen sollte.

„Er ist raus aus der Gilde. Das ist mein letztes Wort. Selbstverständlich würde ich verstehen, wenn du uns deshalb auch verlässt.“

Das war etwas, was sie jetzt und hier noch nicht entscheiden konnte. Sie wusste nur, dass sie Charlie nicht einfach allein lassen konnte in dieser Situation. Nein, auf keinen Fall! Im Moment war das ihre einzige Sorge. Außerdem brauchten die Roes erst einmal Zeit zum Trauern, da war ihre Anwesenheit unangebracht.

„Okay.“ Vielleicht würde sie keinen von ihnen je wiedersehen. Charlie war ihr bester Freund, wenn das in letzter Zeit auch nicht so ausgesehen haben mochte. Dennoch verband sie eine jahrelange Freundschaft miteinander, und er brauchte sie genauso, wie die Roes einander brauchten. „Dann gehen wir jetzt besser.“ Ari zupfte Jai und Trey am Arm.

„Falls es irgendetwas gibt, das wir tun können“, sagte Jai ernst, „dann lass es uns bitte wissen, Michael.“

Caroline schien nichts von dem mitzubekommen, was um sie herum vorging. Ihr Schmerz war einfach zu groß. Aber Michael hatte Jai gehört und nickte ihm dankbar zu, bevor er seine Frau noch enger an sich zog.

Vor dem Motel, auf dem schwach erleuchteten Parkplatz, konnte Ari endlich wieder freier atmen. „Das war völlig surreal“, murmelte sie und versuchte, ihre eigene Trauer zu verdrängen. Nachher konnte sie sich in Jais Arme flüchten und heulen, bis keine Tränen mehr kamen, aber jetzt musste sie sich zusammennehmen.

Entschlossen schaute sie zwischen Jai und Trey hin und her. „Wie können wir Charlie und die Labartu aufspüren?“

Treys Handy meldete eine SMS. Er klappte es auf und nickte dann zufrieden. „Manchmal könnte man doch an irgendwelche wohlmeinenden Götter glauben“, murmelte er. „Glass. Er schreibt, dass Akasha in die neue Sydney Marone Middle School geflüchtet ist. Die Schule befindet sich noch im Bau.“

Mit offenem Mund starrte Ari Treys Handy an. „Darf Glass das überhaupt? Ich dachte Azazil hätte ihm befohlen, sich rauszuhalten?“

„Rein technisch gesehen hat Azazil das dem Red King befohlen. Und außerdem ist so eine kleine SMS ja nicht so, als würde er hier persönlich auftauchen, um uns zu helfen.“

„Die Dschinn haben manchmal eine sehr merkwürdige Art, gewisse Dinge zu interpretieren“, stellte Ari fest. Dann fiel ihr etwas ein, und sie runzelte die Stirn. „Ich dachte eigentlich, du und Glass, ihr könntet einander nicht ausstehen?“

Trey sah umwerfend aus, als er sie jetzt vielsagend angrinste; seine grünen Augen funkelten anzüglich. „Von Zeit zu Zeit kommt das immer noch mal vor.“

Ari wusste nicht, was sie mit diesem mysteriösen Kommentar anfangen sollte, hatte aber jetzt auch keine Zeit, darüber nachzudenken. Sie zuckte mit den Schultern. Dann schaute sie Jai an. Es war ihm anzusehen, dass er sich noch längst nicht vollständig erholt hatte, und sie wollte ihn auf keinen Fall dabeihaben. „Begleite du die Roes zurück nach Connecticut, Jai. Trey und ich, wir kümmern uns um Charlie."

„Ach, bei mir hast du also keine Bedenken, mich in Lebensgefahr zu bringen?", scherzte Trey. „Na, schönen Dank auch!"

„Glaubst du ernsthaft, ich lasse dich allein? Vergiss es, Ari!" Jai schüttelte entschieden den Kopf.

Ari seufzte. „Na gut, dann treffen wir uns in der Schule." Die drei schauten sich um. Nein, es war niemand da, der sie sehen konnte. Sie verschwanden mit dem *Peripatos*, um einen Zauberer wieder zu Verstand zu bringen, der das dringend nötig hatte.

Die Labartu spielte mit ihm. Charlie hatte eine blutende Wunde am Kopf, weil sie ihn bei seiner Ankunft hier gegen den Bauzaun geworfen hatte. Vorsichtig schlich er jetzt über die leeren kahlen Flure der zukünftigen Schule. Überhaupt – eine Schule! Das passte ja zu so einer Teufelin, die es vor allem auf Kinder abgesehen hatte. Labartus waren wirklich der mieseste, widerlichste Abschaum der ganzen Welt.

Hatte er da was gehört? Schritte? Charlie blieb stehen. Das Geräusch schien aus allen Richtungen zu kommen, um ihn zu verwirren. Das war jetzt schon das sechste Mal, dass sie diesen Trick anwendete. „Feigling!", rief er. Die Schritte verhallten. Dann kehrten sie zurück, allerdings führten sie diesmal in eine bestimmte Richtung. Zu einem Durchbruch in einer Wand, in dessen Nähe ein paar Türen aufeinandergestapelt waren. Dahinter befand sich ein großer Raum mit einem langen Tresen. Das sollte wohl mal die Cafeteria werden. Von

Akasha war nichts zu sehen. Plötzlich brach Feuer aus, und Charlie musste seine Augen vor dem gleißenden Licht mit der Hand schützen. Dann standen Jai, Ari und Trey vor ihm.

„Charlie!“ Ari kam zu ihm gelaufen. Eine leise innere Stimme flehte ihn an, sie in die Arme zu nehmen und zu bitten, ihn hier rauszubringen. Aber eine andere, wesentlich lautere Stimme brachte die erste zum Schweigen. Ari sah seinen Gesichtsausdruck und blieb stehen.

„Charlie, du willst das doch gar nicht wirklich“, flüsterte sie. Dann weiteten sich ihre Augen, als wäre ihr plötzlich etwas eingefallen. „Ich kann das für dich tun. Ja, mich stellt man nicht vor Gericht, weil ich reinblütig bin.“

Sein Herz zog sich zusammen. „Das würdest du machen?“

Ari nickte entschlossen. „Und ob! Sie hat Mikey und Fallon getötet.“

Charlie sah, wie sich Aris wunderschöne Augen mit Tränen füllten. Mikey und Fallon hatte er verloren, aber Ari war ihm geblieben. Und, oh Gott, er liebte sie so sehr! Plötzlich wusste er auch, was er am meisten an ihr liebte – ihre Reinheit. Ihr war so viel Schreckliches passiert, aber das hatte sie nicht verbittert. Sie glaubte noch immer an Gerechtigkeit – nicht an Rache. Nein, sie durfte Akasha nicht für ihn töten. Das würde Ari verändern, und das könnte er sich selbst nie verzeihen. Da! Wieder Schritte. Charlie drehte sich rasch um. Am Tresen stand Akasha, grinste und schaute sich die drei Neuankömmlinge an.

„Ah, du hast dir Verstärkung besorgt.“ Enttäuscht verzog sie den Mund. „War klar.“

Charlie, den Smaragd in der Hand, schaute noch einmal Ari an. Die Macht, die der Stein über ihn hatte, kämpfte mit seiner Liebe für Ari. In den letzten Wochen hatte der Smaragd diesen Kampf jedes Mal gewonnen, doch da war Ari auch nie in der Nähe gewesen. Nun aber stand sie direkt vor Charlie und sah ihn so liebevoll an … Wenn er jetzt Rache nahm, würde er auch sie verlieren. Erst Mikey. Dann Fallon. Würde er es überstehen, falls Ari die Nächste war?

„Charlie?" Jai kam einen Schritt auf ihn zu.

Der Smaragd schickte Charlie Bilder, die er nicht sehen wollte. Wie Jai Ari anschaute, wie sie seinen Blick erwiderte, auf eine Art, wie sie es bei Charlie nie getan hatte. Seit einiger Zeit schien sich sogar jedes Mal, wenn sie ihn ansah, eine Sorgenfalte zwischen ihren Augenbrauen zu bilden. Genau wie jetzt. Wem wollte er eigentlich etwas vormachen? Er hatte Ari längst verloren. Vor zwei Jahren, um genau zu sein, als Akasha seinen Bruder umgebracht hatte.

Zornig schreiend richtete Charlie die Kraft des Smaragds auf Akasha. Sie machte ein schockiertes Gesicht, dann löste sich ihr Körper auf, explodierte mit einem Knall. Blut und Gedärme spritzten an die Wände. Charlie beobachtete das fast enttäuscht. Er hatte Akasha langsam foltern wollen, sie bestrafen … Das war ihm eben viel zu schnell gegangen. Er musste in Zukunft lernen, die Magie des Smaragds zu kontrollieren.

„Charlie?" Aris Stimme klang unnatürlich hoch.

Über die Schulter hinweg schaute er sie an. Ein letzter verbitterter Blick. Ihm blieb nicht mehr viel Zeit.

„Er muss einen Mount-Qaf-Smaragd haben." Trey zeigte auf Charlies Hand. „Dann warst doch du das bei den Roes! Glass hat gelogen, der Mistkerl."

„Was? Was ist hier los?", fragte Ari panisch und starrte auf den Smaragd.

„Red", antwortete Charlie leise und wich langsam zurück. „Red hat ihn mir gegeben. Damit ich fliehen kann, wenn Akasha erledigt ist."

„Charlie, nein …“ Ari kam auf ihn zu, aber Jai hielt sie am Arm fest und sah Charlie misstrauisch an.

Charlie hasste ihn dafür. Mit dem Smaragd könnte er auch diesen mächtigen Ginnaye zerstören und …

„Lass den Smaragd fallen!“, befahl Ari.

„Nein.“ Niemand konnte ihn mehr behandeln wie einen kleinen Idioten, und das hatte er nur der Macht des Steins zu verdanken.

„Charlie!“

Er hörte die Trauer in Aris Stimme, sah, wie ihre Augen sich mit Tränen füllten. Seinetwegen! Früher hatte er sie immer beschützt – bevor Mikey gestorben war. Und ohne seinen Tod wäre das auch jetzt noch so, daran zweifelte Charlie nicht. Vielleicht würde es eines Tages wieder so werden. Der Smaragd brannte leicht in seiner Hand und zog so Charlies Aufmerksamkeit wieder auf sich. Ja, irgendwann würde er zurückkommen. Im Moment allerdings konnte er Aris Nähe nicht ertragen, sie erfüllte ihn nur mit Bitterkeit und Hass.

„Auf Wiedersehen, Ari“, flüsterte er. Aris tränenerstickter Schrei zauberte ein Lächeln auf sein Gesicht, er umfasste den Smaragd fester, und gleich darauf verschluckten ihn die Flammen des *Peripatos*.

EPILOG

DER RICHTIGE DSCHINN FÜR DEN JOB

Ari nahm Jais Hand, als sie die Treppe zu Michaels Arbeitszimmer hinunterstiegen. Sie war sich in den letzten Tagen so überflüssig und nutzlos vorgekommen und brauchte dringend eine Aufgabe. Sollte sie jetzt doch noch studieren, wie sie es ursprünglich einmal geplant hatte, bevor ihre Welt explodiert war? Das wäre zumindest eine Option. Allerdings war sie sich nicht sicher, ob sie wieder das Leben eines normalen Menschen führen konnte.

Das Einzige, dessen sie sich im Moment sicher sein konnte, war ihre Liebe zu Jai. Und obwohl sie ganz verrückt nacheinander waren, wussten sie doch beide, dass sie eine sinnvolle Beschäftigung brauchten. Ari schaute ihren Freund an. Sie machte sich Sorgen um ihn. Er hatte das, was sein Vater ihm angetan hatte, noch lange nicht überwunden. Sie drückte seine Hand, und er lächelte, seine Augen jedoch blieben ernst.

Ari wusste, warum. Er machte sich Gedanken über all das, was noch in der Schwebe hing. Ihr ging es ja nicht anders. Nach Charlies plötzlichem Verschwinden hatte Jai darauf bestanden, dass sie zur Gilde zurückkehrten. Beiden war klar, dass der Charlie, der Akasha kaltblütig getötet hatte, ein ganz anderer war als Aris früherer bester Freund. Wie Dalí hatte auch er seine Seele an den Smaragd verloren. Ari wusste nicht, ob sie ihn je wiedersehen würde. Die Gilde war fast der einzige Kontakt, der ihnen geblieben war, auch wenn Michael Roe sie nach Fallons Tod nicht unbedingt mit offenen Armen empfing. Aber er schickte sie auch nicht fort.

Ari hatte versucht, Caroline zu trösten und für sie da zu sein. Doch die brauchte Aris Hilfe kaum. Sie war von Familie und Freunden umgeben, die sich an der Vorbereitung für die Beerdigung beteiligten und sich ums Haus kümmerten.

Heute war der erste Tag, an dem das Haus wieder fast leer war. Die meisten Trauergäste waren abgereist. Trey war gerade bei Caroline, sorgte dafür, dass sie nicht völlig verzweifelte und heiterte sie mit seinem einmaligen Charme auf. Zwischendurch checkte er immer wieder sein Handy. Simste er mit Glass? Ari hatte wirklich das Gefühl, dass zwischen den beiden was lief. Ob Glass Trey Bescheid geben würde, wenn er etwas von Red hörte? Seit Salas Tod hatte Ari keinen Kontakt mehr zu ihrem Onkel gehabt und wusste auch nicht, wo ihre Mutter beerdigt war.

Tja, und dann waren da noch Asmodeus und Azazil, die beide noch ein paar Rechnungen mit ihr offen hatten. Außerdem hatte Luca Jai berichtet, dass Yasmin auf einmal wieder über das sprechen konnte, was zwischen ihr und Ari passiert war. Was nur bedeuten konnte, dass alle Befehle, die sie als Siegel gegeben hatte, jetzt nicht mehr wirkten. Auch nicht bei Pazuzu und der Ghulah. Würden die sich jetzt an ihr rächen wollen?

Ari holte tief Luft, als sie Michaels Arbeitszimmer betraten. Obwohl er sie erwartete, starrte er gedankenverloren in den Kamin, in dem ein Feuer knisterte. Es war plötzlich kalt geworden in New Jersey, auch wenn Ari und Jai es nicht fühlen konnten.

Es schnitt Ari ins Herz, Michaels trauriges Gesicht zu sehen. Wenn sie nicht der Gilde beigetreten wäre, hätte Fallon vielleicht noch leben können.

„Nehmt bitte Platz.“ Michael zeigte auf den Schreibtisch.

Ari wurde nervös, schluckte und erwartete seine Entscheidung darüber, ob sie bei den Roes bleiben durfte.

„Du schaust mich an, als würdest du jeden Moment damit rechnen, dass ich dich aus dem Haus werfe." Er runzelte die Stirn und wirkte gleichermaßen erschöpft und verärgert.

Ari zuckte zusammen. Sie war wirklich kein Buch mit sieben Siegeln.

„Wir Jäger müssen jederzeit darauf vorbereitet sein, dass unser Leben ein vorzeitiges Ende findet. Meine Tochter wusste das, und ich versuche, ihren Tod zu akzeptieren. Sie ist gestorben, weil sie versucht hat, einem Freund zu helfen." Das Wort „Freund" klang bitter aus seinem Mund. „Ich habe bereits mit Jai gesprochen und würde ihm, dir und Trey gern einen Platz bei uns anbieten."

Erstaunt schaute Ari zu Jai hinüber, der entschuldigend lächelte, weil er ihr das verheimlicht hatte. „Jai hat in der Nähe ein Haus für sich und Trey gekauft. Ich bin froh, sie bei uns zu haben." Er nickte Jai zu, dann schaute er Ari fast väterlich an. „Er hat mir dann berichtet, dass ihr beide schon lange ein Paar seid. Natürlich bist du bereits volljährig, aber du hast keine Eltern, und ich würde meine Aufgaben als Gilde-Meister vernachlässigen, wenn ich dich nicht bitten würde, bei Caroline und mir zu bleiben. Mr Bitar hingegen sieht es nicht als Problem an, wenn du mit zwei älteren Männern in einem Haus lebst, und möchte die Entscheidung dir überlassen."

Ari bekam den Mund kaum noch zu. **Du willst mit mir zusammenziehen?**

Er lächelte. **Wenn du willst.**

Plötzlich hatte sie Schmetterlinge im Bauch. Sie würden wie ein richtiges Paar zusammenleben. Dabei war sie erst achtzehn, und sie hatten noch nicht einmal miteinander geschlafen. Trey als Mitbewohner gab es noch kostenlos dazu. Würde sie dann ein eigenes Zimmer haben oder … Oh verdammt, ihr wurde vor Aufregung schwindelig.

Plötzlich nahm Jai ihre Hand und zog besorgt die Brauen zusammen. Hatte er etwa Angst, dass sie ihn nicht richtig wollte? Schnell drückte sie seine Hand. Sie würden zusammen wohnen, und sie konnte ihn jeden Tag sehen. Und hoffentlich endlich ungestört knutschen. Trey würde auch da sein. Zu dritt waren sie dann eine richtige Familie, in der sie sich sicher und geborgen fühlen konnte.

„Ich möchte bei meiner Familie wohnen. Ich ziehe zu Jai und Trey."

Michael sah nicht glücklich aus. „Das könnte Gerede geben."

„Dann sollen die Leute eben reden." Ari zuckte mit den Schultern. „Es gibt Schlimmeres im Leben."

Seufzend nickte Michael endlich. „Ja, leider wahr. Was mich zum nächsten Punkt bringt."

Jai drückte ihre Hand jetzt so heftig, dass es fast wehtat, und Ari bekam Angst. „Was gibt es denn noch?"

„Euren letzten Auftrag hat der Sohn meines Onkels übernommen. Aidan. Ihr habt ihn in Phoenix kennengelernt."

Ari nickte.

„Aidan hat sich als Aushilfslehrer in die Schule eingeschleust und herausgefunden, dass der Kunstlehrer Sam Shepherd einen Qarin hatte."

„Einen was?"

„Einen Doppelgänger", erklärte Jai. „Meistens versuchen sie, ihren Menschen auf die dunkle Seite zu ziehen, manchmal geben sie sich aber auch damit zufrieden, einfach nur sein Leben auf den Kopf zu stellen. Qarins sind nicht alle böse, in der Mehrzahl aber leider schon."

„Richtig." Michael nickte. „Dieser hier zum Beispiel war es. Er hat die Gestalt des Lehrers angenommen und mittels eines Bilds Träume erfüllt. Er ließ die Schüler das malen, was sie sich am meisten wünschten."

Ja, das erklärt einiges, dachte Ari. Als sie seine Aura gefühlt hatte, musste sie den Qarin gesehen haben, später war sie dann dem echten Sam Shepherd im Kunstraum begegnet.

„Aidan hat in einem abgeschlossenen Schrank Unmengen dieser Bilder gefunden. Die vier vermissten Schüler ... sie waren in ihren Bildern eingesperrt. Aidan meinte, es wäre ungefähr das Bizarrste gewesen, was er je erlebt hat. Einer der Jungen steckte in einer ... nun, in einem Bild, das nicht jugendfrei war."

Hatte Jai gerade gelacht? Ari schnitt ihm eine Grimasse, dann wandte sie sich wieder Michael zu. „Und was ist dann passiert?"

„Der Qarin wusste, dass man ihm auf die Schliche gekommen war, und ist mit seinem Doppelgänger geflüchtet. Wir sind hinter den beiden her. Sollte er sich irgendwo anders einnisten, würden wir den Auftrag gern dir und Jai geben. Und da ich nun drei reinblütige Dschinn in meiner Gilde habe, sind ernste Fälle wie dieser immer mit Eliminierung abzuschließen. Euch kann man schließlich nicht vors Dschinngericht zerren."

Ari nickte, obwohl ihr etwas mulmig dabei war. Früher hatte sie sich genau diesen Job gewünscht, und jetzt sollte sie zu Michaels persönlicher Attentäterin avancieren. Sie schaute Jai an, der völlig entspannt wirkte. Er war offensichtlich bereit dazu. Sei kein Baby, Ari, schalt sie sich. *Du brauchst doch eine Aufgabe.*

„Okay", stimmte sie zu.

„Ari ..." Michael räusperte sich und wirkte auf einmal verunsichert. „Die Roe-Gilde hat noch einen weiteren Auftrag bekommen, und zwar direkt aus Mount Qaf." Seine Miene verfinsterte sich. „Wir sollen Jagd auf einen Flüchtigen machen. Er ist extrem gefährlich und sehr schwer aufzuspüren. Daher brauchen wir dich."

Plötzlich bekam Ari Herzrasen und feuchte Hände.

„Es geht gewissermaßen um ein Halbblut. Auch er soll exekutiert werden."

„Warum ich? Wieso braucht ihr mich dabei?" Ari wollte es aus seinem Mund hören.

„Weil du ihn besser kennst als sonst irgendjemand. Du kennst seine Gewohnheiten, sein ganzes Leben."

„Exekutiert?", wiederholte Ari erstickt.

„Wenn wir ihn nicht zur Strecke bringen, wird es jemand anders tun." Michael schüttelte den Kopf. „Ich kann mir vorstellen, wie schwer das für dich ist, Ari, aber es ist zu spät. Er ist nicht mehr der, der er war."

„Sein Name", zischte sie wütend. „Ich will ihn hören."

Michael nickte ernst. „Es ist Charlie. Unser nächstes Ziel ist Charlie Creagh."

– ENDE –

Asmodeus – Oft auch Fürst Asmodeus genannt. Er ist Azazils Stellvertreter und Gründervater des Stammes der Marid. Asmodeus ist Lilifs Zwillingsbruder, aber in unerschütterlicher Loyalität mit Azazil verbunden.

Azazil – Ältester der Dschinn und ihr Sultan, Herrscher über alle Dschinn.

Die Bedeutenden – Menschen mit einem besonders wichtigen Schicksal.

Bruderschaft der Aissawa – Menschliche Bruderschaft aus Meknès in Marokko. Sie wurden dafür bezahlt, die Dschinn auszutreiben.

Gesetzesschöpfer – Dschinn, die in Mount Qaf leben. Ihre Macht erschafft das Gesetz. Sie spüren auch, wenn jemand es übertritt.

Ghulah – Dschinn, der sich vom Fleisch Reisender ernährt.

Gilden – Stämme von Halbblütern, die in der Magie erst ausgebildet werden müssen. Sie machen Jagd auf Zauberer oder böse Dschinn. Der Gilder King hat die Gilden gegründet und ist ihr Stammvater. Sie sollen zur Balance beitragen, dem Gleichgewicht aller Dinge und Welten.

Ginnaye – Reinblütige, die in der Welt der Menschen leben. Ginnaye bezeichnet die Stämme der Dschinn, die als eine Art Bodyguard sowohl andere Dschinn als auch Menschen beschützen. Nicht selten gründen sie erfolgreiche Sicherheitsfirmen und bewachen die Reichen und Schönen.

Halbblüter – Wesen, die sowohl von den Menschen als auch von den Dschinn abstammen. Sie teilen sich in zwei Gruppen auf: Zauberer und Gilden.

Haqeeqah – Essenz der magischen Kräfte eines Mount-Qaf-Smaragds.

Harmal – Ein Kraut, das die Dschinn bannt.

Ifrit – Wie alle Dschinn beherrschen Ifrit Telepathie und kommunizieren so mit anderen Dschinn. Ebenso sind sie wie die meisten Dschinn Gestaltwandler. Sie können in andere fahren, den *Mantellus* benutzen, Dinge herbeizaubern und weniger machtvolle Wesen, als sie es sind, verfluchen – obwohl ihre Magie schwächer ist als die der Marid. Allerdings besitzt jeder Ifrit eine spezielle Gabe, durch die er sogar einen Marid besiegen kann. So ist es auch bei Aris Mutter Sala. Sie ist ein Ifrit, die ungeheuer starke Verführungskräfte besitzt. Dennoch ist sie keine Lilif. Die Seele eines Dschinn ist nicht automatisch böse wie die eines Marid. Einige Ifrit sind böse, andere gut.

Indische Kostuswurzel – Ein Kraut, mit dem man einen Dschinn austreiben kann.

Krieg der Flammen – Krieg zwischen Azazil und dem White King.

Labartu – Bösartige Art der Dschinn, deren Opfer fast immer Kinder sind.

Eine Lilif – Töchter Lilifs, Azazils Sultanin. Die Lilifs sind Sukkuben und ernähren sich von der sexuellen Energie ihrer Opfer.

Lilif – Sie war Azazils Sultanin und die Mutter der Sieben Könige der Dschinn. Sie ist ein Ifrit, hat aber eine neue Dschinnart geboren: die Lilifs.

Niedere Dschinn – Dschinn, die nur über die schwächeren Formen der Magie verfügen. Sie leben normalerweise in der Welt der Sterblichen.

Madani – Land in Mount Qaf, über das der Red King herrscht.

Mantellus – Dschinnausdruck für den Unsichtbarkeitszauber.

Marid – Immer böse, die Marids haben außergewöhnliche Kräfte und können 2.500 Jahre alt werden, obwohl Asmodeus noch weit älter ist.

Mount Qaf – Das Reich der Dschinn.

Nisna – Einäugiger, einarmiger, einbeiniger Dschinn, der oft unter der Kontrolle eines Meisters steht. Den Biss eines Nisnas heilt sein Speichel.

Nusrah – Land in Mount Qaf, in dem der Shadow King regiert.

Pazuzu – Ein uralter mesopotamischer Dschinn, auch als Winddämon bekannt. Als Marid ist Pazuzu eine Ausgeburt des Bösen.

Peripatos – Reisen nach Dschinnart. Es ermöglicht einem Dschinn, sich innerhalb von Sekunden von einem Ort zum anderen zu bewegen, auch wenn weite Strecken dazwischenliegen.

Qarin – Ein Doppelgänger. Meistens versuchen Qarins, ihr Opfer auf die dunkle Seite zu ziehen, manchmal geben sie sich aber auch damit zufrieden, einfach nur sein Leben auf den Kopf zu stellen. Qarins sind nicht alle böse, in der Mehrzahl aber schon.

Secretum – Eine Box aus dem Holz eines Jasminbaums; sie wird mit Harmal und der Borke des Pfefferbaums gefüllt. Nur ein sehr mächtiger Dschinn kann einen niederen Dschinn darin einsperren.

Die Sieben Könige der Dschinn – Azazils sieben Söhne. Jeder König ist Herrscher über einen Tag der Menschen-Woche. Er ist oberster Gerichtsherr über seinen Tag und kann am jeweiligen Wochentag ins Schicksal der Bedeutenden eingreifen.

Gilder King – Herrscher über den Sonntag (neutral im Krieg der Flammen).

Glass King – Herrscher über den Montag (Verbündeter Azazils im Krieg der Flammen).

Gleaming King – Herrscher über den Mittwoch (Diener des Red King im Krieg der Flammen).

Lucky King – Herrscher über den Samstag (neutral im Krieg der Flammen).

Red King – Herrscher über den Dienstag (Diener Azazils im Krieg der Flammen).

Shadow King – Herrscher über den Freitag (Diener des White King im Krieg der Flammen).

White King – Herrscher über den Donnerstag (Auslöser des Kriegs der Flammen).

Siegel des Salomon – Ein Ring aus Messing und Eisen. Der Messingteil des Rings besiegelte Salomons Befehle an die guten Dschinn, der Eisenteil seine Befehle an die bösen Dschinn. Mittels dieser unermesslichen Machtfülle versklavte König Salomon viele Dschinn und verlor so das Siegel wieder.

Shaitan – Kinder und Diener des Sultans. Gute Shaitane sind unbekannt. Dienen tun sie nur einem überlegenen Meister.

Utukku – Friedhofsdschinn. Unterteilt in:

Edimmu Utukku – Sie sind böse, attackieren Friedhofsbesucher und stören die Totenruhe.

Shedu Utukku – Sie sind immer gut, wachen über die Toten und schützen sie vor Vandalismus.

Zauberer – Zauberer gehören zu den seltenen Halbblütern, die ihre Magie ohne Hilfsmittel einsetzen können. Viele sind den ihnen innewohnenden Kräften seelisch nicht gewachsen und entwickeln schwere psychische Probleme. Sie setzen Talismane, Siegel und Sprüche ein, um ihre Macht zu fokussieren und verstoßen oft gegen die Gesetze der Dschinn.

Zubair – Land in Mount Qaf, in dem der White King regiert.

DANKSAGUNG

Zunächst gilt mein Dank meinen Testleserinnen und wunderbaren Lektorinnen Alicia Cannon und Ashley McConnell von Ashley's Freelance Editing. Es ist großartig, mit Profis zusammenzuarbeiten und dabei auch noch so viel Spaß zu haben.

Ich möchte ferner meinen Eltern danken, die mich so unglaublich unterstützen und sich noch dazu ständig anhören müssen, wie ich von meinen Büchern erzähle. Das gilt auch für eine meiner besten Freundinnen, Miss Kate McJennett. Du bist wie eine Schwester für mich. Glückwünsch, Süße! Ich bin so stolz auf dich! Tausend Dank, dass du mich stets ermutigst. Ich liebe dich!

Und schließlich danke ich Ihnen, meinen Lesern. Danke, dass Sie sich weiter mit mir auf die Reise ins Land der Dschinn begeben. Hoffentlich konnte dieser Teil Ihnen Appetit auf mehr machen. Sie sind klasse! Aber das wissen Sie auch, oder?

SPIEGEL-
Bestseller-
autorin

Samantha Young
Flammenmädchen

Bislang war Aris größtes Problem die zerbrochene Beziehung zu Charlie, ihrem bestem Freund und ihrer heimlichen Liebe. Doch in der Nacht ihres 18. Geburtstags findet sie sich unvermutet in Mount Qaf wieder, dem Reich der Dschinn …

Band-Nr. 65093
10,99 € (D)
ISBN: 978-3-95649-007-1
368 Seiten

SPIEGEL-
Bestseller-
autorin

Samantha Young
Das Erbe des Flammenmädchens

Als „Siegel Salomons“ hat Ari zwar – theoretisch – unbegrenzte Macht über alle Dschinns, doch ihr eigenes Leben gerät völlig außer Kontrolle. Ein skrupelloser Zauberer will sie entführen …

Band-Nr. 65100
12,99 € (D)
ISBN: 978-3-95649-056-9
400 Seiten

Klappen-
broschur

Band-Nr. 65102
12,99 € (D)
ISBN: 978-3-95649-081-1
eBook: 978-3-95649-374-4
352 Seiten

Paige Harbison
Zur Hölle mit Bridget

Was Bridget will, setzt sie durch. Immer. Zuhause macht sie ihrer Stiefmutter das Leben zur Hölle, in der Schule tanzen alle nach ihrer Pfeife. Bis eine Neue auf die Winchester Prep kommt: Anna Judge - Judge wie Richterin. Und mit Anna ändert sich alles: Die Lehrer fallen nicht mehr auf Bridgets Masche rein, ihr Fan-Club verkleinert sich blitzartig. Als eines Tages sich auch noch ihr Freund Liam abwendet, baut Bridget, total irritiert, einen katastrophalen Unfall! Sie ist nicht tot - aber auch nicht lebendig. Stattdessen ist sie in einer Schattenwelt gefangen, in der ihr Anna Judge zeigt, was für eine Mega-Zicke sie war. Bridget hat genau eine Chance, das zu ändern und ins Leben zurückzukehren. Oder für immer zu gehen.